# 二嫁得好 1

文創 風 390

小餅乾 著

# 目錄

# 序

小餅乾

這是小餅乾第一次在臺灣出書，嗯，內心的歡喜，從我的筆名就能看出來。沒錯，我就是個不折不扣的吃貨，還很好養活。小餅乾如我，簡單、易飽。

當編編幾番折騰找到我的時候，我心中是十分歡喜的。一路審稿、改稿到終於能出書了，高興中略帶著幾分忐忑，至今還有些難以相信。

我自然是盼著能有更多的人看到我的作品，只是有些擔心，是否符合你們的口味，因此戰戰兢兢。

關於這本書的構思，其實來自那麼一句話。

「庭有枇杷樹，吾妻死之年所手植也……」——《項脊軒志》。年少懵懂之日，我就盼著這般的愛情，沒有轟轟烈烈，卻如同清水般地滋潤著人，原諒我戀得有些早哈、想得有些多哈。

而最初的初衷，只是因為聽到一個老人，傲嬌地向人介紹著「這是我媳婦兒」，讓我忍不住多看了一眼，那老婦人溫溫潤潤，雖是蒼白了頭髮，卻依舊是靦覥地衝著對面的人笑著。

是的，沒有寶貝兒、沒有親愛噠，只是一聲「媳婦兒」，卻讓那位老婦人一把年紀，還靦覥地笑著。我想，她，一定過得很幸福。

我駐足停留了許久，看著這對老夫妻互相攙扶著走遠了，老人還叮嚀著。「哎呦，媳婦兒看著路……」這一聲媳婦兒，就是一輩子。

柴米油鹽醬醋茶，紛紛擾擾，你又想尋誰過一輩子？我自是相信，哪怕這人是二婚、三婚，只要與對的人一起，一晃而過便是一輩子。

文中的田慧二嫁得幸福，亦只是因為那個對的人是他，所以甘之如飴地待在那個南邊的小鎮子，一待便是一輩子，至死無悔。

總之，希望大家能支持小餅乾的新書《二嫁得好》，有時候，平平淡淡就是一種不可多得的幸福，也在此願你們幸福、和順。

# 第一章　穿越

原是豔陽高照的天氣，靈堂裡竟是有些陰森恐怖，田慧顧不上雙腿跪得發麻，機械化地往火盆裡扔紙錢。

今日是頭七，這麼說，她來這鬼地方已經整整七日了！頭七，死者是要返家的，說不定還能帶走她！

這七日，田慧已經摸清楚大致情況。她穿過來附上的這位姑娘先前已嫁給楊家的第三子，這男人是個地道的農民不說，偏還是個賭棍，這不，被討債的給逼死了，留下兩個兒子、一個五歲，一個四歲，分別是年頭和年尾生的。

巧合的是，這身子也叫田慧，與自己同名。

思及此，田慧一屁股坐在泥地上，揉了揉胳膊、敲了敲腿，四下環顧著……只覺得陰森森得緊。身旁倚著的兩個小子，田慧這會兒仍是有些反應不過來，記憶中，這是她的兩個兒子……

田慧不明白，為什麼別人死後都能投胎，到了她這兒卻是想投胎也難，直接來到這個破地方！

田慧想了七日，從小到大件件樁樁一一細想著，上輩子不曾做個好人，但也不壞，要不就是她肉吃得多了，雞鴨魚豬羊牛，肉肉都喜，無肉不歡，才落得如此。

這七日，她都已經吃了七天的素粥，還都是稀的，總該抵消罪孽了吧？頭七，不如就帶我走吧，在陰曹地府至少不會餓吶……

想她出生在醫藥世家，家族子弟多半都是從醫或酒商。雖說她在族裡學啥都是二吊子，只對肉配上酒情有獨鍾，但也不至於落得這般田地吧？

「娘，我餓了……」圓子大著膽子對田慧說道，心細的他發現娘不一樣了。這幾日來，他其實也數不清楚是幾日了，只記得娘冷漠地望著他和弟弟，那眼神，就好似在看陌生人。

「……」有奶便是娘，她田慧可是啥都沒有啊，她也好餓，好想吃肉……

一旁的團子已經頭一點一點地跪在那兒打盹了，田慧一開始還有些擔心，這髮絲會不會被燒了？沒想到那時除了第二下稍稍燒著了些碎髮，接下來的幾日團子卻是有技巧地避開了，不得不說，小孩兒的適應能力真是強！

田慧不由得放慢了放紙錢的速度，夠燒就好，這都燒了七日，應該也不缺錢了吧？田慧早就發現這靈堂裡不會有人進來，可見這原主的男人，人緣可真不怎樣！可她只顧著幸災樂禍，忘了這會兒那男人也算是她田慧的相公……

夜幕降臨，風呼嘯著穿堂而過，火盆裡的火苗忽亮忽滅，田慧攏了攏身上的衣服，打了個冷顫。

不由想到了頭七，田慧瑟縮著張望了周圍，靈堂的樑上掛著白布，一口棺材橫放在兩條長凳子上，田慧不敢再看了……

「啊噓……」

「是誰，誰！」田慧驚恐地張望著，一左一右地抱著兩個奶娃子，死盯著那口薄棺材。田慧耳邊能清楚地聽到回聲，圓子牢牢地抱著田慧，不忘緊緊地抓著團子。

「慧娘……」

一陣風吹過，火盆滅了。田慧死抱著兩娃子，往門口一寸寸地挪動，一碰到了門檻，慌得轉身拔腿就跑，直跑到院子裡，才放下兩娃子，搗著胸口喘氣。

「慧娘，你們這是做什麼？」

田慧放下手低垂著頭，不知道來人是誰。

圓子抓著田慧的手不放，揚起笑，喊了一聲。「二姑……」然後他像是想到了什麼，立刻換成難過的神色，低著頭，只是抓著田慧的手更緊了。

田慧看了眼圓子，可是他低著頭，什麼都沒瞧見。

「慧娘，妳也別難過了，今兒個頭七，妳快帶著孩子回去睡覺吧，可別讓三弟回來瞧見了……」楊知雨將手裡的籃子放在桌子上，將幾個碗一層層地疊起來。

人多了，田慧顧不得害怕，有些好奇地探頭瞧了瞧碗裡的幾個菜，竟是灰撲撲的，嚇得不敢多看，循規蹈矩地牽著兩娃子的手，低頭站著。

楊知雨擺好碗，才發現這母子三人還站在那兒。「快走啊，就算妳想讓三弟帶妳一道兒去，也得看看行四、行五兩個娃兒才那麼點大，正是離不得娘的時候！」

圓子聽了，慌得拉著田慧回了屋子，一把關上門，急急地說道：「娘，我乖的，我能幫著幹活，您就在家領著團子，做飯洗衣就成了！要是，要是您不想做的話，就只等我做完活回來……」

田慧只覺得眼前發熱，被一個五歲的奶娃子給護著，她的眼眶微微泛紅。

這七日來，田慧吃不上肉，還吃不飽，擔心受怕地過了七日，就盼著頭七，她能被帶走，可到頭來，竟是差點被嚇了個好歹。

膽子小的，終究是求死也難啊！

圓子腰板故作挺直，卻有些羨慕著團子能緊靠著田慧，不過他盯著看了幾眼，便硬是狠心地撇過目光，只渴望地看著田慧。

田慧竟是不忍說出半句拒絕的話，慌亂地點點頭。都說孩子最是敏感，田慧不忍傷了圓子幼小的心。

「娘，您趕緊睡……」圓子趕忙將田慧腳下那雙半舊不新的布鞋給脫了下來放在地上。

「團子，你乖乖聽話，不許吵娘！」

圓子滿意地看著床上的母子倆躺下後，才悄悄地溜出去看了一眼，見楊知雨還在，便轉身回房。

圓子俐落地蹬了鞋，依著田慧躺下，這天已經漸涼，紙糊的窗戶破了一個大洞，風吹得啪啪作響。他抱了抱被風吹得有些冷的身子，儘量地縮著身子，只是，還是不夠暖和。

田慧有些僵硬地任由團子抱著自己的胳膊，一動都不敢動，待得團子傳來均勻的呼吸聲才鬆了口氣。

等田慧好不容易小心地抽回胳膊，就發現圓子縮著身子躺在床的外沿，田慧不由得想到這個小男人，信誓旦旦地說要照顧她。這會兒是讓出唯一的一條被子給她和團子蓋吧？

還有一條棉被怕是蓋在了棺材裡吧……田慧抖了抖身子，嫌棄地望著破得差不離的窗戶紙。

圓子瑟縮著身子，委屈地喃喃道：「娘……我好怕……」

田慧的心狠狠地震了下。他還是個小娃兒。田慧不知道是這個身體的潛意識還是自己的心突然塌了一角，真的，她有些心疼了。

田慧到底還是沒有勇氣隨著楊老三去了，好死不如賴活著，待得送了楊老三上山後，她便一心要好好地居家過日子，可偏偏楊家人不讓她如意。

這些日子，公中給的糧食越發少了，眼見著就要揭不開鍋，楊家卻半點兒都沒有要搭理他們母子三人的意思，要了幾回糧無果後，田慧不得不往後山去。

只是，這才上了山，就遇上個「搭訕」的。田慧小心地離著那人遠遠地、不著痕跡地往人多的地方去。這只要不瞎的可都看得明白田慧的意圖。

「慧娘，妳這是在採蘑菇啊！」

「你是誰，我可不認識你！」田慧一臉的警惕，隨時準備跑路喊人。她捏著籃子，這可是她採了許久才採到的一點兒蘑菇，雖說少，但她絕不想丟下籃子。

「我是三哥的拜把兄弟啊，慧娘妳忘記了？我是隔壁村子的喬五！慧娘妳可記住了，下回再忘，我可是不依。」

田慧聽得雞皮疙瘩都起來了，只是她提著籃子，騰不出手來搓搓胳膊。「走開，我不認識你，你再過來我就喊人了！」她看著那邊人多的地方，餘光瞥見那些原本散在各處的，三三兩兩都聚在一起。「壞了，要被非議了……」田慧有些無力，謠言可是能害死人啊！不敢繼續想了，她拔腿就往人多的地方跑。

喬五伸手想攔，卻似有顧慮，只能任由田慧跑到人多的地方，而後悻悻然地下山而去。

田慧早就將「慘遭喬五調戲」的戲碼忘得一乾二淨，只顧著回家將蘑菇燉了湯，讓兩個小的解解饞。

只是，村裡卻是傳遍了，楊老三屍骨未寒，田慧已經跟喬五在山上勾勾搭搭，難怪楊老三的墳頭這麼快就長出綠油油的青草。

柯氏一聽著風聲，二話不說地殺到老三家，還沒進門就破口大罵。「妳這個不要臉的東西，楊家供妳吃喝，妳還不知道檢點，成天出去招惹別人，老三這才閉眼呢，妳這個騷蹄子……」

田慧後知後覺，正坐在小板凳上洗著蘑菇，打算將剩下的都拿去晾乾，省著吃。半晌，才反應過來，柯氏這是在罵她。

「娘，進屋說吧，您站在院子裡，沒得被旁人笑話！」田慧甭管柯氏的嘴多髒，卻也不願在外頭與柯氏對罵。她擦乾了手，好言勸著柯氏，只想著稍後細細地跟她說說原委。

柯氏一把甩開田慧，田慧沒站穩腳跟，冷不防被這麼一甩，後退了幾步才站定。柯氏嘴裡難聽的話，卻是不斷地往外吼。

「笑話？妳要是怕被人笑話，妳就安生地待在院子裡，那些人難不成還能到院子裡來找妳？我看妳就是自己耐不住寂寞！成啊，妳守不住，那早先說，不要髒了我楊家的地兒！臭不要臉的東西！」

饒是田慧再心寬，被人口口聲聲地罵，火氣直往外冒！

「我做了啥見不得人的事，您倒是說啊！我只是跟著人上山採蘑菇，這就錯了？想給兩孩子弄點兒吃的，這也錯了？你們要是不短了我們母子三人的缺，我需要上山去？還是我礙著你們的眼了，說不準那人就是你們楊家人給弄來故意壞我名聲的，好讓我乖乖走人，好給你們楊家省糧省銀子？真是打得好大的一個如意算盤！」

田慧氣急，也不管什麼該講、什麼不該講，一股腦兒倒豆子似地衝著柯氏倒了出來，可把柯氏氣了個好歹。

「自己不檢點，合該著是楊家的錯了？自妳進門來，楊家哪裡虧待了妳？就算要趕妳出門，也是因為妳不檢點，給楊家丟人！老三前幾日還給我託了夢，說這兩小子他早就想送得遠遠的！如今不想，老三人沒了，卻還惦記著託夢給我這個做娘的！」

楊老三不止一回想將大兒送走，村子裡的人多少都有耳聞，至於原因，大傢伙兒也心照不宣，田慧早產，楊老三使懷疑這圓子不是楊家的種。這回他們聽到柯氏鬧將起來，一個個眼巴巴地盯著楊家院子。楊家老三許是死不瞑目吧，這才給他娘託了夢，嘖——這事兒複雜嘍！

柯氏中氣十足，一字一頓，指著楊家的地界。「今日，我就替老三做主，休了妳，妳帶著妳的兩兒子，趕緊離了我楊家的院子！」兒啊，娘終於替你出最後一口氣了！

於是田慧捲了一個大包袱，背在身後，前頭也掛著，連圓子身後都掛著個包袱，團子提著個小籃子，這兩間破屋子裡但凡用得上的，都被田慧給捲了。

楊家人不知道是怎麼想的，屋子裡的東西倒是都由著田慧搬，左右不過那麼一點兒東西，稍稍值錢點兒的早就被楊老三給弄去當賭資了。或許，也嫌晦氣。

田慧思前想後，知道喬五不會絕了心思，他要是知道田慧被趕了出來，怕是更加有恃無恐。她可真不願意有人三天兩頭地來煩她，但她稍熟悉一些的地方，也就是後山了。「你們楊家人今日非得趕了我們母子三人出去，你們不講情分，我們孤兒寡母給老三守滿一年還是要的，我這就帶著兩個小的，住山上去，臨著老三的墳，也能日日對著老三說說話！」

「誰讓妳給老三守了，妳這不守婦道的女人，趕緊走，離我家老三遠遠的，這人都死了，妳還不放過他！」柯氏將早就準備好的「休書」扔給田慧，這是替死去的楊老三休的。

村裡人一見著柯氏連休書都準備好了，再看田慧母子三人一心上山，這中間的冷暖，但凡會衡量的都能看得明白，心下對柯氏一家人更為不齒。

田慧小心地收好休書，不管柯氏如何叫囂，帶著一家人就往山上去。「圓子，你在前頭帶路吧！」

阿花趁著村裡人大多都圍著楊家人，拐了幾個彎就追上田慧三人。「嬸子，我娘讓你們住我家去，我娘已經在屋子裡整理房間了。」

阿花家也就兩間屋子，並一間雜物房，日子過得也是緊巴巴的，阿花娘常年離不得藥罐子。

「阿花，妳咋來了？」圓子與阿花玩得極好，這會兒看著阿花追過來，自是欣喜難當。

「不過我娘說了，我們要住到山上去。」

「阿花乖，我跟圓子和團子去山上住一年，去給他爹守滿一年，等來年了，咱要是沒地兒去，再住阿花家。」田慧摸著阿花的頭頂，阿花淚眼婆娑地回望田慧。「嬸子不難受，阿花真懂事，去吧，讓妳娘別整理了……」

阿花聽田慧說著，就忍不住落淚了，哭著拉住田慧的衣角，怎麼都不讓人走。

這小丫頭一哭，田慧就沒轍，扯了扯圓子，示意圓子上前哄哄。「阿花，妳別哭了，不然一會兒將我娘給惹哭了。咱就去住以前找到的山洞，妳可別告訴別人，若是想找人玩，就來山上住上幾日。」

阿花聽到圓子湊近她說的話，滿滿都是驚喜。「嗯嗯，我誰都不說，保證不說，就是我娘我也不說！」

目送田慧三人消失在山腳下，阿花才轉回身子往自家院子跑。

楊家人並沒有給田慧時間好好盤算盤算，這會兒跟著圓子往山裡走，才覺得有些忐忑不安。

田慧定了定神，硬著頭皮跟著圓子往山裡走，越走越偏。

饒是圓子裝得再淡定，田慧也忍不住頭皮發麻了，忍不住開始喋喋不休。「圓子，到了沒啊，團子都快走不了了……」團子拄著根樹枝，手裡的小籃子早就已經到了田慧的手裡。

「娘，我一點兒都不累，我跟著哥哥跑過好多次了……」團子似是為了驗證自己說的這般，飛快地跑了幾步後回頭衝著田慧笑。

這是哪家的熊孩子，一點兒都不貼心！田慧心裡忍不住哀嚎，怨念十足。可是圓子兄弟倆絲毫沒察覺到，不時地回頭催促田慧快些走。

彎彎繞繞，田慧知道，這條道已經不是村裡人往常走出來的山路了。「你們怎麼會找到這裡，這草都快要比人高了……」

這話一點兒都不誇張，不過雖然草比團子的個子高，田慧還是能輕鬆地抬腳邁過去。不過越往裡走，草越長。「團子，娘抱著你，你的人影都看不見了！可別一不小心就走丟了。」就是前頭的圓子走得也有些吃力，顧腳顧不上手的，臉被劃開了好幾道口子。田慧有些心疼，這小臉都來不及長上肉，就被劃花了可不好！

這距離可是離村子都有些遠了，田慧很是疑惑不解，這是怎麼尋到這處的？

「娘，您忘記了嗎？對喲，娘您都忘記了，上回爹要把我送到別人家，說是讓我享福去，我不依，就跑了出來，爹氣得要打死我，我一害怕，就躲進了山裡了……」說起這些，圓子情緒顯得有些低落，小小年紀，他就隱約知道，爹不喜自己，獨獨不喜自己。

團子抱著田慧的脖子，雙腳圈著田慧的腰。「哥哥好可憐的，娘也不幫著哥哥說話，哥哥就躲進了山裡，虧我跟阿花偷偷地跑進山裡來，給哥哥送吃的，可是找了一天都沒找著哥哥……」

田慧自然不清楚這些事，這會兒聽著，只覺得可憐了孩子。

「娘，到了，就在這夾縫裡頭，外頭小，裡頭可是很大的一塊兒地！」圓子指著前頭的兩岩壁間的夾縫，終於到了。

團子早就來過很多回了，讓田慧將他放下來後，他上下打量著田慧。「娘，您能進去嗎？會不會太小了？」

「對哦……」圓子反覆看著夾縫和田慧，就差用手比劃了。

田慧將大小包袱放下，示威地讓那兄弟倆都瞧好了，接著大搖大擺地往那有一點點狹小的細縫裡走去。

幸好，這副身子在楊家也沒怎麼吃飽，田慧一抖擻，橫著身子就進去了。哇，這兒弄得跟水簾洞似的。田慧左右打量了下，這山洞多半就是兩塊岩壁挨得近，一不小心空出來的縫隙，只是，不大平整，還有些潮濕……

圓子看著田慧輕鬆地進去，才算是鬆了一口氣，小聲地嘀咕著。「阿花還說大人進不來，看來，娘還是太瘦弱了些。」

進去後，包袱隨意地被扔在山洞的一角，三人就去撿乾柴了。趁著天色還早，田慧給山洞裡燒了一小把乾柴，去去濕氣，三人就這麼住了下來。

當日的晚飯是烤紅薯。「娘，這個好吃，咱以後天天吃這個吧？呼、呼……」團子顧不著燙，左右手掂著紅薯，抵不住誘惑，呼著氣兒又咬了一口。

田慧有心想做個善良的娘親，只是管不住自己的嘴巴。「咱家可就這幾個地瓜了，都進你肚子了……」

田慧將家裡吃剩下的地瓜和幾把稻子都搬了來，她想著明日下山再跟人買點兒地瓜，把鍋啥的也搬些上來。這山洞，往後可就是他們的家了，可得好好拾搗拾搗，都已經過得這麼慘，總不能再委屈自己。

「趁著天色還早，我再去撿點乾草，咱把山洞好好鋪鋪，睡覺的地方總得弄出來。圓子，你帶著團子，可不許亂走，山裡頭天黑得早，到時候碰到野豬還是啥的，就不好了！」

田慧出了山洞，四下打量著，不得不說，這山洞倒是好，地勢不算低，外頭還有藤蔓擋著，也算是個好地方。

田慧繞出山洞，一邊撿著乾草，還不忘認認路，到底不敢走遠了去。

圓子兄弟倆也沒閒著，將田慧撿回來的乾草都鋪了上去，不過就這麼睡在乾草上，想想都覺得磕得慌，田慧倒是捨得將薄薄的那一床墊被，鋪在乾草上，左右也就他們母子三人，就算只剩下一床被子也夠了。

圓子團子累了一天，也新奇了一天，一沾床就睡著了。田慧卻是輾轉難眠，不知道是覺得這地兒不夠安全還是啥的，等到快天亮，才閉上眼睛瞇了一小會兒。

因為鍋還沒有著落，田慧就將剩下的兩個地瓜烤一烤，三人分著吃。田慧不放心將人留在山上，又抱著團子，領著圓子下山去了。

# 第二章 進山

「你們在村子裡玩會兒，娘去院子裡整整鍋子，再去楊大夫那兒配點藥……」田慧仔細囑咐了幾回，才放圓子兒弟倆去村子裡玩。

田慧趁著時間還早就將鍋啊啥的搬了一趟過去，就只差糧食。當然總不好再去楊家拿，都被趕出來了，這點兒志氣田慧還是有的。

想著，於是她往楊家三嬸那兒去，聽說三嬸家是最不缺稻子的，念在她曾是楊家媳婦的分上，會賣點吧？懷裡揣著僅有的那麼一兩多銀子，她有些忐忑地前往楊家三嬸的院子。

還沒等田慧道明來意，楊三嬸錢氏就拉著田慧進院子。「我說妳家婆婆也真是的，這麼好的媳婦不知足，活該她倒楣……」

田慧弄不明白錢氏話裡的意思，這才一日，柯氏就倒楣了？報應會來得這般快？

錢氏一向跟柯氏不對盤，更別說柯氏如此做派對她家影響也不小，她可是還有兩個兒子還沒娶媳婦呢！就算分家了，他們仍是同宗同脈的楊家人。

先前還有不少人說田慧不守婦道，這會兒見田慧帶著兩個兒子住山上去，給楊老三守孝，可就是風向一邊倒了，紛紛指責柯氏一家子不厚道！

本來說來傳去的，都是那些個婦人，這會兒看著田慧落得如此慘不免心生可憐，又想到自己也是作人家媳婦的，說不準哪日就輪到自己，畢竟有例可循。

聽聞此事的楊家族長不管楊老頭是不是躺在床上，借著「上門看病人」的名頭，將楊老頭狠狠地罵了一通。

柯氏原本想攔著，只是來人是族長，又是來探望楊老頭的，柯氏便沒這個膽子。當晚，楊老頭就被氣得一口痰上不來，昏了。這不，報應就是來得這麼快。

「我跟妳說啊，楊老頭這會兒醒了，不過聽說以後都離不開藥罐子。哼，那幾個兒子這會兒正鬧著分家呢，藉口還是現成的，自己的娘做出這事兒，連帶著他們走在村子裡都不受人待見！」錢氏正說著柯氏一家子迅速而來的報應。

田慧心想，處心積慮地將他們母子三人趕走後，這就開始起內訌了？

錢氏好像知道田慧想的。「嘿，妳這丫頭，把妳自己想得太重要了，妳嫁進他們家那麼多年，還不知道他們那家人，無利不起早，聽說楊老頭成了藥罐子，這一個個還不趕緊將自己撇開……」錢氏很是看不上，語氣中都帶著深深地不屑。

「哈，嬸子妳咋知道我咋想的？」田慧有些尷尬，摸了摸鼻子。

「嘿，妳那臉上都寫著呢，也難怪好好的姑娘家會跟著楊老三來這破村子。嘖嘖，我跟妳說啊，這往後收著點兒，別把心裡想的都寫在臉上了……」錢氏「苦口婆心」地教著田慧。

田慧下了力氣揉了揉臉，這才抬頭熱切地看著錢氏。

「哎喲喂，這是哪家的俏閨女，這小臉都揉得紅通通了……哈哈哈，我逗妳玩呢……」錢氏笑得前俯後仰，拉著田慧不撒手。

錢氏連生了兩個閨女，才生了個兒子，然後就一發不可收拾，又連生兩個兒子，錢氏共有五個兒女，長子已娶了媳婦，不過新媳婦面兒薄，也就待在屋子裡繡繡花。錢氏倒是有心跟兒媳婦好好相處，但逗弄了幾次無果後，便敗下陣來。

田慧鬧了個大紅臉，沒承想錢氏是個妙人兒。「嬸子，我這不是信妳嘛……」

錢氏堪堪止住笑，只是臉上的笑意卻是怎麼也遮不住。「好了，是嬸子的不是，下回可得多來陪陪我，就算不是楊家的媳婦，也是我姪女兒。哎，只顧著說笑了，是家裡沒有糧食了吧？」

田慧掏出半兩的碎銀子來。「實不相瞞是有求於嬸子，您賣些稻子、地瓜給我吧？」

「這不是打我的臉嘛，我都說了是我姪女，那點兒稻子怎麼能收銀子呢！」錢氏怎樣都不肯要銀子，拚命地塞回給田慧。

田慧也不忙著推脫，她做事本就慢上半拍，再遇到錢氏這種急性子的，更是壓根兒沒有田慧說話的地兒。不等田慧應承下來，錢氏就進屋搬糧去了。

錢氏一出手，就知有沒有，一麻袋的稻子、一背簍的地瓜。

「嬸子，您莫不是打算養著我們母子三人吧，誰家的稻子都不是白撿的，往後若誰都借著由頭來嬸子家借糧，那我就是給嬸子添麻煩了，我過意不去。要不嬸子多給我些地瓜吧，團子喜歡吃。」田慧堅持遞了半兩銀子過去，錢氏也知這個理，稍一猶豫就收下了。

「這銀子我就收下了，妳回頭再來搬一些，這麼一些稻子可不用半兩。」錢氏說著又給貼了些地瓜。「我說妳一個婦道人家，也要好好合計合計。」

田慧搖搖頭。「不瞞嬸子說，我本就只想著安心作楊家婦，哪想過那麼多，走一步看一步吧，總不會餓死我們母子三人。」

錢氏頗為贊同。「對，人總不會被尿給憋死！」

錢氏的大兒子楊知通聽媳婦說家裡來了客人，就來上房瞧瞧，還沒進門，聽見錢氏誇張的笑聲，眼皮不由跳了。

唉，誰讓自己媳婦見娘就跟老鼠見了貓似的，能躲著絕不出來，這會兒有了身子，更是光明正大地躲著，倒是難得見著他娘笑得這麼歡樂了。

錢氏發現了楊知通。「兒啊，給你嫂子把糧搬進山裡頭去……」

「嬸子，我自己來吧，閒來無事，我還是得來村子裡的。」田慧也有些私心，並不想讓人知道她家如今住的那個山洞。

錢氏看得出田慧實是個有想法的，心裡也高看一眼。「咱可說好了，銀子我也是照收的，只是這點兒可不要半兩銀子呢，回頭，等妳再來搬三回，我再收了這半兩銀子，可好？」

田慧不大清楚糧價，卻多少知道錢氏是半賣半送，幫著自家的。「嬸子，我記著您的情了。」那些感性的話，田慧也不大能說，只是心裡卻是牢牢地記住了，楊家村還是有好人的。

這廂還在感動著，田慧心裡已經開始惦記著等回了家就煮上一鍋米飯，吃個飽。然後，就沒有然後了，日後只有薄粥。

錢氏聽田慧說團子喜歡吃地瓜，心裡發酸，又多送了一簍子的地瓜。「這東西吃多了燒心，偶爾混著煮粥吃，也能混個半飽。」

田慧點點頭。不過她也喜歡吃地瓜，整鍋的米飯雖然吃不起，加一半地瓜摻著吃，過過「乾」癮也好。

來回搬了兩次，田慧只覺得腿腳都不索利了，晚飯是在錢氏那兒吃的，錢氏見著田慧投緣，死活不放人回去，田慧無法，只得留下吃飯。母子三人挺著溜圓的大肚子，往山裡走去。

回去後，田慧本想著燒鍋水來泡泡腳，可惜灶頭還沒搭起來，想過就當泡過了。

這一覺，田慧睡得實了，等天大亮才起。

神清氣爽，一大早田慧就開始搭灶臺，她自知水準有限，只想搭個點得著火、燒得熟飯就成的灶臺。

田慧瞧著天色，估量著等她搭好，吃早飯是沒戲了，只好先燒了堆火焐幾個地瓜，反正大小都樂意吃，就用幾個地瓜打發了一餐。

往山洞下首，大約五百步左右，有一個小坑，石縫中細水涓涓，平日裡洗漱都在這兒解決。

待得終於搭好石灶，田慧還生火試了試，雖說不像原先的灶臺那麼方便，倒也能煮熟東西，關鍵是不嗆人，田慧自然是一千個滿意，誰會嫌棄自己弄出來的東西，更何況，嫌棄了可是又得花大精力再去折騰一番。

等吃了地瓜後，田慧就將圓子兄弟倆送到村子裡去，自己則背回一筐糧就回來。

住在山裡，田慧覺得相當自由，只是有些不安全，所以田慧將山洞附近丟滿了雄黃包，還有一些是楊大夫配製來驅蟲的。

這下子住得更加心安了……

田慧不忍心拘著圓子兄弟倆，多加思量後，決定每日一早都送兄弟倆下山玩會兒，待得晚飯前再將人接回來，雖然有些不便利，但為了不養出倆「野人」來，田慧接送得還算是情願。

只是圓子卻是不依，說是累著娘了。圓子想起昨晚，還沒等他睡著，娘就打起了呼嚕，從前娘可是不打呼嚕的。聽阿花說，人累得狠了，才會打呼嚕，但他卻是拗不過田慧，還是讓田慧送到了村子裡。

自家兒子這般懂事，田慧是甜得心都軟得一塌糊塗。其實這麼點兒山路不算什麼，走著走著也挺習慣。

自家兒子如此乖巧，田慧自然想弄點好東西給他們補補身子，小子還是胖些瞧著才好，她家的兩個兒子都太瘦弱了些，圓子雖說有五歲，可還不如楊大夫家三歲的奶娃娃壯實。

田慧仔細地將銀子藏好了，這可是他們母子三人的命根子，這才去找些柴火，這天兒日漸冷了，他們住在山洞裡，又沒個擋風的，怕是會更冷。

唉，還得編個門簾子，這事情可真夠多的。

田慧以前住的院子，並沒有人再住進去，想起要什麼東西時，她就去院子裡搜刮一下。

現在沒了人煙，院子更加破舊，白日裡瞧著都陰森森的。

不過，院子裡真沒啥好東西，有的不過是旁人家裡都不缺的，幾卷麻繩、竹簍子……田慧卻是當寶一樣，隔三差五地來拾點兒回去。只是好日子不長，等田慧想到山洞裡只一張竹蓆子曬曬東西，有些不夠使，到了院子一看，乖乖，竟是清場似的乾淨！

不過田慧還是不死心地一間間屋子逛過去，只找到一把破掃帚。田慧很知足，抄著破掃帚，滿村子地喊著。「圓子、團子，回山嘍……」

她大搖大擺地從楊家幾個院子前走過，柯氏敢怒不敢言，生怕又惹了眾怒，就看著田慧施施然地走過……

她怎麼就沒被狼咬死呢！這女人根本天生跟她楊家相剋！這又是寡婦，又是棄婦了，照理說，沒抑鬱著，也得想不開啊！瞧瞧，這人卻每日在村子裡橫掃著過，聲兒都能傳過大半個村子，哪有點兒自知之明。

休書在手，田慧自是半點兒不在乎柯氏的臉色。

田慧生火做菜越來越熟稔，不過每日只是煮粥煮飯，就算再熟練，也沒地兒發揮去弄一頓好的。

這些日子她在村子裡走動，發現村子裡種菜的不多，大都嫌棄占地兒，又不能當飯吃，大多種的都是地瓜。餐桌上頂多就一碗鹹菜下飯，要是來了貴客，才會去隔壁村子買上一小塊豆腐，或是在小販那兒砍點肉，這都已經是很了不得了。

不過田慧八卦地聽阿花說了，村子裡的都喜歡置辦田產。平日裡伙食混著地瓜吃，一家子老小省個幾年，就能置辦上一畝田。是以，楊家村並不算很窮，只是摳，對自己摳！

天氣漸冷，田慧撿柴的熱情日益高漲，連圓子都覺得不好意思再去村子裡玩了，山洞外頭沒多久已經堆著不少的乾柴，上頭田慧都用乾草垛子遮著，為了這事，田慧特意去錢氏那兒學了一日。

小山洞日漸有了家的樣子，只是稍許簡陋些，可還能將就著過過日子。這些日子田慧只在村子裡碰見過遊手好閒的喬五，不知道喬五顧忌著啥，遲遲沒有行動，只遠遠地招呼幾聲，就嚇得田慧落荒而逃。

如此幾次，田慧知道喬五不敢上山來，漸漸地膽子便大了些。

「娘，阿花她娘又不好了，每回天冷的時候，就得犯病，整日整日地下不了床，她爹又去了深山，這幾日怕是都回不來了……」圓子說起阿花，有些情緒低落，幫著撿柴火的手都慢下來了。

田慧早就聽說了阿花她娘身子不好。「阿花她奶奶呢？阿花她娘沒人照顧嗎？她姥姥呢？」

「阿花家分家了，她奶奶不上他們那屋子去……她姥姥家的都不是好人！」圓子憤憤然道，他只是覺得阿花可憐，這幾日光顧著照顧她娘，人都忙得像顆陀螺似的。

「那咱明日一早去看看阿花娘吧，你不是早說要接了阿花到咱這住上幾天嗎？」田慧不忍心看著圓子皺著眉頭，果然是心太軟啊！

圓子拚命地直點頭。「娘，阿花可想了，只是她要照顧娘、照顧弟弟，抽不開身……」

正跟圓子說話間，田慧陡然發現，團子沒聲兒，可被嚇了一跳。「團子、團子——圓子，你弟弟呢？」

圓子也慌了神。「剛剛還在這呢，我給團子撿了個小果子玩……娘，弟弟呢？嗚嗚……」

田慧也無心安慰圓子，這好好地出來卻將個人弄丟，田慧心裡罵死自己了！「先別哭了，找找團子先！團子、團子……團子，你在哪兒呢……」

回音陣陣……

就一會兒工夫，走不了多遠，不急、不急！田慧拚命地安慰自己，手卻是抖得厲害！

「團～～子、團～～子……」

圓子一直跟著田慧自責地抹眼淚，卻也是咬著牙跟著田慧一道兒叫喚。「娘，我去那邊，咱分開來找團子吧？」

「不行！你要是也丟了，我真的可以去死了！團子～～你在哪兒，你應娘一聲啊……」

「娘、哥哥～～我在這兒～～這兒～～」

「娘，好像是團子的聲兒，您聽聽？」圓子耳尖地聽到了好像團子的聲音，也不知道是不是幻覺。

田慧聞言，立刻閉了嘴，側耳，隱約聽到了團子的叫喚聲。

確定是團子的聲兒，田慧忙扯著嗓子喊道：「團子，你站在那兒不要動，娘這就過來，你喊聲娘聽聽……」

「娘～～娘～～娘～～」

田慧顧不得疼，撥開了矮樹叢、雜草，跨步奔去。

圓子咬著牙跟在田慧的身後，被彈開的樹枝抽得臉生疼，也咬牙忍住了。幸好找到弟弟了，娘好不容易對他好了些，他不想被娘討厭了。

田慧遠遠地就看見團子倔強地站在那裡，一動不動，田慧嚇得一把抱住團子。

田慧還未斥責，就聽到團子瑟瑟發抖地指控。

「娘、娘，您怎麼這會兒才來，我以為您不要我了……」團子抱著田慧的脖子，壓抑了許久的眼淚終於決堤。

雖說才小半個時辰，這會兒找到人，圓子被嚇得也有些腿軟了。

田慧看見圓子臉上紅紅的印跡，還有幾條都有血絲了，用另一隻手攬過圓子。「是娘不好，娘沒照顧好你們！都是娘的錯！」

母子三人哭得那叫一個驚天動地。

林子裡，四處飄蕩著讓人驚悚的哭聲，休憩著的鳥兒，撲簌著飛遠了……

「哎喲喂，我跟你說啊，這林子裡這幾日總是有哭聲，聽得人毛骨悚然……」

「你也聽到了？我也是啊，嘖嘖嘖，那個心酸啊，男人女人小孩的聲兒都有，陰惻惻的，過一會兒，又是笑了，這笑可比哭淒慘……這還是大白天呢……」

「喂，你說，是不是楊老三的鬼魂啊，他家的老婆孩子都住山上去給他守孝了，他還不得白日裡出來見見人啊……再說了，這山裡頭遠些的，不見陽的可不少……」

不知怎的，上山的越來越少了……

田慧母子三人這會兒正哭得轟轟烈烈，等田慧哭夠了，發現圓子團子都只是在那抽抽鼻子。「娘，我有聽您的話，乖乖地站在這裡等您來找我……」

圓子聞言，不等田慧說話，對著團子的頭敲了一下，田慧都能聽到「瓜熟蒂落」的聲兒，下手可不輕。「你還好意思說自己聽話，讓你不要動，誰讓你跑那麼遠的地兒來！」還是不解氣，他對著團子的頭又是一下。

團子可憐兮兮地抱著頭。「哥哥，我錯了，要不再打一下，可得輕點兒……」說著，還露出一個小縫隙，讓圓子再打一下。

田慧破涕為笑，母子三人你看看我，我看看你，格格格地笑了出聲。

「走，娘帶你們回家洗洗去。」田慧蹲得腿都有些麻了，站起身子狠狠地跺了幾下地。

團子小心翼翼地看著田慧的臉色，跟以前一樣了，才鬆了一口氣。「娘，我追著小兔兔來了，來了這兒，前頭就有條小溪，是、是娘說的活水……」

田慧倒是來了興致。「噢？在哪兒呢，快帶娘去瞧瞧！」

團子帶著田慧跟圓子到了他說的那處。

「哇，還真是一條小溪啊，也不知道往哪兒流，你們站在這兒，我沿著小溪下去瞧瞧。」田慧這是好了傷疤忘了疼，自顧自地沿著小溪走下去。

圓子卻是警鈴大作，一眨不眨地盯著團子，團子摸了摸鼻子，自知錯了，乖巧地坐在一旁的石頭上，由著圓子盯著。

「哥哥……」

圓子挑眉。

「哥哥，挑眉不好……」

圓子皺眉。

「算了，哥哥，還是挑眉吧……」

圓子皺眉。

團子本就是沒話找話的，原本這招對圓子百試百靈，團子今日卻是撞到鐵板了，只得乖乖地坐著。

田慧順著小溪往下走，越往下，這水流就越小，到後來就流進了雜草叢裡。也就團子發現的那段最好，兩岸都很平坦，水流也急。

等田慧順著小溪回來的時候，圓子正挽著褲腳在水裡蹦躂。「哥哥，在那裡！那裡！可真笨，還不如我呢！」

圓子氣得拿眼瞪他，團子才堪堪止住。「哥哥對不起，我只是想給娘一個驚喜嘛！」

「圓子，你在做什麼啊，這天兒都冷了，要是凍著了可如何得了！」田慧真的是驚魂未定，做娘可真不容易啊。

圓子被田慧那霸氣一吼，定住了。

團子看著圓子的可憐樣兒，默默地在心底嘆了一口氣。「唉，哥哥就會欺負我，見娘發火，就什麼都不敢了，膽子也忒小……」

團子又重重地嘆了口氣，惹得田慧一巴掌拍下來。「小孩子嘆什麼氣！」

團子摸了摸他可憐的頭，才這麼一會兒，就被敲了好幾下，再敲下去都要傻了。

「娘，我跟哥哥這是想給您個驚喜呢，我剛剛在這兒看到這水裡有魚，可是哥哥真是夠笨的，抓了這麼久，連魚影子都沒看到……」

團子跟著田慧久了，多少也被田慧影響，對著家人膽子也越發地大。聽娘說了，如今奶奶他們可是管不得他、罵不得他，他們就只有一家三口人了，真好！

只是圓子不知咋的，卻是怕極了田慧，田慧多少有些察覺，卻也無可奈何，只想著日子久了，圓子終會知道她不是「惡娘」。

一聽有魚，田慧激動了，小心臟「撲撲」地亂跳。魚是葷的！今天能開葷了嗎？唉喲，我的小心臟哦……

圓子趁著田慧還沒回過神來，趕緊上岸穿鞋。

「讓我瞧瞧……」溪裡的水都被圓子攪渾了，這要是能抓到魚，真的服了，這會兒連魚影子都沒瞧見。

田慧躊躇著要不要回家去拿魚網和木盆子，只是又不放心兩個小的，正左右為難。

「娘，我會看好團子的，我保證！」圓子好似知道田慧心裡想的，努力地在田慧面前表現。

田慧猶豫再三，咬牙道：「行，圓子看好弟弟，那你們乖乖的，我馬上就回來！」田慧再三交代後就跑了。這都瞧見魚了，不嘗嘗鮮兒，怕是晚上睡得都不會踏實。

山洞是剛剛收拾好的，田慧自然記得東西都放哪兒了。將魚網扔進木桶裡，她緊趕慢趕，總算是回到小溪邊，看到那兄弟倆好好地坐在石頭上，田慧才算是放心了，扔了木桶在一旁，慢慢地順著氣。

田慧撒了網，想著左右這會兒也等不到，就說道：「好了，咱有空就過來瞧瞧吧，這會兒該去撿柴了。可得燒點兒炭出來，天冷的時候可以取暖。」

田慧說的炭，可不是外頭在賣的價格貴得很的炭，而是村子裡自家製的。也就是挖個洞，將木柴扔進去燒，等差不多了就用土埋了。

前些日子，錢氏家正在燒飯，田慧跟著看了，錢氏還特意仔細地解說一通。

想著晚上可能就有魚吃了，兩個小的都幹勁十足，一路撿過去，倒是撿了不少的乾柴。比田慧一個人幹活的時候輕省多了，還能說說笑笑。

圓子看著田慧忙著生火做飯，有些不好意思地靠近。「娘，明天我不去村子裡了，我幫您一道兒撿柴。」

田慧正跟枯柴奮鬥，被煙嗆得直咳嗽。「沒、沒事兒，就一點兒活，你跟團子去玩吧，娘燒飯了……」田慧並沒注意到圓子有些心不在焉，只顧著捂嘴咳嗽。

這幾日田慧隔三差五地就會煮上乾飯，雖然一半是地瓜，可甜甜的地瓜飯也挺好吃的。不得不說是母子，口味驚奇地相似！

只是再好吃的地瓜飯，吃著也有點兒心不在焉了。

團子第一個受不了。「娘，咱吃完就去看看有沒有魚吧。」

「娘，我洗碗，回頭我洗碗吧……」圓子端著碗在一旁討好地看著田慧。

田慧故作很糾結的樣子，吊足了他們的胃口，才勉強答應。「好吧，那咱可是說好了，回來你們可得洗碗。」

田慧不喜歡洗碗，雖然沒有油，還是不喜歡。這次逮著機會，自然不放過，畢竟就算圓子願意幫著幹活，田慧自持身分，也稍稍有些不好意思，她如今可是做娘的！

將碗收攏了，母子三人就朝著小溪走去。

# 第三章　看望

「娘，您說有沒有魚了？」團子已經在想著讓娘燒魚。怎麼燒好呢？

「娘，聽說魚能換好多銅板的……」圓子也有些饞了。圓子倒是喝過魚湯，那還是娘生團子的時候，爹碰巧賺了銀子，給娘買了魚下奶的。

聽到能換錢，田慧也來了精神。田慧後知後覺地發現，楊家村並沒有河流經過，連小溪都沒有，吃水用水都靠著村子裡那口井。

母子三人各懷心思，來到小溪旁，田慧示意兩個小的離開些，拉起網。「娘，有魚、有魚……」圓子眼尖地發現了網裡活蹦亂跳的魚，拉著團子看。「團子，看見沒，在那呢！在那，還有那兒！」

田慧看著木桶裡正游得歡快的三條魚，想著是吃了好呢，還是放了好？因為這魚實在是太小了，才三指寬的小魚，田慧都不忍心下口。

母子三人呆呆地看著優游自在的魚，團子偷偷地看著田慧的臉色。「娘，這麼小的魚，應該賣不出去吧？」

剛剛還想著換銀子的田慧，這會兒腦子只想著吃吃吃！田慧狠狠地點點頭。「團子想吃魚？」

「想吃、想吃。」團子眼巴巴地注意田慧的神色，小小的腦袋點個不停。

田慧大手一甩，豪氣萬丈地提著水桶，領著兩小回家了。

雖說只是三條小魚，田慧仍想著法子希望將魚做得好吃點。清蒸？紅燒？水煮魚？好吧，還是現實點，就魚湯吧……

現實還真是讓人沮喪，就如田慧提著的水桶，有些吃力卻又捨不得扔……再小的魚也是肉啊！

不過，圓子團子卻是興奮得緊，圍著水桶不肯睡，討論個沒完。「哥哥，娘上回說的美人魚，是不是真有這魚啊，這要是美人魚可真夠小的，一巴掌就拍扁了。」

「嗯，人身魚尾，想想都打寒顫，我是那王爺，我也不喜歡……」圓子指指自己的頭，又點點魚尾巴，引得團子附和聲不斷。

田慧汗顏，她明明不是這樣說的，王爺和公主最後快樂地生活在一起，這才是關鍵！這兩熊孩子為何只記得經過，結果啥的看得不重要？不過為什麼聽起來好像也有些道理？

團子湊近圓子，偷偷地說：「娘老說王爺公主過得很幸福，那都是騙小孩的，我才不上當，哥哥你也留個心眼兒！」

田慧雖說躺在床上，耳朵可沒閒著，聞言眼睛直抽抽。

「噓，輕聲點兒，咱心裡知道就行！真想早點把魚吃了，看著真礙眼，又不能換錢！」圓子用手攪了攪水桶。

啪！最後一簇火苗子也滅了，山洞裡黑黑一片，兄弟倆不情願地爬上床睡覺了。

那一晚，田慧作了一個夢，女人身鯉魚頭，正妖嬈地輕聲呼喚著。「田慧，來吧，咱好好地玩耍一番吧……妳看，那裡還有王子等著咱呢！」

田慧順著美人魚公主的手，回頭看去，驚醒！

田慧起來的時候，團子還睡著，只是不小心吵醒了圓子，田慧小聲地對圓子說道：「娘去看看網裡有沒有魚，回頭去看阿花娘時也有拿得出的東西。」

圓子揉著眼睛，眼神朦朧，根本就沒聽清楚田慧說什麼，只傻傻地點點頭。

「啵！」田慧對著圓子的額頭輕輕地親了下。「乖，再睡會兒，娘等會兒就回來。」

田慧也不想那麼早起，只是被驚著了，翻來覆去地總是睡不踏實。這夢作得有些燒心，讓田慧忍不住反省，以後再也不說王爺公主了，醜小鴨還差不多！她暗暗決定，下次說故事前得在心裡過個幾遍。醜小鴨真沒問題吧？

田慧拎著桶，一路思索著就到了小溪邊。反正時間還早，田慧倒不急著拉網，湊近水面。「哇！大魚！」

「噗噗噗……」將網收攏往岸上拉，田慧這次特別小心，生怕沒攏好魚跑了。一看，又是三條，不過這回可爭氣了，兩條四指寬的，另一條大概有一斤多！

發了！發了！她顫悠悠地將魚網重新撒回小溪裡，不忘在網底放了塊石頭，緊張地提著水桶，生怕把魚給晃暈了，一步步走得很是小心。

「圓子團子，快來看看，快來啊！」田慧急需跟人分享。這都不曉得能換多少銅板，能不能換點兒肉回來？她真的想吃肉了。

一聽田慧的動靜，團子激靈靈地被嚇醒了，圓子倒是沒睡著，兄弟倆趿拉著布鞋，小跑出來。

田慧已經開始生火，將鍋架了上去，天天搬鍋洗鍋也是件體力活啊。她先將水燒開，這燒魚湯可是拿手活兒，這加進去的水得是燒開的水，這樣魚湯才會白。

「哥哥，你怎麼笑得傻兮兮的？娘，您讓我們看啥？」團子伸了個懶腰，走近田慧，看著田慧有些笨拙地刮著魚鱗，頭卻撇得老開。

圓子正了正臉色，看見田慧的腳旁還躺著兩條魚，魚尾巴在那彈著。再隨便一瞟水桶，唉喲喂！

「哇哇，娘、娘，魚！美人魚給咱送魚了，還是好大的魚！」圓子前言不搭後語，頭都快伸進桶裡了。

「噗嗤……」田慧突然覺得心情好好。

團子可不覺得圓子有什麼說得不對，跟著湊過去。「哇！真的有魚耶！娘，您別殺了，回頭還會再送魚來的，咱家可是要發了！」

團子喋喋不休地在田慧耳邊嘮叨，只是效果甚微，田慧不急不慢地刮著魚鱗，又換了一條，「嗖嗖嗖」地刮起來，團子就差沒上來搶刀了。

田慧有心晾著這兄弟倆，等魚下了鍋，才慢悠悠地道：「這是我一大早就起來撈回來的。」

「喔，原來娘就是美人魚啊，怪好看的。」團子上下打量了下田慧，惹得田慧直瞪眼。

圓子不忘跟著拍馬屁。「就算是瞪眼也怪好看的。」

田慧哭笑不得，這兄弟倆還越來越會拍馬屁了……

田慧用三條小魚，煮了一大鍋的魚湯。嘗到了一點葷腥的感覺真好啊，田慧捧著碗，喝一口魚湯，還要感慨個半會兒，再喝，再感慨……

是以，田慧手裡的那碗魚湯還剩下半碗時，兄弟倆已經喝下兩碗，卻是不好意思再喝了。

「你們看著我做什麼，快喝啊！」

團子將碗朝下，示意已經空了。「娘，我們都已經喝兩碗了。」他探頭探腦地看了看田慧碗裡的半碗魚湯。

「啊，都喝兩碗了？那就別喝啦，回頭地瓜該吃不下了！」說完，她就捧起碗，咕嚕幾口將剩下的魚湯喝了乾淨。

團子舔了舔嘴巴。「娘真浪費，都沒好好嘗嘗味道，就全部倒進肚子裡了。」牛飲，浪費！

田慧遞地瓜的手頓了頓。「你都喝了兩碗，我才一碗，是誰用倒的？誰！」她將地瓜收回來。「地瓜也別吃了，喝了兩碗應該飽了，那麼小的人兒，肚子倒不小！」

田慧抓狂了，怎麼養兩熊孩子那麼難啊！

將一個地瓜遞給圓子，田慧就不管團子了，自顧自地拿個地瓜剝掉烤黑的皮，吃了起來。

團子抽抽噎噎地看著圓子剝皮，看著田慧惡狠狠地咬一口烤黃的地瓜，到底不敢哭出來。只是，他還餓著啊，兩碗湯水，哪管飽啊！

偷瞄著田慧去洗手的間隙，圓子將地瓜伸到團子面前。「弟弟，快咬幾口，娘沒看見，咱們分著吃。」

團子淚眼汪汪地咬了口地瓜，真好吃，還是哥哥好……

田慧懶得搭理這兄弟倆你儂我儂，找了幾根草搓成一根，又將桶裡她早就打量好的小點兒的那條給撈了出來。

「娘，您這是做什麼？這魚要死了！」圓子聲聲指控，團子則是傷疤還沒好成，只哀怨地看著田慧。

田慧裝作沒看見，真要跟兩個小的計較，氣死了也是白搭！「咦，不是說要去看阿花娘嗎？」

「對對對！不過娘得挑小點兒的那條，大的咱就可以去換銅板。」圓子忙不迭地點頭，還不忘將大的那兩條也打算好。

田慧早就打聽清楚了，去鎮上一來一回要兩個時辰，這還是腳程好的。楊大夫家雖說有牛車，不過是偶爾才去趟鎮上，一個月還去不到三、四趟，如此一想，怕是這賣魚換錢，可是路途漫漫。

田慧生怕引人側目，將魚放進背簍裡，領著兩個小的下山。

他們還沒進院子，就聞到陣陣藥香，阿花正搖著扇子煎藥呢！

「要死不活的，一年大半時間都躺在那兒挺屍，裝、裝、裝了一輩子還沒完沒了！天天聞著這味兒，活人都快活不成了！」隔壁院子的趴在牆頭大聲罵著。「我呸，真是晦氣！」

田慧看著阿花就像沒聽到一樣，自顧自地搧著扇子。

「娘，阿花好可憐的，她大伯娘總是趴在牆頭罵人，還把髒水往她家潑！」圓子朝阿花那兒努努嘴，覺得自己雖然沒有爹也沒家了，可是還是比阿花幸福多了。

團子不等打招呼，就自來熟地跑到阿花身邊。「阿花姊，我來幫妳吧！妳去做別的活兒。」

阿花抬頭看見田慧進了院子，忙揚起笑招呼道：「嬸子，您來了啊，快點兒進屋坐。」阿花熟練地招呼著田慧進屋坐會兒，絲毫看不出這才只是六歲的孩子，可比她家的圓子團子懂事多了！

「妳去忙吧，我來看看妳娘，還給妳帶了條魚來，妳也知道我家如今沒什麼拿得出手的。」田慧知道這個家在阿花爹上山的時候，裡裡外外都是阿花張羅的。

圓子將背簍裡的魚遞給阿花，阿花半晌沒接，圓子就將魚放進了灶房裡。

「嬸子，這怎麼好意思啊，您家連住的地方都沒有了，魚還是留著換錢吧！」

團子神神叨叨地湊近阿花。「我家還有兩條哩！」

「我去看看妳娘，這還沒入冬呢，怎麼就起不來了？」阿花引著田慧往她娘的屋子裡去。

田慧從沒進過阿花娘的屋子裡，瞧門窗掩得極嚴實。田慧微微皺了下眉頭，阿花推開門，一股子藥味迎面而來。

阿花娘正著頭躺在床上，見得門打開了，轉頭看過來後，忙坐起身子。「慧娘，妳來了啊。妳看我這屋子裡亂的，阿花怎麼這麼不懂事，把妳嬸子帶到屋子裡來，這要是過了病氣，旁人可又有話頭說我了……唉，也都怪我自己不爭氣啊……」說著，就不知道從哪兒掏出帕子來抹眼淚。

田慧僵在那兒，不曉得該進還是該退出去。

阿花小心地扯了扯田慧的衣角，又趕忙放下。「嬸子，我娘不是說您，她、她是無心的，就是、就是那個性子，您就當沒聽見，讓您見笑了。」

田慧低頭看著阿花，阿花臉上的笑有些僵硬、有些自卑。田慧心疼地摸了摸阿花的腦袋。「嬸子知道，阿花最懂事了。」

田慧抬腿走到了阿花娘的床邊，阿花娘猶自哭著，根本就沒想著招呼來人。田慧就著阿花端來的凳子坐了下來。「妳看阿花多懂事，將家裡頭打理得有條不紊。」

阿花娘哭濕了一條帕子，才堪堪止了淚。「有什麼好的，到底是個閨女，我沒妳有福氣，生了兩個兒子。」

阿花不住地給田慧拋眼神，滿滿都是歉意，田慧微微地搖搖頭。

「我能有啥福氣，如今男人沒了，家也沒有，一個人帶著兩個兒子。哪像妳，有兒有女，相公又能幹。」田慧只想著說點兒好的，讓阿花娘能振作些。

不想，阿花娘果真贊同。「聽妳這麼一說，妳還真的比我不幸。我還有相公賺銀子，妳那相公，唉，真不是我說，妳還真的是可憐啊……」說著，又為田慧的不幸掉起了眼淚。

田慧如坐針氈，我不幸我都沒哭，妳咋的就又哭上了啊！還能不能好好地說話啊，這沒說上幾句話，就得哭上一回。

「娘，您身子虛，這老是哭，怕是身子也受不住啊……」阿花勸道，嬸子好心來看她娘，她可不想她娘再說出旁的話來。

「我怕是也撐不了幾年了，可憐阿花和她弟弟，前陣子，婆婆還說要給阿花說個人家，讓她去做童養媳，免得在家受苦受累。」

「童養媳？阿花才六歲，送到別人家去做童養媳！妳這做娘的怎就忍心？我可是聽說，童養媳都是小孩兒實在太多了，家裡過不下去，無法才送到別人家去的，妳可就只有一兒一女啊！」

田慧本打算告辭，聽得阿花娘這樣說，忍不住炸毛了！聽說阿花爹靠著打獵，賺得可是村裡頭的獨一份，只是因著阿花娘的身子不好，才拖累了整個家，但那也不至於送閨女去當童養媳啊。

阿花娘皺眉看著田慧。「慧娘，妳這話說得好像我就是那黑心的後娘。這女人早晚都得嫁人，婆婆自然疼自家孫女，定是會找個好點兒的人家，雖說不是使奴差婢的，可好歹應是吃穿不愁的。」

「爹，您回來啊！」阿花看見了她爹的身影，就往她爹身上撲！「嬸子來看娘，還送了條魚來。」

田慧聽著阿花娘又哭訴了半晌，阿花爹才抬腿進屋來。「圓子娘，妳太客氣了，還特意來看阿花她娘。」

這才是正常人好不好！田慧難掩激動地望著阿花爹。「都在一個村子裡，我家圓子還經常勞煩你家，這來看看阿花娘是應該的。」

阿花爹搓著手，不知道如何接下去，只憨憨地笑著站在一旁。

阿花娘眼睛都快黏在阿花爹身上，田慧識趣地站起身子。「我去外面坐坐。」

「行，阿花她爹剛剛回來，我這也正有話要跟她爹說呢！」阿花娘笑著逐客。

田慧起身跟著阿花出去，狠狠地呼出口氣。真是夠窩囊的，她有些不厚道地想著，見了男人回來，就跟迴光返照似的。

「嬸子，我娘的性子就那樣兒，您別往心裡去啊！」阿花情緒有些低落。

田慧是真心喜歡阿花，雖說阿花娘讓人有些看不上眼，可是並不影響她對阿花的想法，幸得阿花沒長成她娘那樣。

「妳娘也是病糊塗了，嬸子沒什麼好在意的！倒是妳，什麼時候上我家住住去，圓子他們可是盼著妳去住幾天呢！」田慧心裡嘔得要死，心疼死那條魚了。

「可是我娘身子這樣，我走不開。」阿花有些沮喪。她畢竟是六歲的孩子，自然想著能出去玩玩，每日只拘在家裡做活，也會覺得無趣。

「沒事，圓子他們還得在山上住半年呢，回頭等妳娘好了，妳再來住。」田慧無法，只能寬慰著阿花，小孩子的情緒來得快，去得也快。

圓子挪著腳步湊近田慧。「娘，剛剛阿花爹說了，若是以後有魚，他替咱去賣。」他兩眼發光，好像已能見著這銀子似的。

阿花忙不迭地點頭。「我爹要經常去鎮上賣獵物，也是順手的。」

田慧最受不了別人對她好，思忖著剛剛阿花娘說的，生了一兒一女後，氣血兩虛，才落下那麼個病症，她便說道：「阿花娘的病其實能治的……」

「嗯，我娘會治病！上回我那個臉，被奶奶趕出去那會兒給甩手打腫了，娘就用那酒給擦了擦，妳不是也瞧見了？兩三天就消腫，可比楊爺爺厲害多了！」在圓子的眼裡，他娘是最厲害的。

「別瞎說，你娘只是半吊子，怎麼能跟楊大夫比！」田慧嗔怒，不過被自家兒子誇是件很幸福的事。

屋裡，阿花娘不知咋的又哭上了。

阿花爹不耐煩道：「妳若是一直這樣，就不要說旁人不喜妳，根本沒人受得了妳！」

「我知道你嫌我礙眼，想我騰出這個位置，給你中意的人，可是我就是死不了，我也無法啊！」阿花娘絮絮叨叨地哭著，

這人，都沒了良心！阿花爹青筋暴起。

「我天天在山裡出生入死，大半的錢都給妳看病吃藥了，現在妳竟說我巴不得妳早點兒死，妳怎麼現在不去死！」辛辛苦苦在山裡待了幾天，回來氣都沒喘上一口，這人就又哭上了，還聲聲指責他。

「我知道你要出去跟那寡婦說話，嫌我礙了你的眼！那寡婦有什麼好的，不就生了兩個兒子而已，還將她家男人剋死了，這人是剋夫的命啊！村子裡有多少男人眼巴巴地看著，一不留神頭上的綠帽子都綠油油得發亮了……」

「夠了！」阿花爹暴怒，屋裡屋外一片靜謐。

田慧幾人面面相覷。「阿花，我們先回去了，等下回再來看妳爹，哦不，妳娘！」田慧被嚇到了，不由語無倫次。瞧著阿花爹是個老實人，怎麼才進去一會兒就發了脾氣？

阿花送走了田慧三人後，轉身往屋子裡跑，當她正欲推開房門，她爹就把房門打開了。「爹，嬸子說娘的病其實能醫好的！」

「喔？真的？」阿花爹也上心了。阿花娘的病拖死了家裡，不只幾乎花光了家裡的銀子，還逮著機會就鬧，家裡的人都給得罪完了，但是不給她吃藥看病，他又做不下手。

還沒等阿花開口再說些什麼，阿花娘就怒了。「你們父女倆是想讓我死啊，好好的大夫開的藥不肯給我吃，要個來路不明的女人弄什麼給我吃！」

阿花爹拉著阿花就出了門，將門合上，也不理會阿花娘在屋子裡罵罵咧咧。

幸虧兒子是他娘養著，阿花也是個懂事的，沒長歪！阿花爹心裡鬆了一口氣。

阿花爹領著阿花去了他娘的院子。「娘……」

「老三你回來了啊，自己的院子去過沒？」阿花奶奶正收拾黃豆，撿好的可以做種。

「嗯。」阿花爹悶悶地回了一聲，阿花很乖巧地坐在奶奶的身旁，幫著撿黃豆。

「奶，我娘的病有得治了。」阿花只曉得這是好消息，以後她就不用幹那麼多的活兒，凡事都有她娘，她也可以跟圓子他們一樣，跟在娘身後了。

「哦？真的嗎？」阿花奶奶詢問地看向阿花爹，心裡盤算著還有多少銀子。

阿花爹點點頭，阿花急不可待地將事兒說了一遍，還不忘說說圓子上回的傷，這可都是她親眼所見呢！

「別提了，她娘是不會吃的。」阿花爹悶悶不樂。

「唉，都是你爹對不住你，村子裡誰家不說你是最能幹的，可偏偏攤上了這麼個媳婦，唉，這幾年附近幾家哪家不是被得罪光了！這事兒你別管，讓圓子她娘開了方子，我會每日看著她吃下去的，好好的一個家就被拖成了這樣，還折騰得沒人敢上門來！」說到最後，阿花奶奶戾氣十足。

# 第四章　初顯

第二日，田慧實在是扛不住心裡的壓力，將魚兒一早就給錢氏送去，不過到底沒狠下心來送出最大的那條。

錢氏客氣了一番，也就收了，卻是變著法子送一大簍子的地瓜、一小袋子的黃豆。「妳找找妳那山洞附近能不能開點兒地出來，來年種點兒菜啊、地瓜啥的，也能混個半飽。」

這些日子，錢氏多少知道了田慧的性子，很是盡心地指導她過日子，態度堪比對待閨女啊，她那兩個出嫁的閨女都沒讓她這麼操心過。

錢氏孜孜不倦地傳授著經驗，直到阿花來喚田慧。「嬸子，我奶奶讓您等等呢，她過會兒就過來，怕您到時回去了。」

田慧不解，錢氏卻是個嘴快的。「妳奶奶可是好些年沒出過門了，找妳嬸子有啥事兒？」

「我娘的病，嬸子說她能治！」阿花大聲地說著。

錢氏狐疑地盯著田慧看了又看。

「我不就是娘家開藥房，知道幾個方子罷了。我娘以前也是這個症狀，所以我記得特別清楚。」田慧說起這些來，毫無壓力，反正她也不知道這個身子的娘家在那兒。

等阿花奶奶來了後，田慧不動聲色地打量著，不像是能做出將阿花賣到別人家做童養媳的人啊，看阿花親近她奶的小樣兒，祖孫倆平日裡關係應該不錯。

田慧胡思亂想著，錢氏跟阿花奶已經說了一會兒的閒話了。

「圓子娘，我聽阿花說了，所以想請妳開個方子，給她娘治治，這麼些年苦了這孩子。我昨兒個也聽說妳看過她娘了，必是讓妳受了委屈，我在這跟妳賠不是！」這些年，阿花奶沒少給人賠不是。

錢氏一副田慧親長的模樣，攔著阿花奶。「您這話說的，都是一個村子的，咱慧娘也不是這種人……」

田慧本就主動開了這個口，這會兒哪有不應的道理。「嬸子，方子是有，不過卻是合著酒的，這樣不知是否吃得下？」

阿花奶確實沒聽過藥能合著酒吃的，不過聽阿花說，前回給圓子消腫也是藥摻著酒，便咬咬牙說道：「行！這麼多年的藥吃下來，人還不死不活地躺著，有機會都得試試。」

「嬸子，酒有時候可不是壞東西，能對藥的多種作用加以引導，使藥能更好地發揮療效。」田慧笑著說道。看著阿花奶那種破釜沈舟的氣勢，忍不住多說了幾句。

錢氏也笑道：「我們這些老婆子可不會妳這些文謅謅的東西。這能識字的娘子就是不一樣，說起話來還一套一套的，把我們都給唬住了。」

「誰說不是呢，不過這一聽還是個理兒，挺是一回事兒的！」阿花奶也跟著讚道，心裡暗暗可惜。

唉，這女人啊，啥命都說不準。眼前這個能幹的，卻跟了楊老三，如今又做了寡婦；偏偏自家兒媳婦，那般口無遮攔，四處得罪人的，還能日日躺著，有人賺錢有人煎藥，這都是命啊，唉！

「嬸子，人參啥的，咱家也用不起，我就開個簡單的方子先吃著，看看效果。當歸、黃芪、雞血藤各一兩，白酒一斤。將這三味藥都切成薄片，放進罐子裡，加入白酒，密封。浸泡個十到十五天後，過濾去渣，就成了。用的話，一小杯子差不多了，一天兩到三次。」

田慧怕阿花奶記錯了，還特意陪著阿花奶去了趟楊大夫那兒。

楊大夫的媳婦不甚滿意地說道：「嘖，這要是出了人命，可不是鬧著玩兒的！」

阿花奶好幾年不出家門，久到村子裡人都快忘了，這個老婆子可不是好打發的。「楊開河，你家媳婦滿嘴的屎，你都不讓她洗洗乾淨再出來見人？」

楊大夫呵斥媳婦。「怎麼說話的！我這麼久都醫不好阿花娘，換個方子也是應該的，還不快給人家賠罪！」

田慧深覺自己那點兒根本就算不得道行，這村子老一輩的，可都是藏龍臥虎啊！不過能這樣子說話，還真是爽！

田慧兩眼冒星星地盯著阿花奶，倒是惹得阿花奶不好意思了。「妳一個識字的，可不能學我這樣，我要不是因著阿花她爺爺早就沒了，養大幾個小的不容易，這才不得不厲害點。」待得抓了藥又道：「呃，慧娘啊，聽嬸子的，這兇悍點兒沒啥好處，有啥難的來找嬸子，嬸子給妳出頭，乖。」

田慧汗顏。

才過兩日，阿花爹又進山了。阿花奶知道是被阿花娘哭擾得無法了，他寧願去山裡頭待著。大概四、五日之後，他會讓阿花來知會一聲，到時候再將魚順道帶去賣了。

阿花得了她奶的囑咐，自然閉牢嘴巴，不將這事兒說給她娘聽，忙裡忙外地愣是沒在她娘面前說漏半句。

阿花有些沮喪地發現，圓子的娘那麼好，開了方子都沒收錢，她娘為什麼還看不上圓子娘，淨說難聽的，那圓子爹自己作死，這也能怪圓子娘？

四日後阿花爹就下山來了，給家裡留了一隻野雞，再讓阿花在山腳下等他，阿花自然懂得什麼意思，骨碌碌地往山裡跑。

田慧提著木桶，裡面有八條魚。「阿花，這會不會太重了？」

「我爹力氣可大了，這才那麼點兒不夠我爹看的！」阿花提起她爹，滿滿的孺慕之情。

送走了一桶魚，田慧盤算著錢氏說的，開了菜地可以種些東西。可是，這都半日過去了，田慧只開了兩、三米，手掌心就被磨得通紅。

田慧覺得自己真是夠窩囊了，穿越過來就為種菜、養孩子來的，連個住的正經地方都沒有。

這會兒實在是沒力氣了，她回去喝了一大碗的水，累癱，一刻都不想動了。

「娘、娘，我們回來了！」

田慧不自覺地睡著，隱約聽到圓子和團子的聲音，驚醒，一骨碌地爬起來。噭，天都快黑了。

「糟了！」田慧趿拉著布鞋，就往洞口跑。

「娘，嚇死我跟哥哥了，我們還以為您不在了……嗚嗚……」團子跟在圓子的身後，終於見到了田慧，再也控制不住地哭了起來。

田慧正迷糊著，被團子這一哭給哭懵了。「咋了，這不是跟你們說好了，我在山裡頭開塊地出來，咱可以種菜，到時候咱就有好吃的……」

田慧將團子放到床上，仔細地將團子的布鞋脫了，回頭就見圓子眼裡也蓄著淚，分分鐘就能哭出來。

她真的只是有些累到了，不小心稍稍睡過頭一會兒。「娘一不小心睡過了一點兒，你們是自己上山來的？」

「嗚嗚……咯……呃……」好吧，都哭得打嗝了，看著這兄弟倆臉上又被劃開數道傷痕，田慧想吃了自己的心都有。

她打了水，細細地給兄弟倆洗了臉、洗了手。「都是娘不好，娘睡著了，讓咱圓子團子擔心了。娘從沒想過要丟下你們倆，沒有你們倆，娘也沒地方去啊。再說，娘以前的事兒都忘了，當然得帶上你們倆嘍！」

田慧不知道圓子團子為啥總是不安，田慧試著說服他們。天地良心啊，她真沒想過要撇下這兩小的啊！有些欲哭無淚，她也想哭啊……

「咱勾勾手，以後你們要相信娘，娘也相信你們不會丟下娘的，來、來，來拉勾勾！」

田慧小拇指勾勾，這事兒就這麼定下來了。

「娘，錢給您。」圓子摳摳摸摸地掏出個錢袋子。「阿花爹說了，一共賣了這些銅板，八十二個銅板……」圓子沈著腦袋。「對，就是八十二個銅板！」

田慧接過錢袋子，將銅板都倒在床上，母子三人開始了數錢大業。

「一個、兩個、三個……八十二個……」總算是有賺錢的路子了，蚊子再小也是肉啊！

等兄弟倆哭累，抱團兒睡了，田慧這才起來做飯去。心理脆弱的孩子實在是傷不起啊，不知道哪句話就傷到人家了。嚶嚶嚶，她也好想哭，怎麼做娘的，要擔心吃喝，還要擔心孩子心理會不會長歪？

第二日，田慧送圓子兄弟倆下山，聽說這幾日他們跟阿土玩得挺近的，打了一架，倒是打出情義來了。

田慧倒是不在意這些，男孩子的友誼有不少就是這麼來的。而且，田慧瞧著，阿土娘也是個通情達理的，田慧就更加不擔心了。

「嬸子，您家有沒有菜種啊，我想種點菘菜、蘿蔔、茄子啥的？」田慧發現村子裡的「菜園子」裡種的多數都是地瓜，所以，田慧想找點兒菜種子還真是難事兒。

錢氏就像是聽到了不得的事兒。「唉喲，妳說妳個不掌事的性子，這菜園子開墾出來就要種點兒糧食，菘菜蘿蔔又不能當飯吃，種地瓜，管飽！」

田慧知道錢氏是為了她家好，還是搬出早就想好了的說辭。「嬸子，我這大人自然無所謂，天天吃粥都沒事兒，可是圓子倆兄弟，個子就連阿花小姑娘都比不上，我這瞧著心急啊……」

錢氏以前也會在菜園子裡種點兒什麼，不過自從幾個孩子長大後，又沒個孫子孫女的，菜園子就閒了下來，只留個一角出來種點兒菜，醃了做鹹菜。

錢氏也是個疼孩子的，這會兒聽田慧這般說，不由心疼起這倆孩子。「唉，我曉得了，咱這村子裡怕是沒這些菜種，回頭，我打聽打聽！」

閒話了幾句，田慧都一一應了，回頭自是又回山上開墾菜地，繼續奮鬥，努力追求衣食無憂的日子。好歹怎麼都得混個溫飽吧？

幾日後，錢氏託人從娘家弄回了好些種子，不過這季節，也就菘菜、蘿蔔來得及。

「喲，這個地方倒是真的好，也夠偏的，難怪旁人都沒發現過，也就小孩子才會鑽到這兒來……」錢氏前後打量著山洞，很是驚喜。若不是有人領著，怕是難尋到這地兒。「看著這樣，我就放心了，整理得還真不錯，只是簡陋了些。」

錢氏前前後後打量個透，一路走一路點評過來。

「嗯，不錯，像個過日子的！」錢氏這就算是總結了。

錢氏心裡想著，自己果然沒有瞧錯，田慧是個會過日子的，要說運氣也不錯，就算是逼不得已住到了山上，還是有上天保佑，這不就讓她找到了賺錢的路子，日子勉強過得下去。

雖然被逼到這般田地，卻從沒瞧過田慧垂頭喪氣、尋死覓活的，這人啊，還是得自己要強地想好好活下去，旁人才能抽出手來偶爾搭一把。

眼見著田慧家日子越過越好，楊家人卻是一團糟，村子裡有不少人都說，楊家這是趕走了抱窩的金雞，這才走了下坡，衰事不斷。聽說，柯氏這些日子沒少往廟裡跑。

正如錢氏所說，田慧母子三人過得如火如荼，圓子團子兄弟倆的性子也越發開朗，還跟村子裡的「小霸王」阿土玩到了一塊兒。

圓子有時候睡覺前會想，原來爹沒了，娘可以笑得這麼好看，他也終於可以不用擔心自己再被送走了。原來爹沒了，這麼好……

天漸冷，山裡的夜其實早已冷起來了，所以田慧早就將棉被蓋上。只是天越發的冷，這一床被子在山裡怕是還不夠暖和。

不知道哪日就會下起雪來，田慧這幾日都堅持送這兩兄弟下山去，只是時間稍晚，畢竟大清早的，實在凍人了些。

「回頭等娘來接，這天兒冷了，可不要亂跑。」田慧每回都得念叨幾句，這已經成了習慣。

這些日子他們賣魚也得了好些銅板，天越冷，魚的價兒越精貴，這前前後後都快要有半兩銀子了。

錢氏今日要進鎮去採買些東西，楊知事的親事就要下定了，錢氏還有好些事兒要忙。不過，錢氏一早就問了田慧有啥要帶的。

田慧囁嚅地表示。「嬸子，給帶根大骨頭吧！」

「妳屬狗的啊……」錢氏嗤了一頓田慧，這小的沒饞，大的倒是先饞了。

田慧有的是擋箭牌，拉著錢氏的衣角，扳著手指頭，細細地數著。「嬸子，這一條魚現在就能賣好幾文，不過，聽說大骨頭卻是好些便宜的……」

錢氏一個巴掌拍開田慧的手。「那也是銅板，積少成多，懂不懂！圓子團子都還要娶媳婦的，娶媳婦懂不懂！」錢氏怒其不爭，一項項地數著用錢的地兒。

「嬸子，幫忙帶條棉被吧，我家的那床薄了些，都有些年頭了，順道帶根骨頭……」田慧想了想如今他們家最缺的就是肉了，可是錢氏不讓說，那只能是棉被了。

錢氏冷哼一聲轉身走人，田慧知道錢氏今日一早就應該走了，是以，她沒想著在村子裡逗留，便要回去。

「弟妹……」田慧一回頭，就見著楊知雨期期艾艾地望著她，欲言又止。

田慧看著楊知雨那模樣兒，想說難道是自己在自己都不知道的情況下，對這位做了什麼嗎？頓時，心裡警鈴大作。

她不自覺地整了整衣衫。「如今我已經不是楊家婦了，知雨姊可不要再叫錯人了，被旁人聽了笑話！」

在楊家時，楊知雨對田慧算不得多親近，就連日前田慧母子被柯氏趕出去，楊知雨也沒幫著他們說上一句半句，倒是大嫂孫氏得了信兒，說了幾句話。

楊知雨原本盤算得挺好。田慧一向待她和氣，自己只要稍稍說個幾句念舊的，田慧定會忙不迭地應下來。

誰知田慧左右等不到楊知雨的後話，轉身就欲走人。人家很忙的好不好！

「弟妹，哦，不，慧娘，這天兒冷了，你們在山上住哪兒？要不搬回來住吧，妳那院子都還空著呢，跟妳走的時候一模一樣，沒人住進去過！」

楊老三的院子如今成了和凶宅差不多的「存在」，楊家人自己都有小院兒，自然不願意住進去。

田慧卻從不避嫌，那小院兒可沒少進去，虧楊知雨還臉不紅地說著，跟以前住的一樣。裡面根本連張床板都被搬空了，不知道搬到哪家去了。

床板確是被楊家老四這一家搬了去。不過自從有了山上鬧鬼的傳聞，偏偏田慧母子三人活得精神奕奕，而老四媳婦小柯氏雖說大著肚子，好吃好喝地供著，卻日漸消瘦，嚇得將連夜讓楊知仁把床板劈了，送到了柯氏那院子，當柴燒了。

至於柯氏待著這小柯氏為何極不一般，因為小柯氏是她娘家的姪女，姪女變成了兒媳婦，自是好吃好喝地供著。

楊知雨手心微濕，暗惱田慧的不識趣。「就算妳已不是楊家婦了，我終究還是兩個孩子的嫡親姑姑，我這不是心疼他們嘛，天寒地凍的，要是凍壞了，往後可就長不大了……」

田慧撇撇嘴。親姑姑了不起啊，我還是親娘呢！

「若是沒旁的事，我就該回去了。這以前啊，妳確實是嫡親的姑姑，不過自從你們楊家人說這不是你們家老三的孩子後，這兩個小的就跟你們楊家沒啥關係了。喔，我之前忘了說，里正那兒我都是讓人寫好的，妳娘那會兒也在，都有好些個人證物證，所以，現在這兩個孩子就剩下我這個嫡親的娘了。」

幸虧柯氏那日做得絕了，否則這會兒若是楊家反悔，怕又是爛攤子一堆。

「我娘是老糊塗了，這些日子她也悔得緊。妳看，這還讓我特意拿了些地瓜和稻子，想按著以前的分兒，十日一趟，我每過十日給妳送一回。」楊知雨示意田慧看看地上的簍子。

據她所知，楊家如今欠下了不少饑荒，又有兩個媳婦有身子，楊老頭身子骨又大不如前，日日都得喝藥，竟還想養著他們母子三人，要是相信楊家人沒所圖，田慧真的是單純至死了。

「你們是要我呢，還是要兩個小的？」

楊知雨一直覺得田慧是個不知事的，聽到田慧問出這話，才算是露了笑。這才是原來的慧娘。「慧娘，妳越發會說話了，這有啥區別呢？」

田慧不以為然，沒誠意地談下去只會浪費時間。田慧也不急著知道楊家人為何這般急著找上門，反正急的那個人不是她。

「這天兒冷了，我還有好些事兒要做，可不像你們那麼閒，既然不願意說就甭說了唄，別委屈了自己。」話落，走了。

真是走得夠乾淨的！

楊知雨恨得直咬牙。現在村子裡的人都躲著他們家的人，連自家相公李大方，都給自己臉色看。

不就是長得妖嬈些，一看就不是正經人，還說給三弟守孝，誰曉得她在山上是咋樣的！

「我呸！不會享福的東西，活該做寡婦！」楊知雨朝著田慧離開的方向，吐了一口，小聲地罵著。

沒過一日，村子裡人大多數都曉得了，楊家人向田慧頻頻示好，不過他們都好奇，楊家人這是居心何在？

說是楊家人後悔了，這也有信的人，畢竟多數人是老一輩的，已經有兒有孫，將心比心，只覺得楊家人這是大徹大悟了。

不過多半的人家，都等著看好戲。

少了田慧，楊家人這場戲便演不下去，總不能進山去找人吧，楊家人還是不敢的！

等到了下半晌，田慧早早地下山來，她先去了錢氏家的院子。

「快進來、快進來，這回可是撿著寶了！我告訴妳啊——快進來啊，傻愣著做什麼！」錢氏一回頭就見田慧傻愣著站在外頭。

田慧本想著恭維錢氏幾句，說是，錢氏去了趟鎮上，沾了些城鎮的氣息啥的。可被錢氏那嗓子一嚎，她就硬生生地吞下了。

「妳來，快來看看，我今兒個帶的銀子都花了精光。妳看看這疋布，多適合妳，我就想著妳肯定很合適的，果然，嘖嘖，這小臉兒都映出花兒來了，都快把我迷住了！」

田慧低頭看著錢氏手裡那塊布料子，水紅色的、粉嫩粉嫩的。「嬸子，我都是兩個兒子的娘了，這給小姑娘穿還差不多。」

錢氏瞪了眼田慧，真掃興！「哪兒不適合了，我看妳就是粉嫩粉嫩的，要是不說有兩個兒子，誰瞧得出來！女靠衣裳，馬靠鞍。這話都是有道理的，看看妳身上穿的，顏色都快洗掉了。」

田慧扯了衣裳。「只是，我穿那麼豔做什麼？」

錢氏正翻著適合田慧的布料的手頓了頓，頓時也沒啥心思了。

田慧知道錢氏這是心疼自己，心裡有些過意不去。「嬸子，這麼多東西是買來給知事下定的？這麼多的布料子花了不知道好幾十兩銀子吧？」

「沒有、沒有，我哪有那麼多的銀子買這些，買回來還不得給妳中叔給生吃了！」錢氏學著楊全中生氣的模樣，逗得田慧格格笑。

一開始，田慧看得心裡發怵，日子久了也知道楊全中就是這樣的性子，他只是不喜言笑。用錢氏的話說，老擺著棺材臉，心裡頭可熱著呢！

錢氏本就不多去鎮上，這回還是為了置辦大物件才去的，本以為自己記憶不錯，還抄著小路走。

「這有時候年紀大了，不得不服老啊，走著走著，偏生走錯了路，惹得老四一通埋怨。」錢氏提起事兒，還頗不滿意。

「那附近都是高門大院，想找個人問路都不行。不過，活該著我得小發一筆，雖然妳中叔見了，一準要念叨我敗家。」

錢氏走錯了路，正在胡同裡轉圈圈時，終於聽到了人聲響，她自然跟找著救星似的，直往那處奔。

「快些、快些，將這些東西都送去當鋪！」真是晦氣，這趟差事怕是連點兒油水都撈不著吧。

這些要麼有些受潮、有些還是原本給下人採購的布疋，闔府上下誰人不知是大少奶奶給娘家鋪子攬了府裡頭需要去做生意的布疋，可他們卻是拿些過時的、又受了潮的充數。

大奶奶說是讓拉去當鋪當了，但這哪能當到銀子，別給當成傻子一樣趕出來就好。真是吃力不討好的差事，辦不好，回頭自己這個三管家又得被安個「辦事不力」之名！

錢氏向小廝問了路後，看著整整三大車的布料子，忍不住多嘴問了句，待知道這都是要去當鋪賣的，還不一定賣得出去時，錢氏就動了小心思。

錢氏並沒要綢緞，只挑了棉布料，那也是滿滿當當的一大車了，壓得嚴嚴實實，錢氏只給了五兩銀子，就換回來一大車的布疋。

那管家還額外送了兩疋綢緞。

皆大歡喜。三管家本就不指望著棉布能換銀子，打的主意還是剩下來的綢緞，如今得了五兩銀子的油水，好歹幹起活來才有勁兒。

楊知事拚命地給錢氏使眼色，可錢氏照單全收，只是依舊和管家商量著價兒。楊知事忍不住在心裡哀嚎，他的命怎麼那麼苦，娶媳婦的本兒都給老娘買布了，那可是給他娶媳婦的銀子！

錢氏說完緣由，正好楊知通的媳婦小心地護著有一些顯懷的肚子，倚著門框，恭敬地問道：「娘，您讓四弟喚我過來啊，不知有啥事兒？」

錢氏親熱地招著兒媳婦進門來。「快來瞧瞧，我買了不少布料子，妳挑一塊中意的，打著肚子總得鬆泛些，老四的好日子馬上就要到了，妳嫁進門，都還沒做過幾回新衣衫，這回可得多做幾件！」

錢氏不是個摳門的婆婆，待兒媳婦甚好，只是不得緣，卻是無法。

「娘，我這些衣衫都新著呢，不用做新的，過幾個月肚子大了就不能穿了，別浪費了那麼好的布料。」楊知通的媳婦，孔氏小心地摩挲著上頭的花紋，孔氏手上的這塊料子是綢緞。

錢氏拿回來的這些布料，就只有那兩疋是綢緞。

「回頭，妳扯兩身去，給我的小孫女也扯個兩身。」這水紅色的，本就是給她們年輕女子穿的，反正整整有兩疋呢。

孔氏只略坐坐，說了一小會兒話就回屋去了。

「我瞧那模樣兒，怕是又不高興了，真不曉得是哪句話惹了她的怨，回頭問問老三去。妳看看我這做婆婆的，還得注意兒媳婦的臉色挑著話說，真夠窩囊的！」錢氏嘴裡雖說抱怨，笑得卻甜，好歹這媳婦可是她千挑萬選來的，錢氏自然還是滿意。

「我聽說這有了身子的，就容易多想，等給嬸子生了個大胖孫子就好了。」

「看妳這小嘴兒甜的，孫子孫女我都喜歡，孫女多貼心，先開花後結果也是好的。」錢氏真沒啥要求，只要生得出孫子就好了。

被孔氏這麼一打岔，田慧都忘了問了。「嬸子，這是打算賣了這些料子？」

「我就說嘛，咋就不是我的閨女呢，真是像極我了！」錢氏拉著田慧的手，忍不住感慨道。

田慧已經很習慣錢氏說話沒個重點了，只是，能聽著錢氏嘮嘮叨叨，田慧也覺得很知道。

足。

「我想著咱這些棉布可都是好料子，就是有一小點兒地方潮了，做成衣衫啥的都看不大出來。這種料子在外頭少說都得十文一尺，可是上好的布料子，回頭我半賣半送，可以攢下幾疋布料子不說，還能給知事攢下個媳婦來！」

田慧聞言，很是敬佩錢氏的賺錢能力，難怪他們不聲不響地就能攢下銀子，田產也置辦得越來越多。

田慧很汗顏！她如今就靠著那些尾魚勉強度日，連肉都吃不起，看來得抽個空好好地反思反思了。

「瞧妳那小樣兒，沒準又惦記上妳的肉了，下回給妳帶，這會兒光是被這事給驚喜到，連鎮上都沒逛呢！」

「嬸子，下回不用帶了，我等以後有銀子再買骨頭，還有好多要用錢的地兒。」田慧立刻反思。

錢氏這一聽，不得了。「妳這丫頭，不會是病了吧？」伸手貼了貼田慧的額頭。「不燙啊，怎麼說胡話了？」

# 第五章　秦氏

接下來的幾日，果真如錢氏預想的一樣，棉布大賣特賣！

最高興的就數楊知事了——嘿，媳婦可以娶回來了，我娘就是能幹！轉眼，娶媳婦的本就回來了。

田慧也到錢氏那兒買幾塊布，只是錢氏死活不肯收錢。

「別跟嬸子客氣，嬸子可是賺了不少銀子！」只是最後錢氏推卻不了還是收了田慧一百文，又半買半送地給了不少布。

「嬸子，我不會做衣裳……」這可是難倒田慧了。

「唉喲，妳說說，妳這麼多年是怎麼過來的？不會就學啊……」不過錢氏實在是分身乏術，這幾日，她日日都得在家接待那些來買布的。

聽說這裡布便宜，農閒時候，好多農戶都會趁著這個時候辦喜事。有些手頭寬裕的，早早地就將過年的新衣衫給置辦了。反正便宜，這麼一點兒受潮而已，到時候隨便繡個花啊草的，遮遮便成。

「嬸子，圓子和團子的冬衣都已經太小，那棉絮也硬了，怕是不夠暖和，我想著不做棉被了，就做冬衣。」

錢氏嘆了一口氣，自古寡婦帶著孤兒就不是容易的。「嬸子這兒有銀子，妳先拿去用著吧！」

田慧固執地搖搖頭。「哪能老是用嬸子的，我那兒還有些銀子，只是想著省著點花，來年，一家子還得吃喝呢！」

一味地索取，總有一日，田慧怕變得自己都不認識自己了。

「我帶妳去我的老姊妹那裡吧，她那兒應該還有棉花，我帶妳去，讓她教妳做。不是我誇，這十里八鄉的，說到女紅，也就秦嫂子的水準最好了！」

錢氏帶著田慧，抱著幾塊布，叩響了秦氏的大門。

錢氏湊近田慧，小聲地說道：「妳秦嬸子不愛說話，妳別往心裡去。」

「嬸子，您不喊人嗎？秦嬸子會不會沒聽見？」田慧看著錢氏只叩了三聲門，也不叫喚，就乾巴巴地等著秦嬸子來開門，她抱著布，忍不住有些緊張。

「吱呀」，門開了。「我耳朵沒聾，怎麼就聽不見了！」秦嬸子將門開了小半扇，衝著錢氏點點頭，然後疑惑地看著錢氏。

田慧後知後覺，剛剛這話是跟她說的？

秦嬸這樣的性格怎麼可能跟三嬸成為老姊妹的？這能說到一塊兒去嗎？田慧不動聲色地打量著秦嬸。

過來的這一路，田慧已經聽錢氏說了。秦氏喪夫，好不容易撫養獨子長大成人，後來獨子瞞著她偷偷跑去從軍，這一去就杳無音訊。直到同去的一人瘸了腿回來，帶來的卻是噩耗，獨子命喪戰場！

只是秦氏一直堅信兒子沒死，因為他從來沒在她夢中出現過，族裡人曾說要擺衣冠塚，都被秦氏給拿刀逼了回去。

錢氏一直被秦氏晾在屋外，有些悻悻的，前頭剛剛說了是老姊妹，這會兒主人家卻連屋子都不讓進，話也不問個一句。

這是被老姊妹打臉了！

錢氏內心無比幽怨，不管秦氏擺著的臉，她上前幾步，把秦氏擠了開去，拉著田慧就進了院門。

田慧看著整潔有序的院子，心想這就算是進院子了，不會被趕出去吧？她懷疑地看了眼錢氏，錢氏被田慧看得老臉通紅，只覺得以往樹立起來的面子裡子都沒了。

錢氏回頭瞪了眼秦氏。「怎麼，妳還想趕我出去不成？」一副地痞樣兒。田慧還從沒見過有人能把錢氏給逼到這步田地。

「妳自己不擠進來，我也會讓妳進來的。」秦氏順手關好門。輕飄飄的一句話，可把錢氏氣了個正著，一股氣被軟綿綿地彈了回來。

「那妳還堵著門，沒瞧見我今日帶了人來嗎？偏偏落了我的面子，妳當我願意踏妳的地兒，下回妳讓我來我也不來了！」

聽著錢氏隨意地數落著，田慧這才覺得她們大概真的是「老姊妹」了。

「偏偏就妳踏這地兒最勤快了……」秦氏施施然地往屋子裡去。

這是讓她們一道兒進屋去？

「還愣著做什麼，趕緊進去啊，晚了門就得關了。」一向強勢的錢氏在秦氏的手裡倒是一直吃悶虧。

田慧看得好笑。「嬸子這是被關在門外過了？」有的是經驗的樣子。

「妳、妳，一個個都不省心，就欺負我這個嘴笨的！」錢氏好大一口怨氣，蹬蹬蹬地踩著泥地進屋去。田慧自然是乖巧地跟上，她可不想被關在門外。

「我知道妳那兒還有些棉花，挪點兒給慧娘吧，回頭我還妳。」錢氏氣呼呼的，說話都懶得客套。

說到自己的事兒，田慧也不好一直做壁花。「秦嬸子，我和您買，給圓子和團子兩人做兩件冬衣。只是我不大會做，還想跟秦嬸子學學做衣，嬸子剛剛可沒少誇您，說是十里八鄉都挑不出一個比得上您的，難得一見。」

田慧對著秦氏猛誇，誇得秦氏都不好乾脆地拒絕。

秦氏狐疑地望了眼田慧。「算妳會說話，只是，我跟妳不熟啊……」

看著田慧吃癟，錢氏在一旁樂得格格笑，像隻偷著燈油的小老鼠，樂不可支。

「不過圓子團子倒是經常來我這兒，都是好孩子，妳可得好好教他們，別成了他們爹那樣的人。」秦氏總算鬆了口。

「妳既然也喜歡圓子兒弟倆，這衣服就交給妳做了，順帶教教慧娘，棉花的價兒咱也照實算。」錢氏知道秦氏一個人並不容易，雖說吃用要不了多少，但是一個人生活，總歸是不容易的。

秦氏點點頭。「這事兒我還能不做好？」妳以為都像妳？她瞥了眼錢氏。

一個眼神就惹得錢氏跳腳。

量體裁衣，田慧看秦氏送走了錢氏，可絲毫沒有讓她把圓子兄弟倆喚來的意思。「秦嬸，要不要把圓子團子喚來，先量量身高？」

秦氏正抖著幾塊布料。「妳以前的話挺少的……」

田慧乖乖地閉嘴，這是嫌她聒噪了？

秦氏倒是沒忘記自己的職責，總不好回回都幫著做衣服吧，還是得把人給教會了。

田慧也深知這個理兒，雖說聽得有些吃力，但是秦氏說一遍，田慧就自動重複幾遍，跟著指手畫腳的。

「明兒個再來吧，今日是做不好的。」秦氏趕人了。

接連幾日，田慧都跟著秦氏裁衣、做衣。「要是多做個幾件，我也會做了……」

「村子裡人，兩、三年都不做一件新的，妳還想一次性多做幾件？」

秦氏永遠都不捧場啊，田慧經過幾日的相處，已經深深地認識到了。

天氣冷得很快，田慧已經給圓子團子穿上了舊冬衣，好在如今算不得太冷，將就著過了幾日後，總算是把冬衣做了出來，田慧也終於鬆了口氣。

「行四，帶著你弟弟咱去你奶奶家，你奶奶準備了好些吃的！看你那小樣子，這些日子受苦了吧？」說話的正是楊知雨，她知道圓子兄弟倆往日常在村子裡玩耍。

她特意等在這兒，這麼冷的天氣，她可是等了小半個時辰了。

圓子看著楊知雨僵著的臉，還有勉強擠出來的幾絲笑意。

不過不待圓子開口，團子急吼吼地拉著圓子就要跑，可是他怎麼都拽不動。「我們可不去，誰知道你們又動了什麼壞心眼。」

這話團子自己自然不會說，也不會想到，只是前幾日，他聽到錢氏和田慧正一道說著這事兒。誰都沒想著要防著小孩子，這不就給團子聽來了。

圓子自然也想起娘千叮嚀萬囑咐的，不能跟著不認識的人走、不能跟著楊家人走……

這時，阿土站在自家的院門口，遠遠地看見圓子兄弟倆被個女人攔住了，蹬蹬蹬跑過去。「妳這個壞人，圓子我攔著她，你趕緊帶著你弟弟跑！」

阿土一個擠身，就站到了楊知雨的面前。

楊知雨揚起巴掌，衝著阿土恐嚇道：「你這個小孩子，你算什麼東西，我跟我家侄子說話，關你什麼事兒！快走開，小心我揍你！」

嚇得圓子護著團子拔腿就跑，卻是往阿土家的方向跑去。「嬸子、嬸子，救命救命！」

只聽見哐噹的一聲。「咋的了，圓子，阿土呢？阿土呢？」阿土娘正燒著飯，燒火棍掉地上都顧不上撿，只見著圓子哥兒倆跑進來，卻沒阿土的影子。

「外面、外面……」沒等圓子說完，阿土娘就朝著外面狂奔。

阿土時刻注意著自家的院子，隱約瞥見他娘跑出來了，立刻嚷道：「哇哇，妳欺負小孩，還要打我！哇哇……」

阿土娘生了兩個閨女，才得了這麼一個寶貝疙瘩，村子裡的都知道，阿土家這一代不知咋的，都只有一個兒子，阿土娘這兒也就一個阿土。

楊知雨一看阿土娘跑過來的架勢，慌了，連退幾步。「嫂子，我跟阿土說笑呢……」先下手為強。

等阿土娘抱著阿土，心啊肝啊地哭上的時候，阿土一家子都蜂擁而上了。

阿土奶奶就這個孫子，平日是看得比眼珠子還重要，這會兒見著阿土哭得唏哩嘩啦，這心都碎了一地。

「知雨，妳這是做什麼！嫌我家礙著妳家的眼，就要喊打喊殺！看不出來哇，妳是個心腸這麼狠的，平日還真能裝！」阿土奶抹著淚，對著楊知雨聲聲指責。

楊知雨被這副陣勢搞得進不得退不得。「阿土，你說，姨是不是沒傷著碰著你？阿土，你看看你娘他們都誤會了，你幫姨說說清吧？」

誰知當楊知雨一開口，阿土就嚇得直往他娘的身後鑽，阿土奶奶哭叫著。「唉喲，我的心肝啊……你這是被欺負得狠了啊……」

「楊知雨，我家兒子要是傷著哪兒，我非得加倍弄到妳兒子那兒去，妳給我等著瞧！」阿土爹小心地抱起阿土，看著自家兒子畏縮的樣子，恨不得去踢楊知雨幾腳。

阿土一家人走了，只留下楊知雨一人，迎著北風，極盡哀怨。

入了夜，楊知雨輾轉難眠。「喂，我跟你說啊，往後看著點兒咱家兒子，可別給旁人欺負了去！」

去。

李大方好不容易稍稍睡著了，又被楊知雨吵醒。「知道了、知道了……」轉身就欲睡去。

昨日的事兒可把圓子哥兒倆嚇了個好歹，所以這會兒怎麼都不肯下山去，直跟著田慧在山上轉悠。

「娘，我也要一把您手裡的小鏟子，這樣，我就能幫您做活了。」圓子看著田慧手裡小巧的鏟子，有些羨慕。

「行，等回頭攢了錢，一人一把。」田慧好脾氣地都應了。

山裡的夜黑得特別早，田慧在山洞的一角堆了不少細沙子，推平後，就用來教兩孩子認字、寫寫字。

上回被楊家趕出去，在里正家立契約時，里正寫的字，她都認識。

老天還是願意眷顧自己一把的，田慧想著便要在沙子上用樹枝寫下一個大大的「人」。

「這是人，上回娘已經教過了，你們先練著，娘去外面整整……」田慧樹枝一揮，在沙上寫下豪放的「人」字。

然後，田慧就去將吃剩的粥都倒進瓦罐裡，那些粥明日一早還能吃，而烤地瓜已經被吃得乾乾淨淨了。田慧深深地以為，自己越來越會精打細算了，連一點兒稀粥都捨不得倒掉，巴巴地全部倒進了瓦罐子裡。

「團子，娘怎麼那麼厲害，隨手一揮就揮出字來了，好像是練家子……」

田慧一直要求圓子和團子握著樹枝的手得按照拿毛筆的姿勢。樹枝是田慧削好的，圓圓滑滑，沒有半點兒毛刺扎人。

圓子的手一直抖著，寫出來的「人」，就跟兩條毛毛蟲一樣，或者是蚯蚓？

「錢婆婆說，一筐子的地瓜就能把娘給壓扁了……」團子偷著懶兒，隨手抄著樹枝在沙上亂寫。「這樣子快多了，照娘說的那樣握，可真夠難的。」

圓子一巴掌拍了團子的頭，也不管團子捣著頭。「這可是娘花了一個晚上給咱削磨好的樹枝，你要是給弄斷了，看我不揍你！」

於是團子只敢左手摸著頭，右手乖乖地握著樹枝，一抖一抖地在沙上寫字。

哥哥虎著臉的樣子可真凶，比娘難伺候多了！團子忍不住在心裡碎碎念，埋怨圓子不通情理，居然不疼他……

「不要碎碎念，專心寫字！看看你寫的，都是什麼，七扭八扭的……」圓子厲聲道。

嗷，他都沒有唸出聲好不好，哥哥怎麼知道？就像娘說的，哥哥就是他肚裡的蛔蟲，有啥小心思都瞞不過這條蟲子。

那我就在肚子裡放幾個屁，熏死這條蟲子！這般想著，團子心裡就平衡多了，開始樂哉樂哉地寫著字。

圓子狐疑地看了眼團子，這情緒來得快，走得也快？小孩子就是小孩子！

等田慧抱著罐子，進了山洞，就見著兄弟倆頭挨著頭地在那兒寫字，老懷欣慰啊！

團子聽見田慧的動靜，回頭瞧見田慧正用樹藤子編的門扇堵住山洞口，讓洞裡暖了不少。

團子立刻扔下樹枝，站了起來，似是想到什麼，又蹲下身子，把樹枝小心地放在沙子上，攬了把沙子蓋在樹枝上，討好地衝著圓子笑笑，等做完了一切，他才向田慧奔去。

「娘，我肚子痛……」

田慧小心地抱起團子，摸著骨溜溜的肚子。「這麼圓？是不是地瓜吃撐了？」

「娘，難受……」團子賴在田慧的懷裡直哼哼。

天都黑了，田慧也沒法子去給團子弄點兒山楂來。「圓子，來睡覺了，晚上對眼睛不好，等明兒個白天再練吧……」

圓子脆脆地應了好。「娘，我給團子揉揉肚子，您睡吧！」

「你才多大的勁兒，睡著吧，我再揉一會兒，就讓團子繞著山洞走，吃得多光揉也沒啥用，多走走消化了才是正理。」

「娘……」團子的眼裡噙著淚，哀怨地叫著娘。

「去，起來走走吧，不走，一晚上你都別想睡了……」田慧有心想治治團子的壞習慣，總是仗著圓子寵他，團子這些日子越發驕縱了。

田慧將人放到地上，讓團子繞著山洞走。

田慧枕著手，看著團子自己揉肚子，不情願地在地上走著，還不忘抹抹淚。

「圓子，睡吧，團子這是自作自受。娘可是跟他說了，讓他少吃些，他偏偏不當一回事，恐怕還覺得娘不好，不讓他吃飽呢！」

田慧翻了個身，給圓子掩好被子，圓子露出個小腦袋在外頭。「娘，團子還小，下回就記得了。」

「小什麼小，都已經四歲了，你也就五歲，這毛病得好好糾正糾正！都是自家人，老想著搶食吃，沒得讓人寒心。」

往日裡，團子一向霸道慣了，但凡有啥好吃的，圓子都得靠後，團子總是挑著大的、好的先吃著，吃著也就算了，還要霸占另一份。

「娘，嗚嗚，我沒有……」團子不走了，就只顧著站在那兒抹眼淚，聲聲悲切。

「沒有，沒有什麼？沒有搶食，還是不知道咱是一家人？你還小，所以別人讓著你都是應該的？」田慧也知道無法指望團子立刻能意識到自己錯了。

只是聽著團子狡辯的語氣，田慧就忍不住冒火。自己辛辛苦苦的，竟連兒子都不能體諒，還覺得這是應該的，她恨不得吐出一口老血來！

「哇哇，娘，您欺負人，您跟哥哥合起來欺負人！你們壞，是壞人……」團子也不搗著哭了，索性放開聲兒哭。

「圓子怎麼就欺負你了？你哥哥可是一直幫你說好話，你耳朵有沒有長的！做人得有良心，哥哥平時讓著你，是知道你是自家人，是他的親弟弟。可是你呢，這會兒睜著眼就能說瞎話，你哥哥會傷心的懂不懂！」

圓子早就躲在被子裡，小身板一抖一抖的，田慧一把拉開被子，讓團子睜大眼睛瞧瞧。

「你哥哥跟你差不多大，圓子就比你大一歲而已，你看看你自己，再看看你哥哥，他半碗魚湯也捨不得多喝，都讓給你了，你自己呢？

「有啥活兒都是圓子在一旁做的，你要是心情好了還能搭把手，有時候懶得動彈了，就乾脆看著圓子做活！我說你，怎麼就看得下去？

「你看看你的胳膊，再看看你哥哥的，可比你哥哥大出了一圈了！你都不覺得害臊？」

田慧也不管團子聽不聽得懂，噼哩啪啦地說了一通，最後狠狠地喘了口氣。「哭完了沒有？繼續走著，想明白了再來跟我說話！」

田慧裹著被子抱著圓子，低聲哄著。

團子被田慧一連串地吼下來，也不敢哭了，偷偷地打量著被子裡的圓子，兩隻眼睛哭得紅紅的，想著圓子的好，他有些自責了。

以前圓子好像都跟自己一樣，巴巴地看著爹娘哄自己，好可憐。但自己現在也很可憐，好想讓娘抱抱。

算了，圓子好像更可憐，還是讓娘多抱會兒吧，其實他心裡有圓子的，娘這個說錯了！只是他不敢跟娘嗆聲，娘發火好凶哦……

哄著圓子睡著了，田慧招招手，讓團子靠近些。「知道錯了沒？」

團子毫不猶豫地點點頭。

「肚子還疼沒？」晾著團子已經好一會兒了，炮仗似地說了一通後，田慧也沒這般生氣了。

轉念一想，四歲的娃兒真的還小，不過只要想到她家就母子三人，團子若是長大了還是這樣的性子，那她真的要嘔死了！

村子裡的那些個孩子，不說旁人，就是阿花，樣樣都已經拿得出手了。就是阿土的堂弟，阿水，也知道護著阿土。

「過來吧，娘抱抱，圓子就算是磕著碰著，受了委屈，都不會告訴娘，只會放在心裡，你剛剛傷他心了，圓子哭得好傷心呢！咱團子也長大了，你要幫娘看著些圓子，圓子不會照顧自己，團子替娘照顧圓子好不好？」田慧給團子摸了摸肚子。

「娘不疼了……」雖然娘摸著肚子很舒服，團子還是挪開了田慧的手。

「沒事兒，娘喜歡摸團子圓鼓鼓的肚子。」田慧知道團子怕是還有些難受。

「娘，那我照顧好了哥哥，能不能也跟著叫哥哥圓子啊？」嘿嘿，圓子、圓子……

田慧看著團子眼裡還掛著淚，表情卻像是奸計得逞的小狐狸，嘿嘿地偷偷笑著。

「行，你幫娘照顧好圓子，下回可以在娘面前偷偷地叫圓子，不過這是咱的小秘密哦……」

母子倆拉了勾勾，又能愉快地一道兒睡覺了。

田慧這麼一「鬧」，後來，團子真是變了不少，知道幫著些圓子，只是他管著管著，竟就成了習慣。就算娶了媳婦，團子都沒少插手圓子的家務事兒。

田慧還是習慣性地早醒，才來了這兒短短個把月，田慧已經習慣早起的日子。因著圓子哥兒倆一向醒得早，田慧這個做娘的總不好讓兩兒子餓著肚子看著她睡吧？

昨晚兩個小的都折騰累了，這會兒田慧起身都沒能吵醒兩人。

田慧將瓦罐放在專門用來燒瓦罐子的小灶上，接著出門。

接著打算照例去小溪邊看看有沒有網到魚，不知道下雪了，小溪會不會結冰？

田慧看著岸邊原本齊齊整整攤著的枯草陷了下去，想著不會是捕到什麼了吧？

她幾步邁過做著記號的坑子，探頭，裡面是一隻肥溜溜的灰兔子，可惜早死了，都已經流很多血了。

田慧瞅準了兔子耳朵，一把抓起那隻肥溜溜的兔子，怕是有三、四斤吧。肉啊都是肉啊！

將野兔擱在一邊，她又重新將坑洞修補弄弄，很是上心。能捕到兔子的坑，都是好坑！田慧還特意將另外幾個坑上的枯草給撿掉了一些，生怕太厚重了，兔子會掉不下去……

做完了這些，田慧才撈起魚網。大抵每日都能網到兩、三條魚，有時多有時少，小魚都放了回去。現在有了些底子，田慧便不去禍害小魚了。

天兒冷了，水也冷了。田慧打定主意，這往後兩、三日撈一回就差不多了，不然每日下水撈網上來還真是吃不消啊！

田慧折回去拿了刀，就著溪水給野兔剝皮。

看著地上沾著血的兔毛，想了想還是給洗了乾淨，回頭給圓子哥兒倆做個手套也挺好的。

要是有土豆就好了，田慧想起上回發現的土豆，今年怕是尋不到了，等來年春天，再去尋尋。

要不拔幾顆大白菜？田慧菜種得有些晚，她本想著再多種個半個月的，能趕在小雪後、大雪前收進來。

這次難得抓到隻兔子，田慧倒沒想著拿去換錢，待得處理乾淨了，就將半隻靠近灶房燻著。

「半隻會不會太浪費了？再一半？」田慧對著半隻兔子碎碎念，拿著刀比劃著。

「噹！」田慧一刀砍下去，決定還是省著點兒吃吧，這樣子還能吃上四頓。

田慧把兔肉切成小塊，用水燙過，去了血水後，撈出鍋來留著晚飯的時候再燒。

一大早就吃肉，怕是會膩壞了，消化不良吧？天知道田慧就是膩死在肉堆裡她也願意啊。

「娘，我好像聞到肉的味道，跟過年的時候聞的肉味兒一樣……」團子睡眼惺忪，還不忘吸著鼻子聞肉味兒。

圓子正在疊被子，他人小棉被又重，只能站在床上這頭拉那頭，雖說彎彎扭扭的，但總算是疊過了。

也不知田慧是懶還是真沒見著，她每回看著疊得有些「隨興」的被子，還會誇圓子幾句，從此，圓子疊被子的熱情久高不下。

「你作夢了。來，快點兒把粥喝了，咱得下山去呢，這都入冬了，不知道啥時就會下雪，我得買點兒麵粉，蒸饅頭吃倒也方便。聽你們錢婆婆說，這麵粉還比大米便宜呢……」

團子瞇著眼睛聞著肉香，滿足地喝著粥。

等圓子洗漱好，就看見他娘笑得一臉滿足，像隻得了算計的小狐狸，這是撿到寶了？

楊家村，在稻子收割之後，還會再種上一茬麥子。不過，最多種上個一、兩畝，剛好夠自家吃個一年有餘。

倒不是村裡人不曉得去賣，只是價格低得離譜，有些年頭，運氣不好的人還容易砸在手裡頭。

畢竟南下鎮只是個小鎮子，交通也不便利，往南下到另一個鎮上，還要翻山才能到。南下鎮的西首，馬車都得行三、四個時辰，才能到最近的一個鎮子，康定鎮。康定鎮雖說也是一個鎮，卻不是南下鎮這種閉塞的小鎮子能比擬的。

聽說，康定鎮是個交通要塞，通南及北，南北商人都會在此略略歇腳，最重要的是還有個碼頭。

自前幾日聽錢氏說起自家要去磨麵粉，她就順帶問了問價兒。田慧喜歡吃麵食，麵條啊、餃子啊都喜歡……

田慧託錢氏花了一百文換回來整整五十斤的麵粉，可比鎮上的便宜多了，這都已經算得上是半買半送的。

「這都是里正自願的，還說不要錢，我想著妳的性子定然不肯，也不願讓他得了好名聲，就非得把錢給他留下。」

不過，等出了里正家的院子，錢氏就悔得腸子都青了。直到回到家，把麵粉給了田慧，她還在那兒悔著。「唉喲，我這人真是好糊塗，腦子真是一時發暈了。充什麼好漢，這一百文省下來那該多好啊，現在就能多買上好些大米了，唉喲……」

田慧看著好笑，貨銀兩訖，再正常不過了，里正也沒欠了她啥的。

回到山上，田慧就取了麵粉做饅頭。趁著醒麵的空檔，田慧下山接兒子去。

「娘，我幫您幹活吧？」團子一臉討好地對田慧說，田慧正將醒好的饅頭放上鍋蒸著。想著一會兒的兔肉，田慧狠狠心，還是去摧殘菘菜吧。

「你跟哥哥一道兒拔兩顆菘菜來吧，兩顆就夠，可別把別的菜給禍害了。娘給你們做好吃的！」田慧故意賣著關子，衝著團子眨眨眼。

團子點點頭，看著蒸著的饅頭，大白饅頭哦！「哥哥，我的鼻子是不是出了問題，總能聞到肉味兒？」

田慧回山洞將藏著的瓦罐拿了出來，放了些從錢氏那兒要來的大蒜生薑，又倒了些醬油，蓋上蓋子煮著。

條件簡陋，連半點油都沒有，大鍋裡又蒸著饅頭，田慧退而求其次，就用瓦罐子燜著燉肉了。

圓子哥兒倆正在不遠處的水塘裡舀著水洗菜，田慧圖方便，在水塘邊就放了個木盆子。

「哥哥，我怎麼醒著還能聞到肉味兒？」團子吸了吸鼻子，這個夢作得還真是夠久的。

「難怪我們是兄弟，我也聞到了……」圓子也跟著吸了吸鼻子，他還以為自己的鼻子出了問題呢，原來團子也聞到了。

「娘經常說的，兄弟心連心，沒錯，就是這樣子噠！」團子總算是放心了。

圓子一本正經地將菘菜葉子一瓣瓣地掰開，團子在木盆子洗著菘菜梆子。「哥哥，這水還真冷。」

「嗯，你放著，我來洗吧，我跟你換換。」圓子將手裡的菘菜往團子懷裡塞，可是被團子避了開去。

「娘說了，我得照顧你，你年紀就比我大一點兒，身形卻比我還小……」真夠冷的，但是，話都說出去了，團子只能咬牙撐著。

「別逞強，一會我來吧。」圓子加快了剝菜的速度。「下回咱早點兒回來吧，娘一個人太辛苦了。」

「可是，娘不是老說咱添亂嘛……」

好像確實是這樣……圓子猶豫了。

等兄弟兩人一齊端著木盆子回來的時候，肉香更重了。

「嗚嗚，娘，我的鼻子壞了……」團子哭喪著臉，他寧願相信自己的鼻子壞了，也不敢相信自家能吃肉了。

噗哧！田慧裝模作樣地幫團子看了看鼻子。「我來瞧瞧，好著呢，沒壞！」

「娘，您這瓦罐子裡在煮什麼啊？肉嗎？」圓子湊近瓦罐，吸著鼻子。

「別碰，燙著呢，煮著肉啊，你們聞聞，香不香？」田慧墊著布將瓦罐蓋子揭開。香啊，香氣撲面而來。

「娘，您騙人、您騙人，哇哇……」團子多吸了幾口，才想起要用哭聲來表達自己受騙了的委屈。

田慧手撕菘菜，趁著瓦罐裡還有水，將菘菜扔進去。「再哭，肉糊了可就一口都沒得吃了哦……」

戛然而止！團子吸吸鼻子，若不是他臉上還掛著淚，田慧還以為自己出現錯覺了。

等擦乾了淚，團子就跟無事人一樣，纏著田慧問著這肉是哪兒來的。田慧吊足了胃口，才將今日捕到兔子的事兒說了。

「娘，咱留一半過年的時候吃，阿花說了，過年得吃好的！」圓子用田慧教的數數，算著現在離過年還有多長時間。

「那娘，還要多久才過年啊？」團子不打算學圓子扳著手指頭數，反正有現成的人可以問。

「那得是兩個月左右吧……」田慧攪了攪瓦罐子，繼續燉著。

這一日，滿山的香氣，引了不少動物騷動起來，卻沒有一隻靠近田慧家所在的那小塊地域。

團子很是自覺地早早將矮几整理了出來，又是幫著端饅頭，又是殷殷地看著田慧，就等著田慧說開飯了。

口齒留香，兔肉雖還有股野腥味兒，可是絲毫沒擋得住母子三人吃肉的熱情。

「吃點兒菘菜吧，也挺好吃的！」田慧捏著饅頭蘸了蘸湯汁，大口一咬，很是滿足。

聞言，團子圓子才挾了第一筷菘菜。「嗯，娘，有肉味兒！」圓子點頭附和。

在兄弟倆的眼裡，有肉味兒的，都是好東西！

這一頓，就是半鍋的饅頭並一盆子的菘菜夾著兔肉和肉汁。

過後，母子三人躺在床上，摸著肚子，不約而同地想著。「要是天天能過這樣的日子就好了……」

# 第六章 外人

「咳咳咳……」

「夫人，喝點兒熱水。」丫鬟秋雨遞了杯水給咳嗽的婦人，又拿個大靠墊放在婦人的身後。

「好了。這一入了冬，我這身體就不好，也不知道能不能看著二少爺長大成人……」婦人喝了幾口熱水後，似乎感覺好了些，可那不過是她忍著不咳出聲兒來。

有人駕著馬車來楊家村了！

村子裡人三三兩兩地圍在一處，指著那輛大馬車。

「有人在嗎？」從馬車上下來一個丫鬟打扮的女子，只見她穿著綢緞子，那裙襬上頭繡著蝴蝶，迎著風，好似翩翩飛舞著。

端看她一身裙衫，就比楊家村的姑娘家好了不少。

阿花娘早些日子就已經能下地，阿花算是半解放了。

阿花娘聞聲出了屋子，一臉戒備地看著來人。長得比她白皙、身段比她柔弱……只需一眼，阿花娘就覺察到了自己處在弱勢。

「妳找誰？我家相公不在家。」阿花娘壓根兒就不打算讓人進屋來，將人堵在院門口。

「大嫂子，我是想打聽下，聽說原先妳身子不適，現下可大好了，妳這是吃哪個大夫開的藥方子？能否給我看看？」

阿花娘光明正大地打量了眼來人，確實長得比自己好，幸虧阿花爹上山去了。

丫鬟讓趕車的小廝拿了個荷包過來，塞給阿花娘。「大嫂子，我們也是聽說了妳的事，因著家裡頭有人病著，所以過來想請大夫瞧瞧。」

阿花娘下了力氣捏捏荷包，銀子？假的吧？阿花娘還是有些難以相信這人是給她送銀子來的。

按捺住要打開荷包的心，阿花娘將荷包握緊，想了想這才開口。「唉，這哪是什麼大夫啊，就是一騙子，沒少害得我跟家人離心，這人啊，就是想賴上我家。偏偏我那婆婆就是信了，還整日地拿酒灌我喝，妳說說，這哪是治病啊，這是想乘機要我命啊……大妹子，妳說說這種人能叫大夫嗎？你們快去叫人給抓起來！」

趁妳病時要妳命？

丫鬟有一絲的不耐煩，但她受命而來，要是只聽了這話回去，不說前頭的五兩銀子白費，就是回去也交不了差！

丫鬟這會兒有些後悔給了阿花娘銀子，可是看著她一臉防備的樣兒，也知道銀子拿不回來了。

「大嫂子，妳就跟我說說，妳到底是怎麼好的？」

阿花娘還沒說盡興，有些不滿被打斷了話，只是手裡的銀子不免磕手。

「那還不是靠了我自己，我想著可千萬不能讓那賤人奸計得逞，我就不想死，好戳破她的奸計……」她抬頭見著丫鬟鄙夷地看著自己，悻悻地補上一句。「還有村頭的楊大夫給配的藥。」

阿花娘要不是看在銀子的分上，早趕人走了。「好了，你們趕緊走吧，我能說的都說了，總之，我還好好地活著呢！」

啪！院門關上了。

趕緊回屋數銀子去咯，晚了，引得婆婆過來，這銀子可就不保了！

「青梅姊姊，那咱就回去？」

看著越聚越多的村裡人，青梅越發厭煩，都是些見錢眼開的東西，怕是都等著拿賞錢吧！青梅點點頭，上了馬車。於是，只在楊家村待了一炷香時間的馬車便揚長而去了。

阿花奶這幾日有些受了風寒，聽得大兒媳來說阿花家的院子停了一輛馬車，嚇得她是心「噗噗」地跳。

阿花大伯娘攙著阿花奶來到阿花家院子裡。「阿花娘，可是阿花爹出事兒了？」

「娘，沒事兒，就是找我娘家的卻找到我這兒來了，這不，他們知道找錯立刻走了。」阿花娘笑容滿滿。

大伯娘看著阿花娘一反常態地揚著笑，心裡狐疑不已，不過不是自家的事兒，她也懶得管。

端看阿花娘只客套地揚著笑，卻是戒備地不讓人進屋子，小眼睛瞇瞇地盯著人，她就疑心。要不是怕小叔子出了啥事兒，她還真不願意進這個院子。「娘，既然小叔子沒事兒，咱就回去吧，您身子還不好呢，趕緊回去躺著吧，要不讓慧娘給您開個方子吃吃？」

阿花奶由著大兒媳婦扶著，回了屋子。「我看阿花娘那副模樣，我這心裡就七上八下的，只怕要惹出事兒來啊！」

這倒真不是阿花奶白擔心，每回阿花娘這副模樣的時候，多半會惹出點兒事兒來。「她那身子好不容易好些了，能下地了，可千萬別給我惹事呢，妳小叔子這日子苦啊！」

「娘，您可得多勸勸小叔子，就算是再能幹，在山裡哪有地兒能好睡，這天兒都冷了。再好的老獵人，進山幾日，回家好歹要多休息幾日緩緩……」說這話，她也有些私心，碰著這麼不著調的娘，那還不是要苦了她家當家這個做兄弟的。

「娘，咱今日吃什麼，還吃肉嗎？」雖然這幾日，那些個坑洞再也沒有掉兔子進去。

「行，反正都是要吃的！」田慧豪氣萬丈，她是不會說自己也想吃肉了。

團子笑眯了眼。「娘，那我幫您洗菜去！」第一回的兔肉燉菘菜，讓第二日吃的菘菜可香了，滿滿的肉味，就相當於吃了兩天的肉。

「還是洗兩條蘿蔔吧，咱上回都已經收進去的蘿蔔！」因為田慧喜歡吃菘菜多些，蘿蔔種得並不多，她本想著，弄點兒醃蘿蔔條，就著粥吃最好不過了。

可都已經過了小雪，田慧的菘菜因著種得有些晚了，所以長得有些差強人意。

田慧背著自家種的蘿蔔下山去，送了大部分給錢氏，又留了些給秦氏。

「這是妳種的？」秦氏有些難以置信。

「嗯，三嬸幫著一道兒種的，就種在山上，不過不如旁人菜園子裡的種得好。」田慧將簍子裡的蘿蔔一個個地擺好。

「嘿，咱村子裡可真沒有種蘿蔔的，這以前啊，可就我家種著……」不知想起了什麼，秦氏的話茬子戛然而止。

「弄好了就回去吧，往後要是有啥難事兒，就來找我，我雖說也出不了多大的力兒……」秦氏蹣跚著往屋子裡走，謝絕了田慧的攙扶。

只說話的那麼一會兒工夫，田慧竟覺得秦氏瞧上去老了不少。那種疼，是從心裡散發出來的吧，才會那麼濃烈，讓田慧看著都有些不忍心。

早前就聽說了，秦氏的兒子離家從軍，同行人帶回來的卻是噩耗，怕是想兒子了吧？

田慧替秦氏掩好了門，想著有朝一日如果圓子團子不見了，離了她的眼，她怕是也要瘋了吧？

不知何時，田慧早已經把圓子團子當成親生兒子了……

大雪過後，村子才盼來了今年冬天的第一場雪。

「嘿！我的菘菜、菘菜……」田慧很是捧場地欣賞了大半會兒的雪景，紛紛揚揚。

一大早天就陰沈著，田慧生怕到時下雨，一來一回怕是得淋得濕透，於是拘著兩個小的在山上。

「哇，好大的雪啊，不過咱怎麼下山呢？」這些日子團子在山下玩得正在興頭上，這是要生生斷了他下山的路啊！

沒等團子感慨完，田慧就拎著兩個竹簍子往外奔去。這麼小的兒子，要是再習得幾個字，怕是要吟詩作對了吧。

她正想著，就忍不住笑了出聲，歡喜地道：「娘的團子喲，趕緊幫你哥哥拿筐子來，咱得收菘菜咯，回頭等娘買了肉，咱包餃子吃。」

「餃子，那是什麼？娘，我來幫您了。」團子一聽到吃的，小短腿便跟著田慧跑了起來。

「好好幹活，才有吃的！」手起刀落，一顆菘菜離了根。

團子抿著嘴，還是不甘心。「娘，您說的餃子是啥樣子？」

「嘿！我曉得，我記得里正家吃過餃子，那時牛蛋蛋還捧著好一碗餃子在村子裡顯擺。」牛蛋蛋是里正家的大孫子，他們家好不容易得了個大孫子，這取名自然千思萬慮，這才有了牛蛋蛋這個小名兒。

這場雪整整下了兩天一夜，直到第二日傍晚才止住。入目，都是一片雪白。

山裡頭，風倒是不大，只是連吸口氣，嗓子裡都覺得要結冰了。

田慧是一點兒都不想出去了，光是踩在雪裡，棉鞋準得濕。

就在山洞裡，菘菜魚湯，配著饅頭，田慧母子三人這般過了兩日。這都算得上是大餐了，因田慧想著下著雪，魚兒也不能送出去賣，索性自家吃掉。

圓子是個小財迷，喝一口魚湯，心裡怕是都在掉銅板。「娘，您說這能換多少銅板呢？怪捨不得的。」

田慧覺得自己明明是個大方爽利的性子，咋就偏偏能將兩兒子教成這樣了！說不準，就是田慧這個做娘的不靠譜，才養成了兩兒子這般性子。

雪一停，田慧就抄著傢伙掃雪了，總不能出來燒個飯，就得濕一回鞋吧？連灶裡都積滿了雪……

柯氏看著屋外頭正在掃雪的幾個兒子，對著楊知雨說道：「這天兒這麼冷，那母子三個怕是要凍死了吧？」

楊知雨不以為然，她可是聽說了田慧不知道從哪兒弄來銀子，做了好些冬襖！「娘，您說慧娘的銀子都是從哪兒來的，光是冬襖啊，還有吃的糧啊，一兩銀子總是要的吧？」

說起銀子，柯氏臉色陰沈得可怕。「三兒雖說愛賭，不過手氣不錯，經常能贏些銀子回來，怕是存了不少銀子吧！」

「那三弟沒了、欠下賭債的時候，她就不拿出來？眼睜睜地看著咱家差點兒賣地！」楊知雨瞪眼，像是田慧活生生搶了她家銀子似的。

柯氏雖說有些心動，也只能道：「這人都已經趕出去了，咱能有什麼辦法！唉，早知道當時就按捺住性子，一件件、一樁樁地慢慢算過，算是便宜她了，哼！」

「娘，那姑母說的事兒呢？說是將圓子給過繼到姑父的族中去，這可是積德行善的好事兒，也這麼算了？」楊知雨有些不甘心，她關心的自然是姑母允諾下的銀子，自家還欠了不少饑荒呢！

柯氏說起這些，也煩得慌。「有什麼辦法，要是能將小兔崽子給弄回來，那才作數啊！」

同是楊家人，差距確實有些大。

另一處的錢氏卻是拿著掃把掃著院子，不時抬頭望望山腳那個方向，擔憂道：「這雪總算是停了，也不知道慧娘他們怎麼樣了？」

知通知道田慧頗得他娘眼緣，他媳婦為此可沒少吃味兒。

楊知通的媳婦，孔氏，站在院子裡看著忙碌的楊家人，自然也聽到了錢氏擔心那母子三人的話。

孔氏想起了前回，她娘和大姊來看她。

孔氏護著肚子小心地湊近孔母。「我那婆婆當別人都是傻子呢，總喜歡逗著我玩兒，不過我不愛搭理她，我都在自己屋子裡，就吃飯洗衣的時候出去一下，我可寧願在屋子裡做些針線活……」

孔氏正說得興起，絲毫沒注意到孔母已經變了臉色。她可是好久沒說得那麼盡興了，難得娘家來人，可以倒豆子一般地說個痛快。

「雖說我不願意搭理我婆婆，可有人熱切著呢，咱村子裡的一個寡婦，帶著兩個兒子還被夫家趕了出來，可一個勁兒地巴結著我婆婆！上回，我那婆婆弄了好些布料子來，不是給妳們送了嗎？還讓我拿個料子給她孫女做衣裳，娘您都說我懷的是兒子，婆婆卻非說是孫女！不過那可是綢緞的，真好看，我找出來給妳們瞧瞧……」

孔母氣得渾身發抖，孔大姊一聽，拉著孔母就要走。「娘，咱走吧，我是沒臉待著了！」

「大姊，我可是妳親妹妹，妳說的是什麼話？」

「啪！」脆生生的一個巴掌！孔母下力氣打了孔氏一個巴掌，從小到大，孔母都沒碰過孔氏一個手指頭。

「扶好妳妹妹，隨我去跟親家母賠罪，這種女兒嫁出去，丟盡了孔家的臉！」孔氏被打懵了，頭都暈著。

錢氏自然聽到了大兒子的屋裡鬧騰著，孔母也絲毫沒壓低聲音訓閨女。

「親家母，都是我不會教閨女，唉，啥都不說了，我這就帶人回去，教好了再給妳送來！」不得不說，孔母也是個能幹的。

錢氏穩穩地坐在椅子上，勸都沒勸上一句。「原本我跟知通就商量過了，等把肚子裡的生了出來，我再把人給妳送回去，這會兒親家母既然提了，我也不攔著。若是這肚子裡的沒了，我也不會怪妳家，畢竟我是允了讓妳把人給接回去的。」

孔氏的半邊臉腫著，頭髮散落著，見著楊知通進屋來。「相公，娘要趕我回娘家，我肚子裡可有你的骨肉啊……」她呦呦哭著，拉著楊知通的衣角不放。

楊知通甩都懶得甩一下，直接往外走。

從孔母到楊家那麼久，他硬是連句「岳母」都沒叫過，可見得楊知通還真是失望了。他娘對媳婦那是好得沒話說，村子裡的哪個不說，甚至他弟能早早有人家上門說和，就是衝著他娘來的。

孔氏卻是不知足，每每逮著他就能抱怨一頓娘的不是，日子久了，楊知通只覺得孔氏不可理喻，要不是有了孩子，早讓人回娘家去了。

孔母這張老臉都丟盡了，哪還顧得上吃飯，直讓兒子駕著牛車就往家裡趕。那段日子孔家人可沒少往楊家村來，又是賠罪又是送東西的。

後來不知孔母怎麼回爐教閨女的，孔氏再回來的時候，一反常態，兢兢業業，雖說做得有些不自然，但是到底她願意做了。能改好，錢氏也不想真休了兒媳婦。

不得不說，有時候遺傳也是很重要的。孔家人明事理，孔氏早前只是有些不知事，如今懂事了，錢氏自然做什麼都願意帶著孔氏在一旁。

孔氏還算是虛心好學，也小意奉承著，生怕被趕回去。跟錢氏接觸多了，她也知道錢氏很好說話，雖說有些直接，倒是不難懂。

婆媳倆的關係漸漸地好了起來，連帶著孔氏待兩個小叔子都親熱起來，會當成自家弟弟看待了。

孔氏能想明白，也是她的福氣。

一家人都忙著掃雪，孔氏大著肚子立在屋簷下，錢氏生怕地滑她摔著了。「娘，慧娘前些日子不是買了好些麵粉，吃喝應該還是沒問題的吧？只是下山怕是有些難了。」

正如孔氏說的，田慧就算有大把的時間，都掃不出下山的路來。

田慧索性領著兒子識字練字。

「娘，等我們下山的時候，我又能去顯擺顯擺我認得的字了！」前些日子，團子可沒少顯擺，引得村子裡的小娃子都讓團子教他們識字。

不過，團子也就認得幾個字，哪夠他顯擺。

圓子在一旁靜靜地寫完一個「本」字，才抬頭插嘴道：「那些小娃子可是沒少拿好吃的賄賂團子呢！」

團子生怕田慧生氣，趕緊解釋道：「娘，這是報酬！」

「別太過火了。」田慧也從沒想過要把兒子教成大聖人，讓人予取予求。她反而覺得圓子的性子不慍不火，還是強硬些好，那樣子才不至於被人欺負。

到了夜間，他們會跟著田慧背背三字經，母子三人就這般打發著時間。

原本盤算著剩下的兔肉等到過年的時候吃，只是每日都看著掛著的半隻兔子，自是勾人得緊。

一開始，田慧想著再吃一半，其餘的留著過年。可後來簡直是一發不可收拾啊，等吃俐落了，骨頭都倒了，他們才想到年夜飯的大餐提前吃了！

這場雪，下了停，停了又下，斷斷續續地整整有七日了。萬幸的是，田慧早備著糧食。山裡的雪不易化，雖說雪停了，可是田慧卻下不了山。

「哥哥，你說娘笨手笨腳的，能抓到兔子嗎？」團子很為他娘操心、憂心。

圓子也不大信啊，只是當著團子的面，他總得給娘長長臉。「娘說行，就一定行的！娘不是拿了好多陷阱嗎？準能行的！」

「哥哥，你撒謊了。」小小年紀就不學好！

圓子轉身不搭理團子，自己去練字了。

好不容易盼著田慧回來了，卻見她兩手空空。

我就說不行吧！團子看了圓子一眼。

圓子裝作沒看懂團子的意思，厚著臉皮問著好。娘也真是的，他剛剛還信誓旦旦地說了準行，可娘倒好……

兩手空空！連之前帶出去的東西全給折騰沒了，兔毛都沒瞧見，揪一把兔毛下來也好啊！

「看什麼，是餓了嗎？」田慧看著哥兒倆熱切的眼神，只當是餓得亮晶晶了。

圓子胡亂地點點頭，生怕團子口不擇言惹惱了田慧。

要說這趟，田慧可循著兔子的腳印在雪地上撒了不少陷阱，畢竟要說冰雪聰明啥的，那不能拿來形容兔子。野兔子實在是太過相信自己的腳印了，牠們來來回回都是循著自己腳印的。

所以田慧只是在有兔子腳印的雪地上設了陷阱，一設了套，就等著兔子來回蹦躂啦！

「娘晚上再做些套子，明天就給你們弄肉吃，給你們都養得肥肥的！」田慧壯志凌雲。

在圓子威脅的眼神下，團子弱弱地應了，田慧只當他是餓得狠了，連說話的力氣都小了。

沒有肉，田慧也就隨意地蒸了饅頭、燒了粥，就當晚飯了。

「娘，別忙了，上來睡覺吧……」圓子看著他娘一顆熱忱的心，全撲在做套子上。

團子挪著屁股往圓子身旁湊。「娘，趕緊上來吧，被窩好冷啊……」敢情是讓他娘來暖被窩的。

「等被窩暖了再叫我睡吧！」田慧這會兒都能想像到野兔被套子抓住、乖乖地等著她來抓的情景。

「娘，兒子凍死了……」團子撒嬌賣萌，坐在那兒等田慧上床來抱著睡。

嘿！敢情是他的取暖器了……

田慧紋絲不動，只顧著手裡忙活著。

「娘，您又抓不到兔子，都白忙活一天了。」

最後團子的待遇是孤零零地睡在裡面，田慧抱著圓子睡了。

圓子想著，原來團子犯錯了，他的好事就近了！只是眼睜睜地看著團子犯錯受罰，好像有些不厚道啊……

不過圓子還是頂著團子哀怨的眼神睡著的。娘抱著睡覺真暖和，就是抱得緊了些。迷迷糊糊想到了團子的眼神，圓子探手把團子拖到懷裡，才安心地睡過去。

團子正睡得迷糊，好暖和，就是他快被勒死了，呼呼……

母子三個就這般疊疊樂地睡得極好。

一大早，田慧就醒了，先煮了粥，待得把自己收拾好，田慧馬不停蹄地跑去看她設下的套子了……

一無所獲！

下的套子壞了好些個！

田慧唬著臉，渾身散發著「生人勿近」的氣息，圓子哥兒倆規矩地在一旁喝著粥。

「吸溜……」被圓子一瞪眼，團子立刻捧起碗，沿著碗邊一點點地喝著。

不能發出聲音，發出聲音就死定了，他可不想當出氣筒啊……嗚嗚……

喝完了粥，哥兒倆識趣地一人一個碗去洗乾淨，繼而又規矩地去習字了。

低氣壓一直籠罩著，直到……

「兒子啊，快來瞧瞧肉啊，有肉咯……」田慧大嗓門地喚著還未起床的哥兒倆，進了冬天後，圓子哥兒倆越起越晚，田慧也由著他們睡，睡得多、長得快！

團子驚醒，揉著眼睛，田慧在外頭喊了兩回後，才冷靜地對圓子說道：「哥哥，娘這是好了？我能鬧騰會兒了吧？」

圓子正在穿最外頭的那件厚冬衣，猶豫了片刻，點點頭。

警報解除！

「哥哥，娘要是多來個幾回這樣的，我怕是要瘋了。」

「誰要瘋了，咋的了？娘跟你們說，咱又有肉吃了！肉呢……哇哈哈，我就說嘛，我如此能幹，怎麼會連肉都吃不上呢！往日裡是我懶，回頭啊，保管你們日日都能吃上肉……」

田慧談興大起，揮著手，豪邁地說著她的豐功偉績。

圓子已經穿好了。「娘，有肉就換銀子，這才是正理。」

呃，是這樣嗎？

「不，不是，你們不是惦記著吃肉嗎？」田慧結巴了，被兒子給教育了。

有仇報仇的時間到了！

「娘，哥哥說了，咱早晚要住到山下去的，沒屋子沒田地，以後怕是要餓死的命。」平日圓子沒少教育團子，兄弟倆齊心攢錢。

哥兒倆很習慣地忽視了田慧！

團子嫌打擊不夠，又道：「娘自己想吃肉，總是賴我們。」

真爽！憋屈一天了！

留下愣愣的田慧，哥兒倆洗漱去了。

「哥哥，我剛剛報仇了，嘿嘿，真爽，娘愣在屋子裡呢！」團子賊兮兮地湊近圓子，想到娘呆愣的模樣可真好笑。

圓子瞥了眼團子。「下回可不許了，娘畢竟是娘，要是等娘回過神來，怕是要找你算帳了，小心你的屁股。」

「沒事兒，我溜得快，我特意找衣服都快穿好了的時候才說，嘿嘿，逮不住我！」團子不甚在意，反正娘不打人。

這事兒聽著，怎麼就像是圓子指使團子說的……

咱可憐的娘，田慧滿腔的熱情被「咻」地澆滅了。她果然還不如一個小孩子想得周到啊！

「明兒個我就下山去，把兔子給賣了，這兔子還是活的，應該能賣上好價錢。肉，咱就偶爾吃個一回，想吃了咱再吃。」

「娘，這才對嘛……」團子在田慧的怒瞪下閉了嘴，只敢小聲嘀咕。

「娘，我上回問了阿花爹，說是入了冬，這些野物的價兒可是比豬肉貴呢！娘若是想吃的話，咱換了銀子買豬肉吧？」圓子一臉「我懂妳」的表情對著田慧認真地說著。

就算她再喜歡吃肉，這會兒也不能承認啊，她竟被兒子關照了。

就這樣，田家開始了省錢大計！

山上的雪還沒化，所以哥兒倆被田慧留在山上。

沒承想開始幹活後，就三日工夫，田慧已經抓到了八隻兔子！讓她深以為山上的兔子快成災了！雖然也可能是兔子出來找食，一不小心，被田慧帶窩給端了。

兔子本就喜歡乾淨，田慧循著兔子的腳印，離得遠遠地，待得看著乾草叢，那多半就有兔子窩了。

田慧看見了兔子窩，小心臟是撲通撲通地亂跳，然後趕忙脫下棉衣，朝著兔窩撲去，乖乖，整整三隻兔子。

發了！發了！

等她深一腳、淺一腳地好不容易下了山，腳上的布鞋早已經濕透了。

「嬸子，幫我賣點兒兔子唄！」田慧臉皮越來越厚。

「哎喲喂，怎麼那麼多的兔子，這山上的兔子都快絕了吧？」光是聽聽錢氏的「哎喲喂」，田慧就知道錢氏的心情極好。

田慧點點頭。「嬸子，都還是活的呢，我怕養下去，越養越瘦了。這隻給您的、這隻給秦嬸子，餘下的幫我賣了唄！」

「行！回頭我讓知通去趟鎮上，給妳賣了。」錢氏爽快地應下。

田慧很是謝過一番，抬腳就要走，錢氏卻拖著人，不讓走，讓她好歹歇歇腳。

田慧謝過了孔氏找來的鞋子。「不用不用，我這回去還有得濕呢，我也不放心兩個小的，我得趕緊走了。」

孔氏的肚子已經顯懷了，不過平日裡家中也沒啥活兒給她做，只接了些針線活做做。

「娘，慧娘還真是仔細人，往日都是我對她有偏見。」

孔氏改過後，錢氏如今對她自是滿意，有啥說啥，也極得錢氏的心。

「慧娘是個好的，可比村子裡那些個媳婦好上許多，光是看她自己一個養著兩個兒子，這份心就讓人敬重。咱家對慧娘也不過是鄰里間搭把手，端看這些日子，慧娘才剛剛有了生錢的法子，就常往咱家送魚，這魚，咱家可吃了不少！這都是有來有回，鄰里往來，終歸誰都有難的時候。」

更不消說孔氏有了身子，這魚湯多半進了她的肚子。

「娘，那叫相公早些去賣了吧，這會兒天才剛剛亮，路還好走些，咱也就不留這兔子了，慧娘日子不好過，能攢點兒就攢點兒。」孔氏如今想得明白，由著錢氏手把手地教了好些日子，她自是長進不少。

「咱婆媳倆還真想到了一處，這八隻都去賣了好，秦嫂子那兒回頭我去說說。」兒媳婦懂事，錢氏心裡早樂開了花兒。

八隻野兔，一共賣了半兩銀子有餘，掌櫃的還說了，往後還有的話，價格好商量。

# 第七章　求醫

山上的雪極難化，哥兒倆已經好久沒下山了。

這一日，日頭極好，田慧抱著團子，讓圓子跟在身後，下山去玩耍了。

田慧特意給圓子帶了布鞋，下山後，就讓圓子換了。要說這新鞋子還是秦氏給做的，哥兒倆一人一雙，田慧卻是沒有的。

田慧知道自己不招秦氏待見吶……

將圓子的布鞋拿去錢氏那兒烘著，錢氏見著她便問道：「慧娘，這幾日有沒有兔子？知通要去鎮上，給他媳婦換點兒繡活。」

田慧忙不迭地點頭。「就是嬸子不說，我這會兒還得開口呢！」

「那趕緊的，就等著妳呢，別在這兒坐著傻樂了！」錢氏也替田慧高興，這若是長久下去，到了年前，怕是能攢下不小的一筆。

前前後後，光是賣兔子的收入，就已經快有二兩銀子了。

楊家又要辦喜事了，錢氏要給二兒子娶媳婦，便是定在三日後。

田慧只拎著三隻兔子下山來，山上的雪開始在化了，兔子也不好逮了。

「錢嬸，知事的好事不是近了？我這不是不方便過來幫忙嗎？這幾隻野兔就給你們加個菜！」田慧將綁著的兔子隨手放在地上。

錢氏自然是百般不要。

「嬸子要是不要，回頭我可沒臉來了。」

之後野兔是收下了，但錢氏死活非得讓田慧母子三人來幫忙。「嬸子家可沒啥講究，有啥好不能來的！」

錢氏說的，是指田慧喪夫未滿一年，不好出席楊家的喜宴，只是田慧早已被趕了出去，其實沒必要守喪。

「嬸子，回頭您給我留點兒好的，讓我一個人吃，那得多爽呢！」田慧傻樂傻樂的，滿不在乎。

楊家的喜宴辦得算是中規中矩，倒也沒啥突顯的地方，真是對不住錢氏年前靠著賣布小賺的一筆。

「錢嫂子，妳這銀子可是賺發了，難得辦一次喜事，怎麼著也要像模像樣點兒！」

錢氏卻不管旁人是否得罪得起，管好自家的錢袋子才是正經！「我家怎麼就難得辦回喜事？我大兒娶媳婦的時候，妳不就是拿了一籃子雞蛋，下面裝得都是稻草也就算了，還有幾個是壞的。往後我家的喜事還多著呢！」

錢氏半點不饒人，講得那婦人臉紅了好一陣子，就是坐席也沒啥體面。不過，這般行事卻是打退了不少眼紅錢氏賺了一小筆銀子的村人，有道是殺雞儆猴。

才過了幾日，楊家村又有了大新聞！

據聞，楊大夫醫術精湛，千里迢迢被貴人請去看診了。

不消一個時辰，楊家村人無人不知。

有眼尖的，看到楊大夫家門前停著一輛大馬車，跟早前時候在阿花家前停著的一模一樣。

阿花娘聽了便大搖大擺地找上楊大夫家門。這副身子好了後，在村子裡走動起來還真是方便。

往日她最是看不慣楊大夫的媳婦鄭氏，總以為自己比村子裡的那些媳婦子高貴。今天她就是來殺殺鄭氏銳氣的！

鄭氏看著阿花娘態度如進自家院子一樣，有些不認同，不過，上門就是生意。「阿花娘，妳這是來找妳叔抓藥的嗎？」

想著阿花娘在自家藥鋪裡抓了不少藥，也算是常客了，鄭氏臉上不自覺地帶出笑意來。只是那都是銀子的魅力，阿花娘卻是誤會了，當自己是如此受人尊重、受人歡迎。

「嬸子，我是來跟您說事兒的。我這身子已經好索利了，哪用得著吃這晦氣東西。」阿花娘自覺她是好言好語地說著話，正納悶著鄭氏臉色為何變了又變。

敢情她家堆著一堆晦氣的東西！鄭氏呼出好幾口濁氣，想著不跟阿花娘這個渾人計較，才堪堪把持得住怒火。

「阿花娘，有事妳就說吧！」

久等不到鄭氏請人坐下，阿花娘就自顧自地找了把椅子，坐下了。

「楊大夫這是被鎮上的貴人請去了吧？」阿花娘故意端著架子，不急不緩。

鄭氏已經沒了耐心，巴不得現在就打發人走。「想來，楊家村已經無人不知了吧？」她家老爺醫術就是精湛，連鎮上的大戶人家都慕名而來。

「那都是我的功勞！要不是我向人家府上推舉了楊大夫，怕是這趟好差事，可輪不到楊大夫。」可也不能白白便宜了那賤人！

只是鄭氏卻不知阿花娘心裡的彎彎繞繞。「這十里八鄉的，就只有我家老爺是個大夫，不請我家老爺，難道請妳去？」自從楊大夫生意蒸蒸日上以後，鄭氏便學著鎮上的人家，稱呼楊大夫為「老爺」。

「鎮上隨便拉一個出來都比楊大夫強，若是楊大夫比得上鎮上的大夫，早就去鎮上開醫館了，做什麼守著這幾間破院子！」阿花娘自覺她跟鄭氏很熟了，說出來的話也就不必要多過過腦子。

鄭氏抓狂。一大早是有好事，可是架不住阿花娘這混不吝（注）的人來給人添堵啊！「我家的院子可比妳家那破院子新上幾倍！」

「嬸子，您這人說話咋就沒個重點兒，您家的破院子有啥好說的，我說的是楊大夫醫術不精。」阿花娘好脾氣地又重複了一遍，一字一頓，字字清晰。

這人到底會不會說話？鄭氏恨不得將人打了出去！

「我家老爺醫術不精？這附近村子裡的，誰人不找我家老爺看病抓藥，就是妳也沒少找！」

鄭氏振臂一揮，兩個兒媳婦架著阿花娘出去了。

「娘，也就您才那般好性子，跟這種婦人說這麼多的話，要是我，早就亂棍打了出去。」大兒媳婦開口說道，小兒媳婦跟著附和。

鄭氏裝模作樣地嘆了口氣。「我這是瞧著人可憐，好不容易被老爺醫好了病，卻又像是得了失心瘋。」

幾人又演了一番婆慈媳孝的戲碼，鄭氏才算過癮！

阿花娘本就是想來讓鄭氏巴結巴結她，乘機撈點兒好處的。

又只是一個時辰，楊家村上下都知道了楊大夫是託了阿花娘的福，才有幸被貴人請去看診。

事情說得有鼻子有眼的，再說也有不少人瞧見了，那輛眼熟的大馬車可是曾在阿花家的院子前停過。連阿花娘都親口說了，這事兒多半就是這樣的。不過阿花娘啥時候認識貴人了？

不過這些都不重要，反正阿花娘自從病癒後，又是高調了一把。

「娘，咱家哪認識什麼貴人，娘，您可不要再出去瞎說了，要是惹了貴人，可不是咱能消受的。」阿花這話自然是有人教著她說的。

阿花娘正是意氣風發的時候，哪聽得進「賠錢貨」的話。「吃裡扒外的東西，妳是看不順眼老娘日子過得舒坦，是吧？」她伸手就往阿花身上招呼。

自從阿花幫著她奶，勸說她娘喝藥，她娘好了後，非打即罵。

注：混不吝，意指什麼都不怕、什麼都不在乎。

阿花娘識得貴人！這事就連阿花娘的娘家人也聽說了。

阿花娘也是鎮北出身，只隔了一個村，木家莊來的。

「閨女啊，聽說妳的身子大好了，咋就沒讓人帶個信兒給娘，也好讓娘來瞧瞧妳。讓娘看看，怎麼還瘦了些，真是心疼死娘了！」說話的正是阿花娘木氏的娘。

阿花倒是遠遠地躲開了，她家姥姥可真不是個善人，一進院子就東瞄西瞅的，看著便不是好樣子。

那麼多年來，阿花姥姥從不空手走，總得順走幾樣東西，不過，阿花娘都是心甘情願，只覺得還給得不夠多。

阿花姥姥是繼室，阿花娘並不是好說話的人，偏偏對這個繼室娘感恩戴德，難怪阿花爹賺了銀子都是讓阿花奶給存著的。

「奶奶，木家莊的那人又來了！」阿花癟著嘴說道，她也只能避到奶奶這兒來，有些洩氣。

「唉，家裡的日子如今也不好過，妳弟弟快要娶親了，光是聘禮就要十兩，可就算是賣了我跟妳爹這把老骨頭，也賣不上幾兩銀子！再說妳大妹的日子，唉，比不上妳，這事兒也不怪妳不怪妳爹，都是妳大妹的命啊……」阿花姥姥嘆道。

其實，木氏的大妹，小木氏的親事，跟阿花娘沒半兩銀子的關係，只是因著阿花娘的這門親事讓阿花姥姥眼紅了，想換給自家親閨女。

可偏偏，阿花娘就覺得對不起自家妹妹了！還覺得她娘疼她，如今想著自己出不上力，頗為自責。

「娘，我都聽您的！」

阿花姥姥喜極。「娘說的都是為了妳好，女婿是個能幹的，妳的好日子還在後頭呢！咱可不能學眼皮子淺的，要是楊家欺負妳，妳儘管回家叫妳兄弟去！可惜咱木家就要斷香火了，妳兄弟的聘金都拿不出來，唉……」

阿花姥姥看著阿花娘臉上陰晴不定，知道多半有戲！眼淚說掉就掉了下來，阿花躲在窗框下偷望著，撇了撇嘴。

「娘，您別哭了，弟弟就是咱木家的命根子，我、我這只一點兒銀子……可不能都給您了……」

她娘真的有錢？這都是什麼時候的事情？阿花啥也不說便往屋子裡衝！

「娘，您拿了爹的錢！」

阿花娘手裡正拿著個布包，阿花姥姥正一門心思地盯著那布包，冷不丁地被阿花嚇得夠嗆。

阿花姥姥趁著阿花娘不注意，一把奪過布包，拚命地往懷裡塞，轉頭就開始罵上了。「妳個賠錢貨，瞎嚷嚷什麼，妳家的都是妳娘的，什麼偷不偷，還當妳娘是賊啊！」

阿花娘本沒打算著將銀子全部拿出來，只是被她娘這話一帶，也同仇敵愾地對著阿花，劈頭蓋臉又是一通罵。

「您的娘拿了您的銀子，您罵我做甚！奶奶、大伯娘，快來啊，抓賊啊，我家銀子被人偷了！」阿花大聲嚷嚷道。

阿花家人本就有心防著，一聽到阿花的喊聲，阿花剛剛堵住院子門，人就操著傢伙來齊全了。

阿花姥姥卻是不甘心，銀子還沒揣熱，便要撈出來？她可不情願！

「親家姥姥，這日子就算是過不下去，也不用想著日日搜刮著嫁出去的閨女家，這傳出去，你們老木家還要不要臉了？」阿花大伯娘早已看人不爽許久，這逮著機會自然是不放過。

村子裡最講究的就是名聲。

「我們老木家怎麼了，怎麼了？妳要是不說清楚，我可是不依的！我來看看我閨女，能一個個操傢伙！」

阿花奶前些日子大病了一場，也沒個精力多說。「阿花，去請里正來，木家的閨女咱要不起，然後讓木家人給帶回去吧！」

當初念著阿花娘為了楊家生了一兒一女，身子因此垮了，他們就當養個人而已。如今她身子既然大好了，阿花奶自然就沒個顧忌。是她，不惜福！

阿花姥姥噎了。這是哪裡不對了？怎麼去請上里正了？這是要和離了？

阿花姥姥慌了，真要是和離了，自己可不願意養著她！

她銀子也不要了，只想著趕緊逃出去，直接丟給阿花奶奶一個布包，撒腿就往外跑，硬挺著動作笨拙的身子，擠過一個個人，最後，一溜煙消失在楊家村。

阿花娘一看楊家人的陣仗，再看見她娘跑了，知道自己這下該倒楣了。

「娘，那銀子能不能還給我？讓我收著？」阿花娘覥著臉，看著阿花奶手裡的布包。

阿花奶看都不想看一眼阿花娘，自顧自地打開布包，五兩銀子！

不用怎麼問，阿花娘就將這銀子的來處，一五一十地說了。

「娘，咱家算是分家了吧？這要是出事，總不能您的兩兒子都得一道兒擔著吧？您就算不念著旁的，也得多想想您的大孫子呀？」別人或許不清楚，但是大伯娘她卻是清楚得很，阿花娘的藥都是她陪著阿花奶一道兒給餵下去的。

這哪兒關楊大夫什麼事兒！如今，楊大夫被請去給貴人看診，這無功無過倒也算了，要是有個好歹呢？

這五兩銀子可是燙手得很呢！

大伯娘再接再厲。「娘，要不咱趁早走吧，就去、去我家遠房親戚那兒，那我現在去整整？」

阿花娘只覺得這五兩銀子是她應得的，這是人家樂意給她的，怎麼聽著卻像要逃難了？

「大嫂，妳可不能丟下我，這是別人樂意給我的，可不關我的事。還有，這銀子現在不在我的手裡，是在娘您手裡拿著呢！」

「老大媳婦，把我那木櫃子底下的小木匣子給找出來。」阿花奶趁著大伯娘轉身去尋的時候，按了按額頭，接著吩咐。

「老大，你一會兒就回去整整東西，去你岳母家幫幾日忙，家裡若是無事了，再帶信兒給你。」

「娘！」阿花大伯從沒想過，家裡有難了，自家卻要避了開去。

「聽我說完，娘知道你和你媳婦是個孝順的，不是你家惹的禍，自然不需你家承擔。等事兒過了，咱再好好清理清理，這些年，是我太縱容了！這匣子裡裝的是八兩銀子，四兩是你二弟的，還有四兩是這些年你們兄弟幾個孝敬的，你都帶上，零散的銅板就收著吧……」

誰都沒有提那個布包裡的五兩銀子。

阿花奶細細地交代了，大伯娘不放心，一直守著。

「唉，那麼點兒小事兒，我難不成還能尋死覓活？我可等著要清理門戶的！去吧，快去整整，明日一早就走。」

最後，只有大伯娘帶著兩兒一女回了娘家，阿花他大伯則留了下來。

「您不讓我好過，我也不怕告訴您，阿花的庚帖早就被我換過了，想來，過不了幾日，黃員外家的就會抬著聘禮上門。童養媳！我就讓你們楊家人世世代代為奴為婢！」阿花娘歇斯底里地怒咒。

院子外，楊家村的村民早等不住了，阿花娘那句「楊家人世世代代為奴為婢」可真真正正惹了眾怒！楊家村住的都是楊家人，家家戶戶遠近多少都是親戚。

里正也頗為生氣，見此事已辦妥，方站起身子道：「往後，咱楊家村的男子，不娶木家莊之女！世代謹記！」

村民紛紛嚷著要寫進族譜，木家人抱著頭紛紛逃離了楊家村。

「是我家門不幸，對不住你們了！」阿花爹跟村子裡的人一一道歉。

「唉，這事兒不能怪你，你也不想的，往後啊，帶著阿花姊弟倆，好好過日子，有啥困難，咱村子裡的都不是外人。」里正寬慰了幾句。

村民就算不忿，那也不是對著阿花爹！只是他們心裡多少還是有些不舒服，不過聽得里正既然這般說，自然也願意示個好。「咱可沒里正這般會說，但是里正的意思就是咱的意思！咱都是拐著彎的親戚，可不許外道啊！」

楊家村，總的來說，對外還是團結的。

當日，就有不少村民跟阿花爹一道兒去了三里屯。阿花奶不放心，也跟著一道兒去了！

等田慧聽說阿花家的事兒，那還是兩日後了。

再說阿花爹跟村子裡人一道兒去了三里屯，黃員外聽說是「親家」來了，熱情客氣地將人迎進府裡，待得知道來意，黃員外就要趕人！

「你一個莊戶人家還來退親？給臉不要臉！」他命下人都趕了出去。

黃員外家是新搬來的，所以竟是沒人曉得黃員外家的孫子。附近的村民只曉得黃員外家不好相與，並不知曉府裡頭的事兒。

等著田慧聽說阿花的事兒後，她第一時間就去了阿花家的院子裡。雖是大伯娘幫著招待田慧，不過她也算是弄清了始末，不禁替阿花擔心起來。

阿花年歲小，就算再懂事，還是不大理解奶奶為啥愁容滿面。

「奶，不要哭了，眼睛要不好了。大不了我就去當那個誰家的丫鬟好了，等爹爹弟弟以後賺了錢，再把我贖出來好啦！」阿花拉著阿花奶的手，從里正家院子裡走出來。

阿花奶聽著阿花軟糯的聲兒，眼淚更是止不住。

阿花奶扯起笑，摸了摸阿花的頭。「咱家的阿花真是懂事，奶奶不會讓妳去當丫鬟的，就算是拚上奶奶的老命。妳還有大好的時間，奶奶老了，也活夠了。」

阿花有些著急。「奶奶，我跟弟弟還沒能孝順您呢，怎麼就活夠了！您要是不在了，誰來照顧弟弟？木家的都是壞人，可不能讓他們把弟弟再賣了！我皮粗肉厚的，本來就做慣了活兒的，就算做丫鬟也應付得來。」

祖孫倆相互扶持著走在村子裡的小道上，太陽照在她們的身上，卻是感覺不到絲毫的暖意。

阿花遠遠地便見著自家院子裡站著的田慧母子三人。「嬸子、圓子、團子……」她揚起笑，大聲地打著招呼。

田慧看著阿花的笑，不知怎的，有些心酸，想哭……

「嬸子，您別擔心了，我這不剛剛聽說了，就過來瞧瞧能不能幫上什麼！」田慧深知自己勢單力薄，也只能多寬慰寬慰阿花奶。

阿花奶搖搖頭。「家門不幸啊！家門不幸啊！」連嘆了幾聲家門不幸。

「嬸子，我也出不了啥力，要不回頭晚上的時候，我把阿花接到山上去住幾日，這要是黃員外家來人了，找不到阿花也無法，咱能拖幾日就拖幾日。」

阿花奶想了片刻。「行，我也不跟妳客套了，阿花就託妳照顧些日子。」

「晚上，讓阿花在山腳下等我，我帶著人上山，這事兒越少人知道越好，怕人多嘴雜。」田慧囑咐了一通，阿花奶都一一應下了。她拉著田慧的手，又說了一通感謝的話，哭了一場，這才罷了。

原來，黃員外家要娶的童養媳，還專尋閏月的，可媒婆是個答不上來的，只說那獨孫是好，不過大師說了，要尋個閏月生的女娃子，方能事事順心。

這話但凡家裡有心，誰會樂意將閨女送去，稍稍一打聽，就知道黃員外家是跋扈不講理的，這才幾歲的娃子，不是羊入虎口嗎？

不過，媒婆知楊家人定是不好說話的，於是特意尋到了阿花姥姥家。

黃員外家開出白銀六十兩、水田十畝的條件，聘禮另算。

木家人立時眼紅，忙不迭應了下來，反正不是自家子孫，平白而來的銀子不拿才是傻子。

楊家村里正沒囉嗦，直接找上了木家莊的里正，把事兒說清，木里正都覺得沒臉。這嫁孫女，本就是楊家的事兒，什麼時候連外家都能做主了，這要是被旁的村子曉得，誰還敢要木家莊的人。

「唉，老兄弟，我這沒臉啊！要說這木家老爺子還是我堂兄，不過老爺子去了後，都是那位繼室在折騰，誰承想，丟臉丟到了這分上了！」

一找上門，人去院空。

這是白跑一趟了？

問了鄰居才知道，人昨日一早就走了，說是一家子去探親。見鬼的探親！誰人不知道那木婆子的親戚早在十幾年前便已經斷得乾淨。黃員外可是放話了，要是銀子和地契都拿回來，這事兒就算結了，否則，這人還是得嫁。

阿花家即便賣地也湊不齊那麼多的銀子，阿花奶當場暈了過去，一病不起。

等阿花爹風塵僕僕地回來後，蹲在他娘的床榻上，抱頭痛哭了一回。

原來，黃員外家就是因著那個獨孫才搬到三里屯，說是童養媳，不如說是沖喜的！這要是沖得好，那也是造化；若是人沒了，阿花怕是得跟著去的！

「娘，都是我沒用，沒管好那臭婆娘！這些銀子，咱就是賣地賣人都湊不齊，這些年一直虧了大哥家照拂，這事兒絕不能連累了大哥，大哥也還有兒子的。我明日就去擊鼓，把木家人給告了，就說是偷了阿花的庚帖。」

阿花爹回來之前已經被里正喚過去說了一通，原來黃員外家今日就命人擡了聘禮來，不過是沒讓人進村子罷了。

「行，明日我跟你一道兒去！」阿花奶也哭夠了。自家真是拿這些人沒有辦法了。木家有了那些個銀子，隨便去哪兒都能過得好好的，只是自家的日子卻是沒個頭啊！

「娘，您在家吧，您這身子要是有個萬一的，兒子可是罪孽深重了。」阿花爹死都不同意。

「這麼些年，娘真的是活夠了，你爹當年糊塗，娘也好去地下罵上一通，否則我這心裡頭不解氣！這麼些年，娘都沒回過娘家，說來倒是娘的不是。你舅舅雖早已經過世，你那舅母卻還是在的。近些年，聽說你舅母的娘家越來越興旺，還出了個當官的，你那表哥也在衙門裡領著差事。明日一早，咱就過府去求上一求，但求他們能幫上一把吧！」

阿花奶說這些也沒啥底氣，畢竟好些年不走動了，跟她嫂子也有些過節，貿然去求人，不知道會不會給應了……

翌日，阿花奶回了娘家，雖說將近十年未踏入陸家大門了。

原本的陸家聽說已經從小村子裡搬到了鎮上，但是阿花奶還是有些難以相信眼前這個掛著陸府匾額的三進院子，就是她的娘家！

「娘，您說這會不會開門讓咱們進去？」阿花爹有些惴惴不安。

雖說是嫡親的舅家，不過舅舅早就已經過世了，自家又有近十年沒來往過，這貿然地上門求助，他們怕是不會應的吧？

聽娘的意思，還是頗有些恩怨的。

「敲吧，你舅母還在的！」阿花奶早就想好了要豁出臉面，為了阿花她真的啥都願意。如今她一把年紀了，什麼都是虛的，但求子孫能過得好些、順遂些。

不過阿花奶沒想到的是，進入陸宅很順利，順利得阿花奶都覺得進錯了地方。

「姑奶奶，咱都老了啊……有多少年沒見了？八、九年了吧，妳哥都已經去了九年了……」陸老夫人眼神有些迷茫，似在數著那些年，回想著那些事兒。

阿花奶看著身旁坐著的大嫂，有些寂寥，精神頭竟是不如她這個鄉下老婆子，即使她衣著光鮮，還有奴僕伺候著。

「大嫂，這些年是我執拗了……」阿花奶回想起往事，也有些落寞，好生的一門血親，卻這般說不走動就不走動了。

陸老夫人搖搖頭。

「妳這脾氣到老都沒改！這些年，妳給妳大哥上炷香都不成，我這心裡也是怨妳的！你們兄妹倆，妳大哥最疼的就是妳了，就是我這個做嫂子的有什麼不是，妳也要多來看看妳大哥啊！」

阿花奶想著以前的事兒，其實如今想來都不算啥事，她心下更覺得對不起大哥，沒臉進這個門！

「妳啊，這麼些年，還是沒個長進，知道對不起妳哥，往後就多來看看妳哥，咱都老了，往後還要去地下見妳哥的。這麼些年，我也想過讓老大去找找妳，不過總是沒走成，這是我的不是了。我總想著，妳這姑奶奶不回娘家，莫不是還得我三請四請的？唉，這日子啊，就拖過一年又是一年了……」陸老夫人長長地嘆了一口氣。

她心下明鏡似的，明白自己這位姑奶奶大概是死都不會再登自家門了，如今過來，八成有事兒。不過，她不藉此好好教導教導姑奶奶，她這心裡頭也憋悶得慌，那麼些年的疼寵居然只因著一些相處的小事兒說不走動就不走動了。

長嫂如母，她還是有這個資格的！

陸老夫人聽說了阿花這事兒，自是一口應下，約定了隔日就讓他們將阿花給送了來，這才放了阿花奶回去，並帶著一大車的東西。

路上，阿花爹還是有些回不過神來，他原來有這麼一門親戚……

# 第八章　過年

阿花離開後，母子三人的日子便恢復如初了。

還有三日就過年了，田慧特意找小販買了不少調料，還訂了一塊豬板油、五斤瘦肉和兩斤五花肉。

阿花奶家的院子更是熱鬧，無他，只因有人給阿花奶家送了整整一車的年禮。再加上前些日子阿花奶被一輛馬車送了回來，還帶回來了好些東西。

不過獨獨少了阿花一人！

村子裡不少人都在猜測，阿花是給賣去做了童養媳。

「嘖嘖嘖，當日鬧得雞飛狗跳，實際上也是個貪財的，到頭來還是賣了孫女，換了富貴！」不少眼紅的私底下如是說著。

還有不少人問里正。「不做童養媳啥的，還寫不寫進族譜裡啊？這人都已經賣了，咱這不是自打耳光？」

其實早在阿花奶從鎮上回來的當日，她就提著她大嫂給準備的一條五花肉去了里正家說明情況。

「莫瞎說，阿花奶可是咱村子裡老人中獨一份識字的，阿花是被阿花奶的大嫂接去了，跟在她大嫂身邊，等這事兒衙門查清了，就會回來的。」

可就算里正這般說了，還是有不少人不信。哪能這麼巧，阿花人不在了，就冒出一門貴親戚，說不定就是拿阿花換了門貴親戚回來。

阿花奶也解釋了許多遍，不過多少還是有人不信，於是她懶得多說了，由著旁人看熱鬧去。

里正原本也不信，但里正媳婦卻多少知道些內情，也知道陸家原先就跟普通的村戶不一樣，陸家人都識字，這麼些年，日子過得起來肯定是有的。

不過阿花奶沒說自家侄子在衙門裡當差，只說這事兒她家大嫂攬去了。

楊家村，多事之秋！

阿花家的事兒才剛剛算是結了，楊大夫家就出事，被官爺抓了去。

可巧的是，官爺還尋到了阿花奶的家，禮遇非常！

「老夫人，大人知道小的來楊家村，特意讓小的給您帶句話，請您年初一去大人府上，這幾日陸老夫人都在念著您吶！」

阿花奶懵了，她知道自家侄子在衙門裡當差，卻沒想到還使喚得動官爺，重點是官爺對她非常客氣，口口聲聲「老夫人」，讓她受寵若驚。

「多謝這位差爺，勞您跑一趟了，回頭我年初一就去。」阿花奶內心震驚，端的樣子卻是不差。

那回只顧著敘舊了，她倒是從沒打聽過大侄子在衙門領的什麼差事。

阿花奶曉得自家侄子這是特意讓差爺來給她撐撐場面的，免得被人欺了去！在楊家村這種小地方，反而是差爺更加讓人畏懼。

楊大夫醫死人了！

阿花奶家要發達了！

「妳們這些長舌婦不要瞎說！我家老爺醫術精湛，醫好了貴人，怎麼會醫死人！」楊大夫媳婦，鄭氏對著前來圍觀的婦人怒斥。

鄭氏心裡其實也沒底，她看著自家老爺被差爺帶走，塞了銀子後才知道原來是那位貴人將老爺給告了，卻是沒說把人給醫死了。

沒承想，第二日就有陳府的人上門來打砸了！陳府，便是楊大夫看病的那家貴人。

鄭氏幾人手無縛雞之力，饒是鄭氏再潑橫，也不敢上前攔著，生怕打砸到了自己，那可是要老命的。

十年河東，十年河西。只那麼一日之間，楊大夫家竟是到了這步田地。

許多之前上門來求藥的，紛紛要求退銀子，還有不少人罵著「庸醫、庸醫！」

鄭氏這會兒早已經由著旁人罵，但是想要退銀子她卻是半個銅板都不能給的，她還要拿銀子救自家老爺和養兒子。

附近村子也都在罵，楊家村出了個騙子，這名聲一壞，便連累了一整個村子。

可是他們家倒好，被打砸了就被打砸了，院門一鎖，只管去鎮上，留下的壞名聲都是村子裡的幫著擔著了。

莫名地，「田慧」的名聲倒是傳了出去……只是到後頭，卻是越傳越神乎。

「你看看那慧娘定是不同的，要不是這樣，一個婦人帶著兩個兒子還能去山上住那麼久都沒出事兒？」

至於山上的田慧，自是半點兒不知，她只曉得炸了豬板油後，他們自此過上了有油的生活。

對於難得能吃上這麼油膩的油渣子，田慧想著是包包子呢，還是攤餅子吃？太多東西讓人選擇也是夠讓人糾結的。

田慧知道問兩個小的也問不出啥東西來，還是做包子吧！

閒來無事，圓子哥兒倆最喜歡幫著田慧打下手。田慧如今沒再縱著，該做的活兒，也都讓哥兒倆幫著做，這個家還是得靠他們撐起來的。

油渣子、菘菜、瘦肉，田慧用這些調成了餡料，做包子。

「娘，這個包子好吃，咱可得省著點兒吃！」說這話的，一般都是圓子。

是以，在圓子的監督下，十幾個大包子，一人一日只能吃上三個！

田慧家的年夜飯異常豐盛，除了包子，還有骨頭粥、瓦罐燉五花肉，自家醃的菘菜也能吃了，不過，按田慧的口味來說，還是不夠酸了點兒。

大過年的，油膩了些，吃點兒酸菜真是夠爽的。

「娘，您說咱以後會不會都像今年過年一樣，有肉吃，吃到飽為止？」躺在床上的時候，是不是最易傷感？要不是這樣，怎連圓子這麼小的娃子都學會了悲秋傷春！

他是窮怕了、餓怕了啊……

團子畢竟小了一歲，到底比圓子樂觀多了。「娘說了，咱的日子定是越過越好的！」

田慧閒來無事，母子三人又興致正濃，就嘴賤地問了。「你們以後要做什麼？」

團子連比劃帶說的，將自己想的表達出來，初生之犢不畏虎啊！

「哥哥，你要做什麼呢？你還沒有說呢！要是你想不出來，以後我賺來的銀子分給你花就成了，誰讓我要照顧你呢！」團子還記得娘說的，以後要照顧哥哥。

田慧百感交集，自家兒子真的啥都是好的。

圓子不贊同地看了眼團子。「我是哥哥，是我照顧你、照顧娘的。聽戲文裡頭說，做了大官就能保護家人，我以後要做官，讓娘和團子不受別人欺負！」

「娘早些時候就想好了，等咱家有了銀子的時候，就送你們去書院。」母子三人暢談著未來的大好日子，都忘了啥時候睡了過去。

大年初一，村子裡熱鬧極了。

田慧很是大方地給兒子一人一個紅包，二十個銅板。「往後啊，這就是你們的私房錢了，可得好好攢著，想買什麼都得想明白咯。」

有了私房錢的哥兒倆，笑得跟小老鼠似的，吱吱吱，賊賊的。

田慧沒做啥新衣服，一來自己不會做，只學得大概；二來，孩子的冬衣都是新做的，能省則省了。

收攏好衣服，田慧帶著兩兒子去拜年了。

家裡真沒啥好送人的，所以田慧安慰著自己，年前已經送過年禮了，現在空手去隨便拜個年應該沒事兒吧？

不過因著是年初一，他們睡得有些晚，等收拾好，吃完早點，下山來都快午時初了。

只是，村子裡也太古怪了些，待得到了錢氏家院子裡，她才曉得怎麼一回事兒。

錢氏雖說知道田慧給阿花娘抓過藥，但是並沒仔細想過田慧真能醫好人了？要不是那些個消息靈通的來打聽消息，她也不會知道。

「嬸子，我那是瞎貓碰上死耗子，運氣好而已。」田慧從沒想過要憑她的半吊子醫術醫人。

話落，她就拉過圓子團子給錢氏拜年，有兒子就是好啊，可有擋箭牌了。

果然，錢氏被哥兒倆作揖的模樣兒逗樂了。「真是乖，錢婆婆都準備了紅包，快收著！」錢氏一人給了一個紅包，十文錢。

「嬸子，這太多了些！」好滿滿當當的紅包哦。

「不多不多，我年前賣布賺了一小筆，這點兒只是一點兒零錢。」錢氏格外心疼田慧母子三人，給的紅包自然不小，對於楊家那些個子孫，她可是只包了兩文錢。

愛屋及烏，錢氏的兩兒媳婦也給圓子哥兒倆準備了紅包，都是五文錢。

趁著過年，圓子哥兒倆很是發了一筆小財，只盼著日日都是過年才好！

錢氏大兒媳婦，孔氏笑著道：「慧娘，妳幫我瞧瞧，我這胎懷得可好？」她從不曉得慧娘居然懂醫，居然放著現成的大夫不用，每回有事兒都是請的楊大夫。想著那個據說醫死人的楊大夫，孔氏越發覺得心裡有些不對勁兒。

「早瞧過了，弟妹的胎很穩，只是，這往後啊還是多走動走動，發動起來時才會順當些。」田慧不是產科醫生，生產啥的其實不大懂！前世，她不過是出生在醫藥世家，雖說家族子弟多從醫，她卻是跟著爺爺學藥酒方子，只學了把脈三年，就來了這個地兒。

孔氏這才覺得安了心。「還真不愧是個懂醫的，說起話來就是不一樣。別說，咱村子裡女子識字的可是不多。」

接下來的一個時辰裡，錢氏婆媳三人將田慧誇得那是天花亂墜，田慧都快不認識自己了。

下半晌，就有人滿村子地找田慧。

原來打砸楊大夫院子的家奴又來了，正在尋田慧救命呢！

「這位就是田夫人嗎？原不該大年初一來打擾您的，但還望您能跟老奴走一趟，老奴給您磕頭了！求求您救救我家夫人！」說話的是陳夫人的陪嫁嬤嬤，呂婆子。

大過年的，錢氏被呂婆子這一跪給跪懵了，忙去扶起呂婆子。「有話就好好說唄，我看妳一把年紀了，有話直說就是。妳找的是慧娘，是吧！喏，就在這兒，妳好好說。」

呂婆子將陳夫人的情況說了一遍。原來是楊大夫將人給誤了。可其實倒也說不上誤了，只是藥劑下得重，陳夫人又是常年體弱的，受不住這番大劑量，初始雖有點兒起色，卻是越到後頭越是難捱。

年前，陳夫人還暈倒了一回，這可是從來沒有過的。府裡人請了鎮上的大夫一瞧，才知碰上了庸醫，將陳夫人的身子給拖垮了，於是有了到楊大夫家打砸的情況。

跟錢氏打過招呼，田慧就領著兩兒子上了陳家派來的馬車，在楊家村民的注視下離開……

進了陳府，坐在主位的是陳夫人的爹娘，陳老爺陪坐。

「小女就煩勞夫人了，聽說夫人才是那位醫好了村裡人的！」

雍容華貴，這是田慧至今見過最貴氣的婦人了。說話的正是陳夫人的娘，王老夫人，聽說出身官家。

王老夫人看著田慧身上穿得單薄，都不知是何年的冬衣了，兩兒子身上的冬衣卻像是新做的，心下忍不住嘆息。

一些情況田慧已經聽呂婆子說過了。

「小婦人只是稍稍懂得些，不過，小婦人是要用酒的，如果可以的話，我這就去看看陳夫人，開方子。」田慧也不囉嗦，大過年的，她還想好好帶著兒子們去玩玩呢。

「用酒？難怪原先的方子也是用著酒的。不過，為何要用上酒呢？小女不勝酒力……」

王老太爺有些不懂了，從沒聽說還能拿藥入酒。

蛇膽酒、果酒，這些倒是常見。

「酒作為一種輔料，可以對中藥材的多種作用加以引導、改變，使之能更好地按用藥目的發揮療效。酒有這樣的作用在於它本身味甘苦辛，中醫認為味甘能補、能緩、能和；味苦能燥、能瀉；味辛能散、能行！藥和酒相互配合，酒助藥行，藥增酒性，實不可小覷。」

田慧還是頭回跟人說起專業知識，她專注的時候總是特別有說服力。

「可是小女不勝酒力，喝不了多少。」王老夫人聽著田慧說的，是挺像那麼一回事兒。

田慧也是有備而來。「咱就先從小劑量開始，逐步過渡到需要服用的量，也可以用冷開水稀釋了後服用。酒量小的，可把浸泡好的藥酒用紗布過濾了，加冷糖水或者蜂蜜水都成。」

王老夫人滿意地點點頭。「如此，口味上倒能好上許多。」

王老太爺則想得更多了些。「這酒可有何要注意的？」

「仔細要說的話，理應注意季節時令。孫思邈曾說過，冬服藥酒二、三劑，立春即止，此法終身常爾，則百病不生。現在正是飲用藥酒的最佳時節。如果服用藥酒是為了治病，倒是隨時可以配製服用的。不過陳夫人體弱，等過了立春，我再換個方子。」

如此妥當，又加之本就有治好的例子在前頭，王老夫人還是有些信服的。如今，聽鎮上大夫話裡的意思，最好的情況多半也是如此躺在床上，那就是等同於半個廢人似的，既是這樣，還不如放手一搏。

「爹、娘，讓田夫人進來吧！咳咳……柯兒才那麼小，我想陪著他，道兒，看他娶妻生子……咳咳……」

「夫人，妳別說話，田夫人醫術精湛，定能醫好妳的。」陳老爺聽到聲音，起身就往內室去了，顯然是個疼老婆的主兒。

圓子和團子由著小丫鬟帶著在屋子裡玩著。

田慧隨著王老夫人進了內室，三、兩個炭盆裡止燒著上好的銀絲炭，就算她穿得單薄，都覺得熱，還是悶熱！

屋子裡還熏了香，卻沒能掩蓋住重重的藥味。

田慧皺著眉頭。「將薰香滅了吧，趁著午時日頭大的時候，多開開窗戶吧！」她就隨口一提，至於是否照做，田慧還真沒辦法，端看人配合不配合了。

田慧仔細地看過陳夫人的眼睛、耳朵、唇色和手指，面色蒼白，唇色指甲淡白無華。「陳夫人是否頭暈目眩，肢體麻木，心悸怔忡，失眠多夢。呃，大便燥結，小便不利？」她也不知道古人這些事是否難言，不過還是應當問仔細的。

王老夫人在一旁直點頭。「田夫人說的極是！正是如此！」

「嗯，那我就開個方子吧，將用法都寫上，尋個仔細人再泡。」田慧的毛筆使得可不咋的，更別說是小字了。「呃，能不能找個會寫字的，我說、她寫呢？許久不使筆了，怕是……」

王老夫人早就知道田慧如今的處境，倒是可憐人。

「枸杞子八錢，當歸身、川芎、白芍、熟地黃、人參、白朮、白茯苓各十錢，大棗十顆，生薑二十錢，炙甘草十錢，白酒三斤。」田慧接過大丫鬟寫好的方子，細細地看起來。唉，這小字寫得真漂亮，自己連個丫鬟都不如啊……她暗暗發誓以後一定要讓兒子好好習字。

院子裡正玩得開心的哥兒倆，還不知道自己的好日子都快到頭了。

「原本這藥酒需要泡上十幾日，但依現下情況還是越早越好。用熱浸法，密封以後，隔水加熱兩刻鐘，取出，靜置幾日，即可服用。」田慧吩咐完了，將方子遞給陳老爺。

陳老爺仔細地看過，又遞給了岳丈大人。「這生薑不就是廚房裡用的佐料嗎？這也能下藥？」

田慧看了眼陳老爺，看來他也是仔細看過方子的，表現倒不像是在岳家人面前秀恩愛，田慧心下敬重，語氣中不自覺地帶了出來。

「陳老爺看得仔細，確實就是燒菜常用的生薑。咱常見的是，生薑用於發散風寒，多用生薑加紅糖趁熱服用，往往能得汗而解。其實這只算是簡單的藥方子，生薑汁，性味辛微溫，有化痰、止嘔的功效，主要用於噁心嘔吐及咳嗽痰多症狀。生薑皮，味辛涼，則有利尿消腫之功效。」

「咳……」王老夫人尷尬地咳了咳。這田夫人說話也沒個忌諱，不過聽說那些有本事的人，都有些怪癖，以致她心裡越發覺得田慧是個能耐人了。

陳老爺也有些尷尬。「田夫人醫術精湛，沒承想就生薑還有那麼多的學問！」

田慧點點頭，受了！

陳老爺面部抽抽，這不是應該謙虛幾句嗎？還是他家夫人好，又柔順又知禮，要是這田夫人能醫好他家夫人就好了。

「咳……田夫人，為何這方子跟醫治楊家村裡的那人不一樣？」王老太爺早就已經放下方子，他看著田慧侃侃而談，心裡頭也是信了大半，那種自信的神色，多半是有能耐的。

「因人而異。」這一日說了太多話，田慧懶得開口了，她只說了四個字，就閉嘴不言。

屋子裡一陣靜謐。

「咳……田夫人，這因人而異從何說起？」王老夫人收到王老太爺求救的眼神，乾咳一聲開了口。

「想必王老夫人前幾日也惹了風寒，時有咳嗽，可多喝些蘿蔔薑蔥湯，比吃中藥來得好多了。」這因人而異說起來又是一堆，田慧只挑省事兒的說。

王老夫人驚喜。她前些日子照顧閨女，不小心惹了風寒，生怕閨女知道後自責，她等大好了才又來到陳府，連喝藥都是悄悄的。

「如此，小女就託田夫人了。」王老夫人接過呂婆子準備好的荷包。「這是田夫人的診金，待得小女大好了以後，定會重金酬謝田夫人。」

「這診金我收了，不過重禮酬謝就不用了。既然收了府上的診金，都是我應該做的。」

田慧接過荷包，招呼著兩兒子走人。

「煩勞老夫人給派輛車，送我們回去吧……」這大過年的，哪兒去弄車呢！

「這都是應該的。」陳老爺讓下人去準備馬車，陳家人直把田慧送上車，看著馬車行遠，才轉身回去。

「這不是我的！」田慧看著呂婆子正命人往下搬東西，直讓住手。

呂婆子笑著道：「這是我家夫人特意命老奴準備的，大過年的還煩勞您特意跑一趟，我家夫人心裡頭過意不去。」

原來不是誤會啊，確實是給她的啊，只是田慧看著這往下搬的布料子，都是上好的綢緞，無福消受啊！

呂婆子將田慧送到了錢氏的院子裡，錢氏看著桌子上擺著的六疋料子，驚得手都不敢去摸一下。

「難怪楊大夫家會囂張至此，這給大戶人家看病，光是診金就夠驚人了！」錢氏並不知道田慧得了多少診金，只看這擺著的料子，便知道診金定不會少。

「想來是陳夫人看我穿得寒酸，才想著特意送我這許多布料子的。」田慧也有些被驚到了，她原先以為十兩銀子的診金已經是天價了。

陳府如此，那自是因為陳夫人久病未癒，陳府又是有錢人家，所以並不把這些銀子放在眼裡的。

而事實就跟田慧猜想的差不多，陳夫人看著田慧也就雙十年華，衣裳雖洗得乾淨，可那陳舊的程度只差沒打上幾個補丁了，如今是大過年的，誰家有新衣會不拿出來穿呢？

「娘，聽說田夫人還有兩兒子，呂嬷嬷說兩小子身上穿的是新的，雖說算不上好，只是再看著田夫人身上穿的，唉，都是做娘的人……」陳夫人心下大軟。

自家不差幾疋布料子，王老夫人也樂得大方，就盼著田慧能盡心盡力。

「慧娘，要不將這些布料子賣了換錢？這一疋布，大概能賣上二兩銀子吧？留下一疋自己用，其餘的還能換了買上一畝地呢！」

錢氏早就替田慧盤算好了，只是心裡頭算了許久，才算出了價兒。

「不賣、不賣，那麼好的料子自然要放著自己穿了！」哪有女人不喜漂亮的衣服。「咱一人一疋分了，我這還有十兩的診金呢，嬸子幫我留意著，等過了年，幫我置辦上一畝地就夠了。」

「不行，這麼貴重的東西哪能要呢！」錢氏怎麼說都不肯。

「嘿，嬸子，您若不要，那我就給旁人去，反正都得穿的。這樣吧，這布料子都放嬸子這兒了，山洞裡也不好放。」

田慧三言兩語就將料子分好了，還留下三疋，田慧只放著做私房。

與秦嬸子，田慧家時有往來。

秦嬸子養了兩隻雞，雞下的蛋多半都給圓子哥兒倆吃，只是那兩隻雞著實有些老了，老得不能經常下蛋，秦嬸子卻還是不捨得殺了吃肉。

「我這院子靜得很，也虧得兩隻雞能陪陪我了，反正養雞不費什麼事兒，多少有蛋下總是好的……」秦嬸子說起這話時就有些語無倫次。

來往，有來有往。以前，田慧家多虧了秦氏的照應，如今，田慧得了好東西，自然是沒忘記秦嬸子。她特意挑了靛藍的料子並著兩盒點心，一看就是高檔貨啊，半點兒不心疼地送給了秦嬸。

秦氏原本早就準備好紅包，不過田慧一來村子便被人截了和，等田慧下半晌過來拜年時，秦氏連晚飯都擺上了。

「怎的這麼晚還沒來呢！」秦氏心裡放心不下田慧母子三人，按說田慧定是會一早就過來拜年的，可等到下半晌竟連個人影都沒有。秦氏難得地踏出院子，去了錢氏家，這才知道田慧被人請了去，這又是一驚！

就算秦氏不怎麼出門，也聽說了楊大夫家鬧得轟轟烈烈的事兒，因此很為田慧捏了一把汗！

田慧來了秦氏的小院兒，又被關心了一把，頓時得意地說：「也算不得什麼大毛病……」被瞪了！田慧悻悻地住了嘴。

「難得得了些好料子，就放著做衣裳吧，還到處送人做什麼？慣會窮大方的！」秦氏口裡說著這話，心裡頭卻暖著呢。

窮大方……又窮又大方……那不是整個人就是傻嗎？

「嘿，那是孝敬嬸子的，嬸子心裡指不定多高興啦！」田慧咧嘴一笑，非得讓秦氏笑一個，還一副「笑吧、笑吧，我知道您心裡頭樂意著呢」的表情。

「行了，我一個人吃飯也早，你們就在我這兒吃吧，我再去弄兩道菜，咱隨便囫圇點兒吃吃。」田慧難得看到秦氏這般客氣、這般多話，受寵若驚啊！

「好啊好啊，秦奶奶的菜可好吃了！」團子搶先答道。

早先在錢氏家，錢氏說要留飯，田慧死活沒應。楊家人多，田慧並不想麻煩人家，就推說還有些剩菜，不吃，壞了可惜。

只是她現在看著秦嬸一個人有些可憐，年夜飯只有一個人吃，怕是昨兒個都睡不好吧？

呼，幸虧她有圓子和團子……

拒絕的話，田慧也說不出口，只幫著秦嬸子打下手去了。
今日的秦嬸子話很多，田慧不知怎麼的，卻是高興不起來，有些想哭……
「嬸子，等今年我們下山來，您院子租我們母子三人點兒吧？」田慧脫口而出。
秦氏正說著話，冷不丁被田慧這句話給驚到了，繼而沈默下來。
田慧自知失言，暗罵自己不會來事兒。「嬸子，您也知道，我就是這麼一說，您別往心裡頭去啊，我往後都不提了。」
「這是啥大不了的事兒，回頭我東廂的三間屋子叫人收拾收拾，就能住人了。」秦氏一個人過了那麼多年，頂著些許壓力，心性自然非常人能比。
田慧暗暗鬆了口氣。「嬸子，那修繕屋子的銀子我出、我出！」
秦氏想明白了，也不拿喬。「我租房子，哪用得著妳給我修繕屋子的。」
秦氏燒了半隻野雞，這野雞還是阿花爹當初給田慧的謝禮，又炒個蛋，燉了個丸子蘑菇湯，這飯也就能吃了。
「娘，我就說秦奶奶燒的菜好吃吧，娘燒的也好吃！」團子看人下菜碟兒。
田慧正嚼著雞肉，含糊地應著，自家兒子的性子，田慧都不想計較了。
初二是回娘家的日子，田慧無處可去，索性帶著兒子在山上背書習字。
悠哉的日子過得很快，等田慧母子三人再次下山來的時候，已經是初六了。
楊家村的年差不多也過完了。
「慧娘，妳下山來了啊，這幾日怎麼都沒瞧見妳？」

「慧娘，下回讓我家小子多跟圓子哥兒倆玩玩兒吧，聽說小小年紀便認字啊，真是了不起……」

「慧娘，糧食夠吃嗎？不夠儘管問嬸子要啊！」

田慧這一路走過來，被嚇得不輕，雖然村子裡人多半只是眼熟，但這般突然的熱情著實把田慧嚇得夠嗆，直拉著圓子團子不鬆手，踉蹌地往錢氏院子跑去。

沒承想就是錢氏的院子裡也站著不少人，田慧正猶豫著要不要進去，不過被人眼尖地瞧見了。「慧娘來了啊……」

田慧傻傻地扯了面皮笑，硬著頭皮進了院子。

真是夠了有沒有，大多數人她都不認識啊，不過阿土娘她倒是認識。

僵持！

幸虧有嘴快的。「慧娘，聽說那鎮上的貴人請妳去看診了啊，怎麼樣，有沒有醫好啊？」

打太極！「這看病也不是一天兩天的事，誰都說不準的。」

也對！楊大夫那會兒，都快一個月了才事發，現在說什麼都早了，聽了這話，院子裡默默地走了一批人……

「慧娘，妳幫我看看，我這幾日胸悶氣短的，是不是要吃藥了？」

田慧看著說話的那婦人，紅光滿面，嘴邊還油膩膩的。一大早就吃那麼油膩，真虧她吃得下去。

「少吃些肉就成了……」畢竟是一個村子裡的，田慧多少還是認真看了。

眾人哄笑！那婦人臊紅了臉。「慧娘，妳會不會看吶？」說完，她頂著眾人的笑跑了。

旁人也不敢開口問病了，生怕成了別人的樂子。

錢氏開口攆人。「好了，大傢夥兒笑過樂過就好了，我這邊還有事尋慧娘說呢！下回有事兒再來啊……」

眾人這才散了。

「嬸子，嚇死我了，我這一路走過來碰上不少人。」田慧沒敢說自己大半不認識，若是說了，嚇死的怕是錢氏了。

孔氏跟田慧熟了，漸漸地也能說上話。「我家不也是，這幾日人多得不得了，一開始娘還請人屋子裡坐，這水可顧不上倒，就是二弟妹燒水都來不及。不過這兩日就不往屋子裡請了，只讓人圍著院子裡說話。」

楊家村其實算得上大村，村民基本上都是姓楊的，村子裡還有楊家祠堂。楊家人世代居住在此，是以，即便是楊家人也不清楚到底從哪一輩開始就住在楊家村了，可能只有查查族譜，才能弄清楚。

「這都是來打聽妳是不是真會看診、會不會開藥方的？」錢氏總算是鬆了口氣。「楊大夫就算平日裡醫術不咋的，但是有個大夫在村子裡，有個頭疼腦熱的，看病好歹方便些。」

這是看病難吶……

「我也就半吊子，說不準還比不得楊大夫呢！不瞞嬸子說，我把脈都沒學好啊……」爺爺才教了她三年的把脈，她就被扔這裡來了。

錢氏聽到田慧這般說，提著一口氣。「這大夫還是不做吧，要是被砸了招牌可不得了。」想來也是，年紀輕輕的，醫術總是有限，難不成還真是神醫？

田慧手一攤。「我又沒想著開藥鋪，哪有什麼招牌能被砸啊，別人連我家那山洞都不一定找得到，上哪兒砸去？」田慧背靠椅背，一大早給嚇得不輕呢。「再說了，我開的藥方子可不便宜，配著酒，價兒更高了。」

錢氏自然知道田慧開的方子是配著酒的，不用說，村子裡要是沒個大病痛的，誰都不會花這種銀子。

錢氏心下狐疑。「那妳不會開便宜點兒的方子？」

「會啊，但是我不樂意啊！」田慧理所當然地道。

錢氏氣得牙癢癢，伸手就要打。

「嬸子，別啊，逗著您玩兒呢！我拿酒配藥也是有原因的，只是小病小痛的話，沒必要吃藥啊，何苦花這個錢吶……」

錢氏新來的二兒媳婦，還有些新媳婦的嬌羞，平日裡不常說話，卻是個勤懇的，這會兒她聽得迷糊。「不是常說，小病不治熬成大病就不得了了，花的銀子就不是小數目了？」

「嘿，知事家的，回頭等妳有身子就知道了。」田慧笑著打趣道，她就喜歡看知事媳婦圓圓的小臉蛋兒紅撲撲的樣兒。

錢氏看著有趣，不過看著自家新媳婦臉紅得都快滴出血來了，幫腔道：「沒事兒少欺負她！好好說話，坐正，被小的看見可得學壞了。」

「沒什麼啦，左右我是不會看診的，總不能斷了楊大夫家的生計吧，我們孤兒寡母的，哪得罪得起人呢！」說這話時，田慧並沒旁的什麼心思，只是一時半會兒也解釋不清。

聽這話兒的卻是心裡微酸。

楊大夫家賣地了！

錢嬸做主，給田慧買了兩畝地，為此，田慧欠下了好幾兩銀子的饑荒。可是愁死田慧了，縮衣節食地苦熬，盼著早日還清了欠著錢氏的銀子。

# 第九章　媒婆

田慧的日子越過越好，就算是走在村子裡，村人也一改常態，紛紛跟田慧打起招呼。得罪了誰都不能得罪大夫啊，多打幾聲招呼，說不準就有用得到的時候。

聽說，阿水積食，田慧只用了家常東西醫好，阿水第二日就吵著肚子餓想吃東西了。

「娘，村子裡傳得慧娘那個本事哦，真的是神了！爹當初生病的時候，慧娘就不會給爹開個方子，這可是能省了好些銀錢，咱家也不用欠下那麼多饑荒！」楊知雨正坐在院子裡跟柯氏說著外頭的事兒。

要說如今的楊家，對田慧母子三人還能好言好語的，大概只有孫氏了。「妳這話可是說錯了，我倒是記得明明白白，慧娘曾說過要讓她瞧瞧的，只是娘沒應下。」

柯氏怒瞪，要不是看在孫氏的娘家還有幾分出息，她真恨不得打下手去，這兒媳婦眼裡根本沒有她這個婆婆！

見狀，孫氏自知嘴皮子上的功夫不及她們楊家人。「娘，我肚子不咋舒服，就先回去休息了。」

等孫氏走了，小柯氏才撫著肚子說道：「咱別跟大嫂計較了，大嫂如今可是越發不把咱放在眼裡，只聽著他們孫家人的話，都快忘了自己是楊家媳婦，只當還是孫家女呢！」

田慧閒來無事，給人看看病，收幾個小錢。

天氣轉暖，田慧已去陳府好幾趟了。陳夫人的病，說不上好了多少，用田慧的話說，就是——「嗯，還行，只是，平日裡多想想小少爺，會好得快些！」

田慧又給換了個方子，並說待到炎夏之時再換一次方子，就領了診金離開陳府，陳府裡人對田慧更加信服，不僅診金沒少給，其他吃用的更是給得不少。

吃的本就留不住，因著天氣一日日地暖了，所以田慧都很大方地幾家分掉。

田慧取了盒點心，去阿花奶家探門，聽說木家人有消息了。

阿花奶客氣地請田慧進屋子裡坐，才說起了這事兒。

原來，木家人早就想到楊家人會找上門，但是賣地啥的真的來不及。他們只得先避了出去，等過段日子風聲不緊了，再將地都處置了。

照木家人的瞭解，楊家人多半敵不過黃員外家，到時候還不得乖乖屈服，畢竟這可是連庚帖都換了的，到時候阿花都進黃家門了，料想楊家人再翻不出什麼浪來，最多他們挪幾畝地出來補償補償，大家也就老死不相往來了，到底阿花娘都已經被人休了回來。

可木家人千算萬算，卻沒想到阿花家會有一門這麼硬的親戚，連黃員外這個外來人，都不得不忌諱。

縣官現管！

聽說，黃員外家的昨日就將庚帖給送了回來，只說楊家是受了牽連，事兒跟楊家毫無關係。

再說木家人，他們逃到隔壁鎮上的客棧裡住著，每日都跟馬夫打探消息，但木家人並不是個妥當的，打探得多了，馬夫哪能不起疑心，這不，往上頭這麼一說，這人就找上來了。真的是得來全不費功夫。

木家人被弄了去，一家老小都挨了一頓板子，還賠出當時黃員外給的好處。之後木家人相互攙扶著回村子，村子裡的卻是嫌棄他們壞了名聲，非讓族長給趕出去。

木家人自然不肯。他們已經去外頭的鎮上討過生活，曉得吃住都是要錢的，外頭的日子可沒那麼好過，死活不肯搬走。有些心軟的，倒是可憐他們一家人個個傷得傷，一家子老小跪著哭哭啼啼，這事兒也就不了了之。

只是阿花娘是怎麼都不可能讓她回來了。

阿花娘被休回娘家，可是多了好大一張嘴，阿花娘若是個勤快的性子倒也罷了，她卻偏偏不是。

這可好，阿花姥姥以前願意養著她，多半就是為了以後她嫁到楊家來，能時常地給娘家搬東西，如今偷雞不成蝕把米，反而多請了個祖宗回來。

阿花姥姥原形畢露，阿花娘在娘家又要幹活、又遭打罵。後來，也不知道她去哪兒了。

阿花時常住在鎮上，陸老夫人非常疼她，總是留著她在鎮上。即便阿花回來一趟楊家村，過不了幾日，陸家的馬車就得再來接阿花。

田慧聽聞木家人已經被找到，阿花的庚帖也拿了回來，她便放了心，安慰阿花奶幾句，逗了逗阿花的弟弟幾句，隨即告辭。

看著田慧離開的背影，阿花奶想了又想。她也聽說田慧買了地，還是個懂醫的，真是個能幹的人，難怪她離了楊家，日子會越過越好。

「娘，我看把慧娘說給二弟，倒是挺好的！慧娘對阿花就跟自家親閨女一般，又識字，是個有教養的。」大伯娘知道阿花奶多半也有這心思。

「慧娘確實是好的，只是多半老二配不上人家。」阿花奶知自家兒子也就打獵一項拿得出手，若是娶個平常的莊戶女子，倒是說得過去。

「這事兒以後再說吧，回頭我去探探錢氏的口風。」大伯娘知道，她婆婆這是動心了。

田慧原本深深地以為，她這輩子就這樣了，看著兩兒子娶妻生子，然後安生地做個老太君。

田慧這幾日，都在村子裡串串門子，但說串串門子，那真是高看田慧了，事實上她就只會賴在錢氏的屋子裡嗑嗑瓜子、喝喝茶水。

這茶葉還是陳府給送的，都是上好的茶葉。

只是才吃了幾日，就上火了，田慧有些懨懨的。

剛剛一腳邁進錢氏家的院子，就聽見一陣誇張的笑聲，田慧揉了揉胳膊，企圖好好安撫她豎起的雞皮疙瘩，卻耐不住好奇心，踮著腳往裡頭湊。

「知事媳婦，來來來，這裡頭是誰呢？」田慧看見正在灶前燒火的知事媳婦，採迂迴路線問道。

知事媳婦最是喜歡田慧的性子，懶懶散散，卻又不惹人厭，還能將婆婆急得跳腳。抬頭看見田慧正賊兮兮往她這兒挪，她樂得一笑，倒把田慧給笑懵了。

「知事媳婦，妳家知事有沒有說妳笑起來可好看了！紅撲撲的，真想咬一口！」田慧手快地捧著知事媳婦的臉揉了一下，得了便宜，趕忙放手。

「慧姊，妳再這樣子，小心我告訴娘去！」知事媳婦又羞又惱。

「好了、好了嘛，下回我輕點兒，白長一張好臉蛋了，摸摸都不讓。行了啊，不摸了、不摸了……」在知事媳婦的怒瞪下，田慧總算是改了口。「跟我說說，誰在裡頭笑得那麼誇張？」

「噓，是個媒婆，我也不認識，只是看她的打扮，就曉得是媒婆。」知事媳婦小聲地道。

是了，就算田慧來這兒後，也都還沒見過媒婆，但她卻想像得出，這媒婆定是甩著大紅色的帕子，血紅大口，說著誇張的話，想想就夠她頭皮發麻。

「給知故說媳婦？知故不是還不算大嗎？孀子真夠心急的，晚幾年也不算什麼啊……知故人呢？他知道不知道他快被他娘給賣了？」田慧坐在一旁，長吁短嘆，才豆丁大的孩子，就要說媳婦了，怕是連媳婦是啥都不大懂吧？

知事媳婦看著田慧這麼快便陷入了自己的世界裡無法自拔，汗顏！小叔子如今有十二歲了好不好，現在看其實說得過去啊！

「嘿，這媒婆是自己上門來的吧？咱知故那小子行情這麼好，咋才那麼豆丁大的人，就有人要把媳婦給送上門來了？」田慧搬著小凳子挪近了些，求知慾暴漲。

田慧後知後覺地發現，這媒婆都已經進門了，知事媳婦才在燒水，看來這媒婆是自己上門來的。真是羨慕死人了，也不曉得知故從哪兒招來的姑娘家。

「我也不曉得，是一大早自個兒過來的，我只站了會兒，就被娘叫出來燒水了，喏，跟妳一樣，啥都不曉得！」妳可別再問我了，想知道自己進屋瞧瞧去就成了啊。知事媳婦被田慧磨得沒法。

「知故那小豆丁，嘿嘿，沒看出來，從哪兒招來的小姑娘，也不知道長得美不美？小美人啊……不過咱知故就可憐了，以後要被小美人管著，可憐的娃兒，被他娘給賣了……」田慧自顧自地碎碎念，沒想著知事媳婦附和她。

「是挺可憐的！」陰陽怪氣的調調。

「我就說吧，挺可憐的吧……」田慧難得聽到有人附和她，激動地轉了身，呃，是楊知故。「那啥，慧姊跟你逗著玩的，你幸福著呢，小小年紀就能得人青睞……」

楊知故臉色越來越紅，紅中泛著青光！

這是生氣呢，還是害羞啊？田慧真不會看這殷勤變化的臉色。「你要是不樂意，回頭我勸勸你娘去？」田慧討好地說。

偏偏好死不死地，知事媳婦插話了。「若是小叔子樂意呢？慧姊可是辦壞事了……」幽幽的一句話，田慧就被噎住了。

田慧勉強咽了一口口水。「那我先進去打探打探消息，回頭再告訴你？」

田慧進屋後，留下知事媳婦笑得賊兮兮的，樂不可支地打量著楊知故。

「二嫂妳可別跟慧姊一樣，小心二哥受不了妳！」

知事媳婦果斷閉了嘴。

楊知故這才滿意了，抬腿就要往堂屋裡去。「小叔子，你還是別進去了，有媒婆在呢！」

「慧姊不是說我是小豆丁嗎？半點兒大的孩子有什麼關係，要是又被慧姊在那兒瞎攙和，我這一輩子就真的可憐了！」楊知故咬牙切齒地道，抬腿直往堂屋裡去。

田慧才打了招呼，隨便找把椅子坐穩了，抬眼就看到楊知故也跟著進來，還偏偏坐在她旁邊。田慧友好地衝楊知故笑了笑，半點兒無回應。

「楊夫人、楊夫人？」噢，叫我呢！錢氏一不留神想遠了，又忘了如今她被人喚作「楊夫人」，真是不適應啊！

反正她不是主角，田慧樂得在一旁打量著媒婆。都挺正常的啊，沒有血盆大口，是搽了些胭脂，卻恰到好處，雖然髮髻上插了朵明豔的海棠花，假的；手上攥著一方紅絲帕，不曉得上頭繡什麼，說不準得是鴛鴦啥的，這才符合身分。

「這位就是田娘子吧？」嗷，得正眼了，田慧心裡一陣激動，很快點點頭。

錢氏看著田慧那點兒出息，無奈地搖搖頭。「這是鎮上出名的俏媒婆。」

俏媒婆？哪裡俏了，俏哪裡了？田慧又死盯著狠狠地打量了一遍，俏媒婆饒是見過再多的人，此時臉上都有些掛不住了。她年輕時可是一朵花兒，那些個男人哪不每日送花啊、送吃的，盡心地討她歡心？鎮上誰看見她，不說句「俏媒婆果然俏吶」？

俏媒婆自恃涵養，不願跟鄉下人一般見識，沒見識真可怕！嚇著了自己，還嚇別人。不過她是專業的媒婆，而且鎮上數得上號的媒婆可都是她家的，總之，就是媒婆世家。那些村村落落的小媒婆，就算想搭上她家的門，那可難了。

「田娘子長得可真好，跟朵花兒似的……」俏媒婆掩著嘴誇讚道，其實是不想讓人瞧見她皮笑肉不笑。

田慧正跟楊知故擠眉弄眼的，冷不防俏媒婆誇了她一句，知故已經在那兒咳起來了。

「小心你的肺！」田慧咬著牙道。

「俏媒婆真是能說，我兒子都有兩個了，老嘍！」田慧是真的不敢應吶。

偏偏碰上一個不開竅的，又被堵回來，俏媒婆悔死了為何要接這單子生意，往常她誇人，哪個不被她捧得樂呵呵的。

「田娘子太過自謙了，這要是妳不說，誰人能知道妳有兩個兒子呢？我這俏媒婆的俏字都應該讓給妳啊，我實是不敢擔這俏字了……」錢氏一臉認同地點點頭，俏媒婆的內心卻萬馬奔騰，這家人就不能聽出來她這是在誇人嗎？還能不能好好說下去了？

田慧抬眼瞥了眼俏媒婆。一把年紀了，還跟她這雙十的人比，都說媒婆臉皮厚，怕是真的，還真是過厚了。

「我有兩個好兒子，幹麼藏著掖著，自然得說出來咯！我一個鄉下小婦人，哪有什麼俏不俏的，還是俏媒婆自個兒留著吧！」田慧正跟楊知故打口水仗，這會兒脫口而出的話就有些噎人。

完全把對楊知故的「仇恨」連累到別人那兒去了。

俏媒婆不打算理會田慧了，她轉頭欲跟錢氏說話，卻瞧見錢氏興致盎然地豎著耳朵聽田慧跟楊知故的口水官司，像是恨不得把臉貼過去。

她是客人、客人啊！俏媒婆快抓狂了。

總算是進來個人了！俏媒婆瞧見知事媳婦後鬆了口氣，這也冷場太久了。

知事媳婦端著水進來了，錢氏才招呼道：「俏媒婆請喝茶啊。」

沒想到，她居然還能喝到好茶，俏媒婆臉色終於好些。喝口茶再奮鬥吧，真是用生命在說親吶。

田慧自然熟地幫著知事媳婦端水，雖然本來就挺熟的。錢氏得了茶葉，還特意買了一套茶具，今日總算派上用場，不然平日只被田慧拿來伴著瓜子一道兒牛飲。

俏媒婆接連遭受打擊，這會兒都靜了，卻也在猶豫是否應該開口說話。

放下茶杯，先讚茶葉總是沒錯吧？她心裡顛來倒去地想著。嗯，錯不了。「這可是好茶葉呢，我今日還真有口福！」

這話倒是合了錢氏的意。「是呢，這茶葉是慧娘送我的！」

氣氛又冷了！要不是顧忌著自家的招牌，俏媒婆真想站起身子就走人。

要說錢氏此時真的無心招待俏媒婆，她家只餘一個小兒還沒議親，自家都沒放出風聲說要看媳婦呢，就有媒婆上門，還是覥著臉上門的，錢氏這心裡頭自然重視不起來。沒瞧見她兒子還是跟人鬥嘴的年紀嘛，擺明了她現在不想議親啊。

更別說是鎮上來的俏媒婆，一看就知道跑這一趟價兒不便宜，想到一會兒要掏出的錢，錢氏心裡頭更不樂意了。

錢氏的的確確想讓閨女嫁到鎮上去，她也如此做了，不過她從沒想過要從鎮上娶兒媳婦。那些個嬌滴滴的閨女，怕是生火都不會吧，如果娶回來還不得自家兒子照顧人家。

「不知俏媒婆今日是為……」錢氏提了提話頭。

「唉喲，看我這記性！今兒個可是有好事上門啊，我這回是特意為了田娘子上門的！」俏媒婆俏手一指，嬌嬌滴滴地畫了一個圈兒，指向田慧。

噗……楊知故滿心以為會聽到自己的名字，是以裝作低頭喝茶，免得被田慧的擠眉弄眼給氣到。

可他雖一不小心失態了，卻是心情大好！哎喲喲，他娘這是要把誰給賣了！

田慧這會兒已經沒有心思逗著楊知故玩了。

這、這到底是哪兒出錯了？她連鎮上都沒常去，幾乎是大門不出、二門不邁的，這還能招了人來提親？莫不是前身給惹出來的？

錢氏知道田慧不好問什麼，便問道：「不知道俏媒婆說的是哪家？」

「咱鎮上的溫員外。田娘子這嫁過去可是有享不盡的福，溫員外還說了，不介意田娘子帶著兩個兒子，以後他會跟自己親兒子一樣對待的。溫員外一片誠意，這可真是打著燈籠都難找的好親呢！」俏媒婆說起自己的專業領域時，那神色真像是田慧已經撿著寶放進兜裡了的模樣。

「光是聽這話，好像這溫員外還真挺不錯的！」錢氏也認同，田慧就算再有本事，一個人帶著兩個兒子討生活還是難，總不能老是住在山上，若是有個好去處，她也贊成。

「還是楊夫人明白呢，就是這個理兒。溫員外也知道田娘子的事兒，更說了若是想守完孝也是成的。這般通情達理的到哪兒去尋呢？就算我這做了十幾、二十幾年的媒婆都沒聽過！再說溫員外府上，可是實打實的，祖上還當過官呢！」

田慧一直、持續地深深反思中。

「這溫員外多大了？這是納第幾房小的啊？」田慧只能想到這個可能，帶著兩兒子的她，總不會是明媒正娶吧？莫不是她這一穿越，人品連帶著變好了？

俏媒婆沒想到田慧還能問這話。「田娘子多慮了，我俏媒婆出馬自是明媒正娶、正經八抬的正室！至於這歲數嘛，當然是大點兒的能疼人了。」

錢氏也知道這要是未婚配的男子看上田慧這種條件的，那是不大可能。「俏媒婆說的大點兒，到底是多大呢？妳就直說吧，猜來猜去的，累得慌！」

「咳，溫員外如今四十有幾，不過瞧著卻像是三十的。膝下也有兒子，這個要打聽都打聽得到，我不會隱瞞。可溫員外的條件在那兒擺著，有不少黃花閨女是搶著要給溫員外做妾呢！」

「四十好幾，不會是四十九了吧？」楊知故插嘴道，被錢氏瞪了一眼繼續說道：「有兒子，不會是有六、七個兒子吧，還有那妾室通房的，有多少啊？」

「好樣的！」田慧暗暗地誇了句楊知故。

難得受到田慧誇讚，楊知故昂了昂頭，戰鬥力十足。

錢氏看著楊知故被田慧當槍使了，還樂不思蜀的，只覺得真夠丟人。這個臭小子！「是呢，我家兒子說的是，既然說親，總要說個明白。」

俏媒婆也豁出去了，還是早些回去為好，這親事她是不願意說了，活活給人逼得蛻了一層皮！「四十八了，有五個兒子，不過嫡子就一個，其他都是庶子。前頭夫人已經去了，這才想著討一房繼室，深明大義、能撐起家的！」

「俏媒婆，勞妳走這一趟了，我這些年沒想著要改嫁，我只想著跟兒子們好好過日子。」田慧站起身子送客。真是夠了，浪費那麼多時間。

田慧屁股剛剛一離開椅子，俏媒婆就立刻跟著站起來，速度之快，嚇了田慧一跳。

「要不田娘子再考慮考慮？」如此三遍，俏媒婆才甩著帕子走了。

一院子的人真不曉得說什麼好。「行了，進屋吧，再看也看不出花來，要不我把人給追回來？」錢氏打趣道。

田慧頭也不回地進屋，癱倒在椅子上。「嬸子啊，您說我咋就那麼背啊，肯定是平日裡沒燒香的緣故！」田慧過年都沒點香，錢氏還勸過她，她卻懶得理上一理。

難得田慧能說出這般深明大義的話來，錢氏抓著機會教育道：「早跟妳說過，要多結善緣，早早地燒香了。咱也就祈求一年順遂，妳還偏偏嫌麻煩。」

「唉，算了，現在燒香也晚了，臨時抱佛腳，佛祖都不一定會讓我抱，我就這麼著吧！」說完，她又癱倒了，錢氏恨不得捶幾下解解氣。

「娘，慧姊這會兒指不定正傷心呢，咱就別吵她了。」知事媳婦貼心地道。將心比心，若是她，肯定受不了，早就尋死覓活了。呸呸呸，好的靈，壞的不靈！

所以說啊，上天還是喜歡折磨心性堅強的人。那些個心性不堅強的，稍稍一折磨就尋死覓活，上天折磨起來也沒勁兒不是？

等田慧自怨自艾個夠本，前世現世都總結了遍，才發現屋子裡沒人了。

打攪完了錢氏，田慧又溜達到秦氏那兒去找虐了。

「媒婆都走了，妳這會兒就是後悔也來不及。」秦氏正挑著黃豆，將壞的一顆顆撿掉。

「嬸子！重點不是這個啊，重點是、重點是……」田慧總不好說自己紅顏薄命，或是說自己明明跟花兒一般，卻要嫁給一腳踏進棺材裡的！

秦氏深知寡婦再嫁不易，因此當初自己未再嫁，她這會兒也知田慧心情，所以只是在言語上酸了幾句田慧，倒沒怎麼往心裡去。

「嬸子這豆子挑出來做什麼？種嗎？」田慧隨口問道。

「做種的已經挑出來了，我是要再撿個兩斤豆子出來，回頭換豆腐去，團子昨兒個還跟我說想吃嫩豆腐來著。」

「嬸子，您又慣著他們！兒子哪能慣呢，要讓他們吃苦，再說這幾日我又沒虧著他們，魚啊肉啊，也算是吃得好了，這回可不能依著他們！」田慧丟下豆子不撿了。

「大魚大肉吃得膩了，吃點兒嫩豆腐解解油膩也好。就這幾斤豆子的事兒，隨他們去吧，小孩子開心就好。」秦氏仗著年老，乘機教導起田慧來了。

「嬸子您別管，回頭我非得揍他們一頓，還真是窮講究！」田慧打算擼袖子好好幹一架，有些日子沒收拾，皮癢了啊！

秦氏一看田慧這神色，就知道自己給圓子哥兒倆惹了麻煩，泫然欲泣道：「我這孤苦伶仃的老婆子不受人待見，也虧得圓子哥兒倆不嫌棄我，常來陪我說說話兒，冬天還幫我撿柴火。我不過隨便換一小塊嫩豆腐，都得招人嫌，結果卻是要害得這哥兒倆被妳胖揍一頓……這從今往後啊，妳也別來了，讓我老死在這兒吧，誰都別搭理我！我這人真是命苦啊，跟誰親近，就得連累了誰！」

田慧被秦氏這一胡攪蠻纏，給攪得不知道該揍人好，還是自揍好！

若是放在以前，秦氏絕不會這樣。但自從聽了田慧說的，要搬到她這處兒來住，秦氏心裡頭都是滿滿的幹勁兒，早就尋了木匠來修屋子，還訂了一張大床，甚至打算把兒子屋子裡的那張桌子也搬過去。聽說圓子哥兒倆正在認字呢。

秦氏瞥到田慧服了軟的樣子，便沒再裝著。「下回不會了，我也知道小子可不能寵著。但圓子哥兒倆那是最乖巧的，平日裡哪可能跟人要吃的，只是我尋思著這麼個意思，想討討哥兒倆的歡心罷了。」

「下回可不許了！在吃食上，我還真沒虧待過他們，就是放在村子裡，也算是吃得好。」田慧是不會承認她也不想委屈著自己的。

接下來的半日，兩人冰釋前嫌，大談育兒經。

# 第十章 調戲

第二日下山，田慧又被某個男人給攔下了。

田慧這人最大的缺點就是臉盲，她記不得人的臉，只覺得擋在面前的這張臉有些猥瑣，英氣全無。咳，一看就知是縱欲過度，年紀輕輕的眼皮耷拉，昨晚就不知道歇在哪個溫柔香裡。

田慧一臉厭惡地往邊上避了避。

喬五看著田慧嫌棄的神色，恨不得將人抓了過來，居然嫌棄他！「嫂子，這麼快就忘了我啊？老三是我兄弟，過命的交情，硬著呢！」

靠，這是要被調戲了！

「滾，我不認識你！」田慧絲毫不掩飾自己的厭惡，可手裡頭沒抄傢伙，要是能將人嚇走最好了。

田慧張望左右，平日這裡不少人來來往往，這會兒竟連個人煙兒都沒有。

喬五肖想田慧已有多年，不過楊老三藏得寶貝，他只是遠遠瞧過一眼，驚為天人，從此放不下。自從田慧搬到山上後，喬五不是沒想過下手，也曾偷偷地到山上去過，卻因山裡頭鬧鬼給嚇出個好歹，當日回去就病了，無奈之下，他只得想著等田慧下山來再做打算。

誰知好巧不巧，讓他聽說鎮上的大戶人家居然遣了媒婆來求親！喬五這才急了，眼巴巴地追到楊家村來，不過他到底沒敢上山，只守在山腳下等著田慧下山來。

喬五還算機靈，他特意瞅著田慧兩兒子離開了後，才出來堵她。

喬五不由得激動了，瞧瞧，他頭回來就將田慧堵個正著，這就是割不斷的緣分！

「你滾不滾，不滾我就喊人了！」話說出口，田慧忍不住想嘔幾聲，真夠老套啊。

「嘿嘿，誰敢來！不是我誇自己，自從楊老三去了後，你們楊家村還真沒有個敢惹我的！妳喊吧、哭吧，最好是坐實了我調戲妳這事，嘿嘿，那我就不用費啥功夫了……」喬五搓著手，嘿嘿笑著。

說完，他還伸手撩撥了一下田慧的手，被田慧避了開去，只碰到衣衫。「嘖嘖嘖，真是欲擒故縱吶！爺最喜這種性子了，征服起來才有快感。」

虛與委蛇啥的，田慧並不想做啊，也不看看自己是什麼人！

「呸！你先回去照照鏡子吧，癩蛤蟆想吃天鵝肉！真夠不要臉的，我要是你，他娘的我早就不想活了，平白禍害糧食！」田慧衝著喬五就是一口唾沫。

喬五今日一大早便守在山腳下，生怕錯過田慧下山來的時候，而這天兒還是有些冷的，更別說他昨晚大戰了幾回，本就有些虛脫，所以反應比往常裡慢了好幾拍。

被個婆娘指著腦門子罵，喬五還真是受夠了，氣得他伸手欲抓田慧。田慧早就防著喬五，瞧著喬五猛撲過來，田慧往下一蹲，喬五撲了空，腳步微一踉蹌。

見狀，田慧拔腿就跑，遠遠地還能聽到她罵著。「他娘的，癩蛤蟆，死癩蛤蟆……」

「敬酒不吃吃罰酒，讓我逮著妳這賤人，想做我喬家媳婦還難著了……」喬五罵罵咧咧地走了，楊家村果真如喬五所說，沒半個人敢攔他。

田慧不得不承認這回真的是她運氣好，命不該絕啊！若是被喬五這種人強了，她乾脆一頭撞死算了，想想就夠噁心的。

她抄著路去了秦氏的院子，直到鎖上院門，才敢大口喘氣。幸虧每日上下山，又勤著做活翻地，讓田慧的力氣大了不少。「嬸子，有沒有刀？」

秦氏被田慧氣勢冷冽的模樣給嚇到了，可再細看，田慧卻是頂著一頭汗，新做的春衫上都沾了不少泥土。「怎麼了，這是咋的，誰欺負妳了？」

「哇……嬸子，我好命苦，莫名其妙地來這兒也就算了，做個寡婦我也樂意了，可偏偏為啥還要被喬五那種人調戲，我還不如死去好了……」田慧抱著秦氏哭得昏天黑地。

秦氏本就是過來人，自然知道寡婦的日子不好過，誰都能欺到頭上來，連個出頭的人也沒有，不過喬五那癩子是真的不好惹啊。

「唉，別瞎想，妳得為圓子團子哥兒倆想想啊，妳這要是去了，圓子哥兒倆可咋辦呢，也就只能陪著妳一道兒去算了，留在這兒還不是要被人送去賣！不說別人，就是那柯氏頭一個要打這個主意！」秦氏也不想這會兒嚇唬田慧，但是不挑田慧在意的說，她真怕田慧想不開。

「那怎麼成！兒子都是我的，跟楊家人可沒多大關係！」田慧哭了一通，這才覺得心裡頭舒服些。

秦氏打了水，讓田慧湊合著洗把臉。「我這東廂房收拾得差不多了，要不妳搬過來吧，在村子裡，喬五還是不敢惹事的。」

「搬過來的事兒我再想想吧，嬸子這兒有沒有刀？」

秦氏想了想，點點頭說道：「當初那孽子跟我說想入伍，我不應，就把他最喜的匕首藏了起來，我給妳找來。」

秦氏沒說的是，她常常午夜夢醒，想著當初如果身邊有這把匕首，兒子是否就能安生地回來了。

「小心點兒，這匕首鋒利著，今年剛剛磨過呢！嚇嚇人是成，可千萬別惹了禍事出來，妳得多為兒子倆想想。」秦氏不放心地叮囑道。

田慧點頭應下了，只是神色卻不像那麼一回事兒。

但願別出了什麼事兒……秦氏在裡告了聲「佛」，孤兒寡母已夠可憐的，可別再出事了。

楊家村的那口古井旁，每日一早都圍著不少起早洗衣服的婦人，還有些趕早洗完了的，坐在石凳上敘說著家常。

楊知禮的媳婦孫氏正搓著木桶裡的衣裳，那肚子看起來已有八、九個月。

「知禮媳婦，妳這都快生了吧？」身旁的婦人幫孫氏打了一桶水，孫氏連連道謝。

孫氏自從有了身孕，性情越發柔和。「大夫說，就這幾日了，只是這肚子現在卻還沒個動靜。」說起這個孫氏臉上的笑不由淡了幾分，添了幾分擔憂。

「外面一月都不一定抵得上肚子裡一天，妳肚子裡的是個聰明的，多待幾天也好，左右日子到了，定會急著出來。接生婆有沒有請好了？」元嫂子也蹲下搓著衣裳，不過她不敢用力，生怕搓爛了。輕點兒搓，還能多穿上幾年呢。

「早就已經說好了，是村子裡的嚴嬸子。」孫氏其實已生過兩個兒子，這時聽了別人開解的話後，想想也是，便不覺得緊張了，大方爽利地說道。

「嚴嬸子是個好的，咱村子裡的娃子多半都是嚴嬸子接生呢！」楊家村如今的接生婆是嚴婆子，嚴婆子是從她婆婆那兒學來的，算是盡得真傳了。

如今她婆婆早退休了，只在家含飴弄孫。

楊家村還是很有人性的，因著洗用全就著那麼一口古井，族裡便撥銀子特意搭了一塊石板，好讓年老的、有身子的不必費勁蹲下身子。

酉時初，孫氏的肚子就發作起來。

孫氏自己早已準備好產房。「行一，你去你姥姥家，跟你姥姥說娘要生了。原本你姥姥還想明日來的，怕是等不及了！」孫氏知道就算自己生了，楊家也不會有人伺候坐月子的。指望柯氏，那真是想都不要想！至於幾個妯娌，孫氏只能嘆嘆氣了。楊知禮倒是好的，但他是一個男人，難不成每日都讓他送飯洗衣？傳出去可是笑話了。

孫氏有經驗，肚子疼得一陣一陣的也不慌，行二已經去尋楊知禮了。孫氏知道自己沒這麼快生，趁著不很疼的時候，她還去灶上燒了熱水，這才回產房。

楊知禮家的院子動靜這般大，隔壁的小柯氏自然是聽了個全，只聽著孫氏痛吸了幾口氣後再沒聲音，是不是出事兒了？

她又想到自己的肚子跟孫氏是同一日給診出有了身子的，真真是急死人。

思及此，小柯氏護著肚子抬腿就往老宅子柯氏的院子疾步快走，這會兒她可不敢跑。

「娘、娘，大嫂好像要生了！」

「什麼，要生了？也是，大夫說是這幾日的。」柯氏讓楊知雨去請了嚴婆子來，再晚些人家都要睡下了。偏偏用過晚飯後，楊全成帶著幾個兒子就去田裡看種下的稻子了。

柯氏自然也得去走走過場，不過她並不想久留，只因著孫氏漏了話，希望生產的時候請田慧過來看看，想著就算是第三胎了，有大夫看著好歹安心些。

但是柯氏駁回了，大罵孫氏矯情，說這都是第三胎了，她還裝作新媳婦的模樣！柯氏甚至想了一回當年，說是生老五的時候連接生婆都沒找呢！

孫氏心裡不屑，她只是不想跟柯氏頂嘴，不然柯氏不重視老五的原因，她娘可是早就打探到了。

不過因著生楊知德的時候，柯氏正如廁……對於柯氏來說，還真是噩夢啊！是以，她巴不得見不著楊知德，一瞧見他就能想起自己當時的狼狽不堪，只覺得一輩子的臉都快丟盡了。

要說可憐，楊知德也挺悲摧的，這壓根兒怪他不得。

這頭等柯氏帶著兒媳婦過來的時候，孫氏都躺在產房裡哼哼了。

柯氏一腳邁進產房。「已經去請接生婆了，妳忍著點兒，馬上就過來了。」柯氏看著屋子裡沒什麼好忙的，說了幾句話便出去。

孫氏疼得恨人的心思也沒有，眼淚直撲撲地掉。

待楊知禮回來後，他不顧柯氏的阻攔就要進產房。「娘您別攔著我，這會兒還沒生呢，我去看看心兒，好讓她能放心點兒！」

楊知禮執意進去，柯氏的力氣哪攔得住，反正這大兒子一家都左性（注），她也就鬆開手不去管了。

「心兒，妳別怕，我就在這外頭！怎麼還哭了，是疼得緊嗎？這可如何是好，妳那會兒生行二才只兩、三個時辰的事兒……快別哭了，妳這一哭，我就不曉得如何是好了，我把岳母給請來，妳就不怕了……」自從孫母上回來敲打孫氏一番，夫妻倆的感情便蒸蒸日上，都回到孫氏剛嫁來楊家的那時候了，甚至更好。

孫氏只覺得婆婆涼薄。生孩子本就是在鬼門關前走一趟，而婆婆雖說來了，卻不過例行巡視地走個一遍，啥事兒都不想幫著張羅。

看著楊知禮緊張得語無倫次，孫氏這才破涕為笑。「無事兒，我、嘶……只是剛剛一個人怕……」

楊知禮心裡頭也埋怨他娘，竟就站在院子裡袖手旁觀。

「你趕緊出去吧，我已經讓行一去找娘，婆婆我是指望不上了。」

楊知禮自知理虧，又安慰了幾句，才被孫氏推了出去。

注：左性，意指性情偏執怪僻。

待得楊知禮一步三回頭地出了產房，柯氏就訓上了。「娘是為了你好，這要是沾了晦氣可如何得了！接生的事兒自有接生婆，你能做什麼？」

楊知禮不耐。「娘您這個婆婆又做了什麼？我媳婦正在裡頭給楊家生兒子，您不幫忙也罷，還說什麼風涼話！」

柯氏本就是受不得激的性子，一聽自己最懂禮的大兒子出口訓斥自己，這還得了！「反了、反了！我是你娘，天底下還有婆婆伺候媳婦的事兒？你出去打聽打聽……」

楊知禮懶得搭理柯氏，若放在平時，他並不會計較，左右柯氏原不是個講理的人。只是，楊知禮進屋後，看見孫氏忍著陣痛，躺在臨時收拾出來的產房裡流眼淚，楊知禮只覺得自己真無能。

當孫氏說，自己已經燒好水，只是這會兒火怕是熄滅了，讓楊知禮再去添把火的時候，楊知禮都想跟著一道兒哭了。

楊知雨正領著嚴婆子站在院門口。嚴婆子有些尷尬，這兒媳婦就要生產了，兒子跟婆婆吵嘴的還真是少見，又是一個村的，嚴婆子只能將頭低得不能再低。今夜怕是不太平啊……

# 第十一章　產子

「娘，嚴嬸子請來了！嚴嬸子，快幫著瞧瞧我大嫂吧……」楊知雨故意大聲說道。

院子裡的吵架聲立時一頓，只能聽到孫氏在屋子裡疼得直抽口氣。

「這會兒還早著呢，我這就進屋瞧瞧去。」嚴婆子順勢說道。

柯氏也有些不得勁兒。自家關起門來，那是想怎麼吵就怎麼吵，可若被外人瞧了去，柯氏還是有些掛不住臉，所以她抬腿就往堂屋去坐著，真打算袖手旁觀了。

「蘭兒妳趕緊回妳那院子裡去，亂哄哄的，沒得害了妳！」

小柯氏本就有些怕，再經柯氏這麼一說，便直接走了。她肚子裡的可是兒子呢，跟大嫂肚子裡的閨女比自然重要得多。小柯氏護著肚子，蹣跚著走回隔壁自己家。

等嚴婆子看過孫氏的情況，出產房時，就看見楊知禮一個大男人在那兒燒水。唉，這都是什麼事兒，難怪好兒媳婦留不住。

楊知禮衝著嚴婆子笑了笑。「嬸子，我家孩子的娘怎麼樣？好像比生老二的時候喊得還重些。」

「這會兒還早呢，生孩子能不疼嗎？」嚴婆子讓楊知禮多燒幾鍋熱水備著。

楊知禮也是個有經驗的，看著嚴婆子手裡頭的藥包，他自然知道還要煎藥。「嬸子給我吧，老大去隔壁村子叫他姥姥了，近得很，過不了多少時間就能到。」

雖然不想承認，但關鍵時候還是得靠他岳母家。

嚴婆子只當聽不懂楊知禮話裡的尷尬。「那就好，畢竟是你媳婦的親娘，行事也能方便些。不急，要等生下來，最起碼還要一、兩個時辰呢！」

嚴婆子囑咐一通後，就又回了產房，跟孫氏說話去了。

孫母帶著兩個媳婦來的時候，院子裡是靜悄悄的，絲毫不像要生產的模樣，若不是聽見自己女兒正忍著痛哼哼的聲音，孫母要以為這是出事兒了呢！

「娘，那堂屋裡點著燈，怕是人都在那裡吧！哼，好你個楊家人！」孫家大嫂一直是個潑辣的性子，眼見自家小姑子要生產了，這楊家人竟還坐得住，她不由生氣。果然不是自家親生的，就是不擔心啊！

孫母點點頭。「老二媳婦妳去產房看看，讓她別怕，我這就去看看楊家到底是什麼意思！」

路過灶房時，看到楊知禮正灰頭土臉地燒火，臉上沾了灰也不自覺，孫母心裡頭才好受了幾分。

「親家母，妳還真是閒得慌，興致還真好吶！怎麼就不去屋裡頭睡著，這會兒雖說過了冬，卻是倒春寒呢……」原本孫母對柯氏客氣，不過是盼著她對自家閨女能稍稍照看點、少刁難些。沒承想這會兒閨女已是生死關頭，柯氏竟這般作態，那她還指望個屁！

俗話說，無巧不成書，倒是應了，不知為何，這個時候小柯氏的肚子也發動了！

柯氏一進老四的院子，就慌了神，還是楊知雨親手收拾一間屋子出來，鋪上了稻草。

「娘，趕緊讓表妹去產房吧，這正房沾上晦氣就不好了！」

「對、對，娘，讓蘭兒趕緊過去吧！」楊知仁附和道，打橫抱起小柯氏就往產房去。

小柯氏拉著柯氏的手不放。「姑母，我這是要死了嗎？我要死了嗎？我還沒看到我的兒子……姑母，我想我爹娘了，姑母，我是要死了吧？」

柯氏心疼得直掉眼淚。「別瞎說，這不就生孩子嗎？妳看妳大嫂都疼了一個時辰，還半點兒沒個動靜！我讓老五去把妳爹娘給叫來，妳放心吧！」

「娘，可是大嫂那裡，有、有嚴婆子，又有娘家人，蘭兒這裡卻連個接生婆都沒有，她又是這般來得兇險，我真怕……」楊知仁隱隱晦晦地說著。

若是孫家人不在，左右不過柯氏的一句話，只是孫家人在，還頗不好說話，更別說剛來就已經鬧了一回。

小柯氏將柯氏的猶豫看在眼裡，硬是咬著牙貼心道：「娘，等大嫂那邊先生下來吧，咱已經得罪了孫家人，他們正等著收拾咱家，不要因為蘭兒的事兒再去惹了孫家人。若是、若是蘭兒就這樣去了，也是蘭兒沒這個命，蘭兒只求姑母能好好教養蘭兒的骨肉，若是、若是可以，能給她找個和善的後娘……」說及此，小柯氏痛得嘴唇咬出了血。

「我的兒，妳不會有事的，不會的，妳都生過一回了，這回也是一樣。」但是柯氏看著小柯氏這才發動，情況甚是兇險，怕真有可能喜事變喪事。

想到老大一家跟自己越來越疏遠，也就自家姪女蘭兒跟自己貼心，若是蘭兒沒了，自己這個婆婆還不成了孤家寡人，任由媳婦拿捏？

楊知仁心心念念著柯氏肚子裡的兒子，忍不住下了猛藥。「娘，大哥已經有兩個兒子，我卻還沒有兒子，若是蘭兒去了，我也不想活了。那樣我跟三哥有什麼差別，到頭來，死了連個摔盆子的人也沒有！」說著，楊知仁一個大男人便幽幽地哭了出來。

「去把嚴婆子請過來給蘭兒瞧瞧！」柯氏最終還是把話說了出口。

楊知雨有些不敢置信。「娘，大嫂那邊正生著……」

「妳當我是瞎的啊，可蘭兒都疼成這樣了，難道看著她去死！孫家人都在那裡，只是讓產婆稍稍離開會兒，能出什麼問題！妳大嫂又是生過兩胎兒子的，比蘭兒有經驗得多！」柯氏也是長眼睛的，光看孫氏生到現在還沒個動靜，就知道怕也是難的，她不過聽不得旁人反駁自己。

但一想到老大已經有兩個兒子了，老四卻單指望著小柯氏肚子裡的這個兒子，這心不由得偏了……

孫氏正疼得厲害，宮口只開了二指，嚴婆子囑咐孫母道：「把那藥包拿去煎了吧，如果過半個時辰還生不下來，再折騰下去怕是羊水都要盡了……」情況十分兇險。

孫母點頭。「心兒，妳也聽到了，現在留點兒力氣，等過個半個時辰才有力氣生。」

嚴婆子出去叮囑了一番，又要了一碗糖蛋吃，端著碗，站在院子裡就吃了起來。

「嚴妹子，妳跟我去看下我四兒媳婦，羊水破了，怕是也要生了！」柯氏不知何時進的院門，一把攥著嚴婆子的手腕，直往院門口拉。

真是天都要幫蘭兒，柯氏越發覺得自己是順應天道，不然怎麼會那麼巧，嚴婆子剛好出了產房，孫家人還不在身旁。

「這個，這不妥吧？妳大兒媳婦還在生產，這一胎也不太平。要不，妳再去尋個？」嚴婆子好不容易才端平了碗，蹲下，放下碗，等著孫家人出來，但是恰好沒人出來。

柯氏又是壓低了聲音，只緊緊地攥著嚴婆子往外拖拉。

這招呼不打一聲就走，若是出了人命，到底還是她這個接生婆的錯了。所以嚴婆子故意再把話說得大聲，引來了孫家人，可半路上，楊知仁也出來拖著嚴婆子走，嚴婆子怕傷了自己，只能被拉著走了。

孫家人自然不依，就是楊知禮都被氣著了。「四弟，你這是什麼意思，你大嫂還在裡頭生著呢！」

「大哥，你就行行好，讓嚴嬸子先去看看蘭兒吧，還不足月，這會兒怕是、怕是要……」楊知仁拖著楊知禮，柯氏乘機拉著嚴婆子往小柯氏臨時的產房去了。

嚴婆子看情況沒多拒絕，她不過是楊家人請來的，給誰接生都是接生。

孫母見人被拖走了，也不多說，人命關天，只等著嚴婆子一會兒出來。「姑爺，你說如何吧？」

「嚴嬸子說心兒還有多久？」楊知禮只覺得心是一刀一刀地被凌遲了，還是被他娘、被他兄弟和姊妹！

「半個時辰不到了……」孫母有些擔心。

「娘，勞您跑一趟我三嬸那兒，如果運氣好，田慧，就是我三弟妹應該還在村子裡。」

田慧自從出了喬五的那事兒後，時不時地就會住在村子裡，山上的東西也慢慢地往下搬了。

打發了行一領著孫母去尋田慧，楊知禮固執地守在老四家的院子裡，嚴婆子瞅著空檔，出來一趟。「唉，你們家的事兒我也不好插手，你去找我婆婆吧，我婆婆出手，定是萬全的！」只是，她婆婆早在十幾年前就已經洗手不幹了。

楊知禮得了最後一根救命稻草，拔腿便往外跑。

到了嚴婆子家，楊知禮直喊「救命」！因他自是也聽說了嚴老婆子早已金盆洗手，遂二話不說，直接在嚴婆子家的院子門口長跪不起，大聲地喊著。嚴婆子家在村口，周圍全住著人，楊知禮這一鬧騰，好些人都起來看熱鬧了。

嚴婆子的婆婆，邱氏，早就知道媳婦被楊家人請了去，這會兒聽得有人大叫「救命」，心想可是自己媳婦出了差錯？邱氏人其實不老，只是輩分大，是以，就是同齡的柯氏見到她，也得喊上一聲「嬸子」。

邱氏倒是想得多了。到了她出屋子的時候，便見自家院門口已經圍了一圈人，自家兒子此時上前扶了一把。

「嚴婆婆，我家媳婦現在無人接生，嚴嬸子本在給我媳婦接生，可是老四媳婦突然喊肚子疼，我娘、我娘就拉著嚴嬸去了老四那兒。我媳婦、媳婦現在無人接生，嗚嗚，求嚴婆婆救命啊……」楊知禮磕了一個頭，不等邱氏發問，前因後故就說得極為清楚。畢竟若是再支支吾吾，為了柯氏的名聲，怕是要拖死自己的妻兒了。

圍觀的人群一陣唏噓，紛紛催著邱氏「出山救人」。

「我準備點兒東西，趕緊起來！」邱氏一口應了下來。

等邱氏看過了孫氏。「那藥呢，喝下去沒？不能再拖了！」折騰了那麼久，孫氏身心俱疲。

「別怕，妳看婆婆年紀雖說大了些，不過我那媳婦都是我手把手帶出來的，我可是比她穩妥多了！再吃點兒東西，攢些力氣，一口氣就能生出大胖小子來！」邱氏看著孫氏眼圈紅紅的，孫家的兩個媳婦也是，怕是哭了不少時間。

這生孩子，本就是人命關天的大事，柯氏這樣，還真是不人道！

有了邱氏這話，孫氏睜大著眼睛，只怕自己累得睡了過去，孫家大嫂撇過頭，借著袖子擦了擦眼淚。

得了主心骨，孫家二嫂勉強笑道：「我家小姑子和姑爺盼著的可是大胖閨女呢！」說著說著卻又流出了眼淚。

聞言，孫氏的眼睛亮了幾分。

「心兒，娘去找田慧了，妳別怕，那麼多人看著妳，妳定要把閨女給生下來，我可是盼著我的小棉襖呢！心兒，妳還說了，咱要從現在就給閨女攢嫁妝，心兒……」

楊知禮聽著隔壁院子叫聲沖天，自家院子裡卻是孫氏的聲兒都沒了，孩子也沒出來。楊知禮趴在窗邊喊著，眼淚不自覺流了下來。

「我怕是不行了……我沒力氣了……」孫氏張了張嘴，費勁地說出話來。

「有我老婆子在，保證妳生得下來，妳前頭花了大力氣哭，這會兒才會覺得沒力氣！」

邱氏已經灌了藥下去。

邱氏見過不少那些到了後頭自己放棄的。孫氏這般模樣，便是放棄了。

「用力！宮口全開了，我數到三，妳就用力！一、二、三，用力……一……不行，妳不花力氣，孩子生不出來，妳再不用力，孩子要憋壞了，多想想孩子！咱再來，一、二、三……」

邱氏就算再有把握，產婦若不配合、一心求死那她也無法。

楊知禮聽著邱氏一直念叨「不行、不行，這樣不行……」，差點兒急瘋了。看著舊衣服拼做起來的門簾，他猛地揭開。

「姑爺，你怎麼進來了？這產房之地，男人哪能進來呢！」說著孫二嫂就要推楊知禮出去，卻是被楊知禮避了開。

孫氏正閉目養神待重來，聽到動靜，不敢置信地瞪大眼睛望著楊知禮。

楊知禮還是頭回見到孫氏如此，也顧不得男兒有淚不輕彈，眼淚一顆顆地打濕孫氏的臉、眼、唇！「心兒，妳受委屈了！」他跪在孫氏身旁，拉著孫氏的手不放。

邱氏這一輩子接生過無數次，自然也見過如楊知禮這般硬闖產房的。「無事，讓知禮小子多勸勸他媳婦，把孩子生下來才要緊。」

等孫母踉蹌著進來的時候，楊知禮還在產房裡，讓她以為女兒要不行了。田慧慢了半步，也被楊知禮嚇了一跳。

楊知禮不知道趴在孫氏的耳旁說了什麼，孫氏要了糖蛋囫圇吃了半碗，就衝邱氏點頭。

「啊……」孫氏歇斯底里地一喊，抓著楊知禮的手一緊，生生劃出幾道血痕。

「出來了、出來了！」邱氏剪了臍帶。

是個閨女！孫氏早就昏睡了過去。

田慧只是被請來做定海神針的，接生她實在不會，待得看了大人和小孩兒一切正常後，便沒她啥事兒了。「若是有事兒再來尋我吧，這幾日我都待在村子裡。」孫母給邱氏包了一個大大的紅包，就連田慧都跟著蹭了一個不小的。

田慧這會兒知道了，隔壁院子的小柯氏動靜鬧得這般大，也是在生孩子呢！

不過心心念念的兒子，不知道是不是真是兒子？

田慧再來楊知禮家的小院子時，已經是三日後了，孫氏奶少，求著田慧想想法子。

「閨女還小，還是要吃乳汁的，若是總吃藥，對閨女終歸不好。」田慧說得直白，孫家人也暗暗地認同。

田慧留了歸芪鯉魚湯的方子。大鯉魚一條、當歸五錢、黃芪十五錢，小火煮至魚肉爛熟，去藥渣，調味。隔日一劑，連服三、五日。

「這方子補氣養血又通乳，最是適合產後服用了。平日裡妳可再吃些黃豆花生燉豬蹄，豌豆粥、黑芝麻粥、黃花菜也不錯，你們看著辦就成了。」

說完正事，田慧也聽孫家人說了，楊家已經分家，只差到里正那兒過一過，請人見證。

而小柯氏倒是得償所願地生下了兒子。

因為最近村子裡說的都是楊家的作為，順帶地又提起田慧母子三人。

真只顧著懶散了。

是以，田慧決定帶著兒子到山上住幾日，散散心。

田慧早就惦記著山上的酒，還剩下大半斤，回頭嘬幾口。

自從置辦田地以後，田慧頗為不思上進，左右母子三人明年的吃喝不愁了，懶著懶著還

過年前醃的酸菜沒有了，正好能挖些筍做些醃筍。

一邊挖，圓子一邊試圖勸說田慧。「娘，這筍苦苦澀澀的，一點兒都不好吃。上回，娘挖回來不少，全被奶奶扔了，餘下一點兒就被咱自己吃了！」

圓子可是一點兒都不想再嘗那個味道，澀得吃什麼都沒味兒。

「真不愧是我兒子。」田慧樂滋滋地揮著鋤頭。「我也不喜歡吃筍……」

在吃食上，母子三人的口味一向相似得令人驚奇。

「那咱幹麼還挖呢？」說歸說，圓子還是蹲在那兒剝筍。

「做酸筍呢，你不是喜歡吃酸菜嗎？同一個味兒！咱這幾日多做些，到時候給你三婆婆他們都送些，咱自家多留些，可以吃個飽！」對於好吃的東西，田慧一向是以能不能吃個飽來衡量，不愧是被餓出來的！

至於醃酸筍那更簡單了，不能碰到油就是。田慧將筍一個個洗乾淨切好，鋪滿罈子，倒滿水，用石頭壓好便成。就是因為簡單，田慧才願意張羅這些東西，最重要的是，這些可是無本的買賣啊。

幾日沒來，魚網裡只有一條稍稍大些的魚，田慧費力地將魚網拖上來，取了那條魚，準

備晚點兒殺了做魚湯喝。

「娘，這水好像少了很多呢！」團子拿著根樹枝，攪著小溪水。「難怪魚也少了。」

田慧仔細地看了看，確實啊……

今年雨水確實不多啊，要不要多買點兒糧呢？唉，她還欠了二兩銀子的外債。

「過幾日就是清明了，要不要去你們爹墳前掃掃墓？雖然你們如今不算是楊家的子孫了，不過，這個全看你們自己。你們哥兒倆回頭商量商量，再跟我說說……」田慧自己倒是千般不願，本就不熟，難不成還要哭暈在楊老三的墳頭？她是真的做不出來。

田慧明顯地看見圓子愣了下，但她並沒說話。雖說哥兒倆還小，平日裡瞧著可跟人精似的，所以這事兒合該他們哥兒倆商量著辦。

這是多久沒想起爹了呢？久到他都忘記了，爹會不會怪他不孝？圓子小臉兒煞白。

團子比圓子小了一歲，往常總是被圓子護著，不過自從被田慧教訓了數次後，他便學會了關心哥哥。哥哥怕是被爹嚇的吧？誰讓爹老想著要把哥哥給賣了，如果是他，他也不會喜歡爹。

哥兒倆討論了一天，也沒討論出結果來，最後還是田慧拍板，給楊老三掃墓三年。

# 第十二章　清明

田慧有心早些日子去掃墓，只是她一看錢氏一家子在疊紙元寶，就知道自己怕是忘記了什麼。

又跟著錢氏他們摺了兩日的元寶，時間就到了清明那日。

楊家村的清明日，亦是寒食節。因為少有人特意去數冬至後的一百零五日，久而久之就變成了同一日，也好記些。

昨日得了錢氏的提醒，田慧早早就做好了麵條。麵粉中加入雞蛋、清水和少量鹽，攪勻後揉成光滑的麵團，蓋上濕布醒麵。醒好的麵取出放麵板上，用擀麵棍擀開，儘量擀大、擀圓，再折疊成長條狀，切成一指寬的麵條。她昨兒個便用水煮開了，然後用冷水泡過，晾乾。

今日就不生火了！

田慧如果掐著飯點兒去秦氏那處，估摸著秦氏多半是沾著醬下冷飯的。也難怪，秦氏一個孤寡老人，向來懶得去張羅這些，亦是節省慣了的性子。

秦氏卻不知道這些年節省下來的銀子該作何用處，只是一味地省著、省著……

「娘，咱跟秦奶奶一道兒吃吧，秦奶奶吃不得冷粥，每回吃完都要吐……」圓子想起上回看到秦氏才吃完一半的冷粥就開始吐，可嚇人了。

田慧用一個盤子裝了幾樣小菜，這全是昨日準備好的，給楊老三的祭菜。

「好了，咱趕緊去趕緊回來，晚上跟秦奶奶一道兒吃飯。」田慧收拾好了，領著兒子倆去楊老三的墳頭。

楊家村人多數姓楊，追溯到先人，那是一個祖宗的。是以，祖墳都在一個山上，不算高的山，樹不多，上面密密麻麻地按著輩分排滿了墳頭。

楊老三墳頭的草並不高，還算是一座新墳。因田慧自認沒做啥虧心事，便很坦然地拔著野草，也因真沒啥好跟楊老三嘮叨的，所以她只賣力地拔著草。

圓子哥兒倆則是這年紀還不知道要害怕，有模有樣地跟著田慧一道兒拔草，不曉得應該跟楊老三嘀咕幾句。

「好了，咱把元寶燒了就回去吧！」田慧並不清楚該如何做。前世的時候，她只有年初一跟著家中長輩去山上上墳，大抵都是這樣，不過是少了心經、土地經啥的。

田慧點了香，哥兒倆便在那兒往火堆裡一個一個地扔著元寶。

「哥哥，這個是我疊的，我做了記號的！」團子舉起一個元寶，示威地衝著圓子揮了揮。

田慧仔細地盯著團子那個元寶瞧了瞧，真看不出哪兒做了記號，可能做得歪歪扭扭的，也算是一個記號吧？

「別笑了，被別人看見可不得了！」田慧眼瞅著楊家人從山上的小道下來。這可真是走的人多了，便走成了路。

團子噤聲，埋頭扔著元寶。

楊家人浩浩蕩蕩地下來了，停在楊老三的墳頭不遠處。

田慧用眼角餘光瞥了眼，相比之下勢單力薄啊。「趕緊的，咱走了！」說完，她也蹲下身子，一股腦兒地將元寶全給扔了。

可還不等他們收拾索利，就有人忍不住了。

「你們在做什麼？幹麼在我三哥的墳頭！」楊家人自從分家以後，渾不似以前那麼一團作戰了。這時楊家人誰都沒有說話，只楊知雲開口訓道。

楊知雲作為被柯氏一直嬌寵著的么女，說起話來也是霸氣十足。

田慧懶得搭理楊知雲，光想著早點兒離了這地。

但是楊知雲哪能這麼容易放過他們，她覺得自己被人蔑視了，連問話都懶得回。不得不說，楊知雲想多了，田慧只是因為自己勢單力薄才如此，識時務者為俊傑嘛！

楊知雲幾步上前便要踢翻放紙元寶的簍子，田慧本就一直盯著楊知雲，生怕她傷著圓子哥兒倆。於是楊知雲甩腳一踢，剛好被田慧一手抓住，楊知雲哪能想到竟有人敢碰她，這個踢的動作著實大了些，一隻腳沒站穩，就坐在了地上。

「嘖嘖嘖，真是夠不小心的！」田慧鬆了手，讓她的腳落了地後，認真地拍拍手。「幾天沒洗腳，味兒真大……」

一大早，山上還有不少露水，楊知雲這一屁股坐下去，春衫很快濕了大半。今天她特意挑了件新做的穿出來，也難怪，畢竟楊家村的人基本上都出來了。

楊知雲又羞又心痛，嘴巴一撇，便哇哇地哭了出來。柯氏立刻喊著「心啊肉啊」地跑來，把楊知雲攬在懷裡，怒瞪田慧。

田慧將圓子哥兒倆藏在自己身後。

「妳這個賤人，妳好意思欺負個小孩兒，妳還要不要臉！妳已經不是我們楊家婦，被楊家休棄了、休棄了！妳還來這兒幹什麼？妳跪下來求我啊，我考慮考慮要不要接收妳！」柯氏越說越來勁兒，昂著頭就等著田慧跪下來哭著求她。

楊知禮有心幫田慧說幾句，只是這場合，他卻不適合多說，可惜孫氏還在家裡坐月子。楊知禮用手搗了搗楊知雨，可楊知雨偏偏故作沒感覺，頭都不回一下。

「我看妳是老糊塗了吧，我又不是傻的，回你們楊家讓妳折磨至死啊！是妳腦子有病還是我腦子有病啊！」田慧還嘴起來絲毫沒壓力，柯氏這種老人，就應該讓她氣瘋了。

「那妳還眼巴巴地到我三哥的墳頭來，妳明明心心念念地想著我三哥，想回我楊家！」楊知雲畢竟年紀小，受不得田慧這麼一激。

田慧撣了撣衣角。「喲，這是妳三哥的墳？我母子三人不過想找個墳頭隨便燒點兒紙錢，順帶著過過節，還真是不巧！唉，真夠背的，碰到什麼人不好，被兩個一老一小訛上了。左右我跟你們楊家沒啥關係，不巧燒了那麼多元寶，銅板得還我幾個吧，總不能白白替你們家人燒了。」說完，她還煞有介事地攤開手問柯氏要銀錢。

唉喲，那果真是氣得啊，柯氏只知道指著田慧，「妳、妳、妳……」卻說不出完整的話來。

什麼叫借老三的墳過個節！

楊知雨早知道自家老娘根本不是田慧的對手，這會兒果然被氣著了，她為柯氏順順背。「慧娘，好歹咱做不成親人，也沒必要做仇人吧？都是一個村子的，抬頭不見低頭見，妳跟大哥他們不是好著嗎？」

楊知禮原就有些怪楊知雨故意裝作沒得到他暗示，沒想到這會兒又聽她點了他的名，若是這話被不知情的人聽到，多半會以為他跟田慧有什麼了！

「二妹，妳說的這話是什麼意思？是我家媳婦跟田氏交好，田氏的人品也值得人敬重，何況是咱家先對不起她，妳們莫要搞錯了！」既然說到他了，楊知禮自然願意開口替田慧說幾句好話。

被自家人拆臺，楊知雲卻是不依。「大哥，你怎麼吃裡扒外，娘這麼疼你，你對得起娘嗎？」

楊知雨拉著小妹的袖子，讓她少說幾句。這會兒自家起了內訌，只會平白讓外人看笑話。

「哼，小妹，妳是大姑娘了，嘴上最好有點兒把門。」楊知禮壓根兒不想跟楊知雲計較，她就是個被寵壞的小孩兒！

田慧饒有興致地看著楊家人這齣，蔑視地看著楊知雲。

「妳看什麼看！沒了妳對楊家的摧殘，謝天謝地！」楊知雲怒叫道。

「看妳好看呢！嘖嘖嘖，大姑娘還跟個無賴一樣，坐在泥地上蹬腿哭鼻子，誰家敢娶呢？要不給弄個上門的，妳只多求著妳娘能護住妳一輩子吧！」這話一箭雙雕，楊知雨這個招贅的，一聽恨得牙癢癢。

田慧背起竹簍子，從另一側走了。

「娘，咱還有個盆子沒拿回來呢！」圓子是個精打細算、會過日子的人。

田慧早就打算不拿回來，想著實在是就著這盆子便吃不下飯啊。

不過，田慧有心給楊家人添堵。「都上錯墳了，總不能連個盤子也要撿回來，咱做人呢，不能這樣飢不擇食！啥叫飢不擇食懂不？」

「我知道、我知道，就是白眼狼本想吃小兔子，可小兔子機靈逃了，白眼狼抓著老鼠，只好將就著吃了……」團子軟糯地答著。

田慧有些無語了，不知道團子是從哪兒學來這些。

楊知雲聽得團子說的，忍不住乾嘔了幾聲。實在是想像力太豐富了些！乾嘔完，她上前就要踢裝著菜的盤子，被楊知禮一把拉開了。「這是妳三哥的墳！」

清明這一日，秦氏的日子向來難熬。

秦氏的兒子連半個衣冠塚都沒，畢竟秦氏堅持著兒子能回來！可若說最不好受的，還是秦氏，這一等就是十多年，秦氏不知道，到她閉上眼的那一日，究竟兒子會不會回來？

要是兒子真的早就戰死沙場了，卻因著自己，從沒受過半點兒香火紙錢，等她去了地下，兒子會不會怪她？

每年的清明前後，秦氏日日徹夜苦熬。

田慧看著秦氏沒啥精神頭，遂將今早被人找晦氣的事兒說了，團子還在一旁補充。「秦奶奶，以後我們再也不去了，娘都受了好大的委屈！」

「還白白丟了一個盆子。」圓子弱弱地說道，幸虧簍子拿回來了。

重點不是盆子好不好！田慧對圓子的這點兒執著很無語。

秦氏一聽這哪得了，於是順利被轉移注意力，繼而關心起田慧母子二人。「不想去就別去了，來年就別去了，反正人家也不稀罕！就算你們不去，村裡人也都知道前因後果。」

若是換了別人，定不會這樣說，但秦氏只心疼出慧母子三個準備了好幾日，卻被楊家人惡語相向。

「嗯，秦奶奶，我已經跟團子說了，來年不去了，免得娘跟著受氣。」圓子準確地將自己放在一家之主的位置上。

有了兩個孩子插科打諢，秦氏覺得輕鬆許多，幾人分食田慧帶來的冷麵，拌著秦氏自製的黃豆醬，別提多香了。

秦氏難得地打了個飽嗝，田慧母子三人順勢在東廂住下。他們不是頭回住下了，東西也搬下來不少，只是生火做飯還要等上些時候。

自從將東廂的三間屋子租給了田慧，秦氏還把荒廢許久的菜園子開墾出來，一如多年前過日子的模樣。

「將山上的東西都搬下來吧，左右不用做給楊家人看了，不然那喬五說不準哪日賊心又起，山腳下平日裡可沒啥人去的。」既然跟楊家撕破了臉，秦氏勸著田慧早日搬下山來，在自家院子裡待著。好歹喬五沒那個狗膽在楊家村惹事。

田慧也應了，只偶爾上山住幾日。

這一日，田慧剛下山來，背著簍子，簍子裡放著一些盤子鍋鏟，待得她走上小路，就見著喬五跳了出來，輕佻地給田慧拋了個媚眼。

「小嫂子，好些日子不見，可想我了沒？」若是給喬五一把扇子，相信他能發揮得更好！前幾次，一定是他情不自禁，表現得太猥瑣了。

田慧謹慎地將簍子放下，簍子傳來鍋碗瓢盆的碰撞聲。「小嫂子，咋的，這是準備好搬家啦？放心，往後跟了我，保管妳吃香喝辣！」

喬五堵著小路，生怕這次要是跟上回一樣，又被人溜掉，他以後就不容易逮著田慧了。

「小嫂子，別怕，妳把我當成三哥，一回生、二回熟，咱都算是故人了，哈哈，還是有些淵源的故人了！」喬五特意去學了幾句文謅謅的來，自忖不比楊老三差，只是少了些美人緣。

「你走還是我走？」田慧實在是懶得敷衍這種無賴。

「嘖嘖嘖，我最喜這口味兒，辣得人真是酸爽！」喬五舔著舌頭，似在回味兒。

看得田慧一陣惡寒。憑這種段數，怎麼就能夠吃到肉！飢不擇食也沒這麼不挑啊！

喬五這回學乖了，一步一步走得極穩，搓著雙手，覥著笑，還不忘上下打量著田慧。

「小嫂子，別急啊，我這就慢慢地走過來……」

田慧蹲下身子，不打算逃了，摸索著褲腳邊綁著的匕首。她暗暗慶幸襦裙有些寬大，遮住自己的小動作。

喬五見著田慧蹲下身子，呈半屈服狀，只認為田慧這是認命了，心裡頭大軟。「小嫂子，我會好好疼妳的……」

只有千日做賊，哪有千日防賊的！田慧蹲著身子，想到圓子哥兒倆，不由心軟……可若真被人糟蹋了去，就是她都會厭惡自己，更別說是被喬五那種人！田慧咬咬牙，握緊了藏著的匕首。

此時不抱，更待何時！喬五小心地湊近田慧，猛地一撲便把人抱了個結實，田慧用力掙扎不開，暗怪自己想得太入神，立刻抽出匕首，對著喬五就是一刀。

刺！

喬五吃痛，鬆了一隻手，看著自己的大腿上被扎了，甩手搧去一巴掌。「這個臭娘們，給妳臉妳還不要臉了！」

「叫你打我！操！狗娘養的……」被人打了一巴掌，田慧怒極！她瞬間爆發，對著喬五連刺幾刀。

喬五一個不留神，腿上又被扎了兩刀。哪裡來這種不要命的潑婦！

田慧本沒用多大的力，只是這會兒既被打又被罵，她才一臉的猙獰！她是豁出去了，今日不辦了這東西，她就白做人了！

「叫你欺負我娘！叫你欺負我娘！」圓子搬了塊石頭，衝著坐在地上的喬五頭上砸去。

田慧魔怔了，只曉得緊緊握著匕首，做出刺人的動作。

喬五捣著頭吃痛，伸手推了把圓子，圓子到底還是個孩子，被喬五一推便栽了個跟頭。

「你敢再動我兒子一下，你不要命了！」田慧拿著匕首柄狠狠地砸了下喬五的頭，將圓子從地上拉了起來，護在身後。

喬五悔死的心都有了，他不就是想偷個香，沒想過要搭上命啊！剛剛看田慧的模樣，是真的想把自己給剁了，要不是她兒子過來，自己怕是只有被拋屍荒野的命。

「你滾不滾！不夠的話我再扎你幾刀！」田慧舉著匕首道。

「姑奶奶，我哪兒走得了，我腿都被妳扎成蜂窩了！」喬五小心地盯著田慧，生怕她又發瘋。

他不是沒逼過寡婦，但就算她們真拿著刀，也不敢動手捅下來。

今日他卻是碰上田慧這個不要命的，還沒等喬五開口說啥要脅的話，猛不丁地就一刀扎下來。她扎他一刀，他只回打一個巴掌，喬五都覺得自己吃虧，偏偏田慧跟瘋了似的！

田慧拉著圓子就往村子裡跑，母子倆狼狽的模樣，倒有不少人見著了。

「這是怎麼的，我讓圓子去叫妳吃飯，怎麼弄成這樣了？」秦氏著急地拉著母子倆的手，摸摸這個又摸摸那個。「碰上喬五那個畜生了？」

叮！田慧一直藏在袖子裡的匕首掉了出來。

秦氏看著匕首上的血漬。「這是殺人了？殺人了，怎麼辦、怎麼辦？」秦氏繞著院子走了幾步。

「走，人在哪兒，咱先把人給藏起來，回頭再想辦法！」秦氏咬牙道。大不了自己拿這條老命去抵，反正她是活夠了。

田慧撲到院子的大水缸裡，拿著水瓢猛灌了幾口。「咳咳咳……」

圓子也真的被嚇到了，任由秦氏摟著。

「喬五那混蛋沒死！我恨不得將他千刀萬剮，只是想到圓子哥兒倆，沒爹又沒娘怪可憐的。」田慧知道，自己當時是真的不想活了，那麼憋屈，恨不得跟喬五同歸於盡。

但是圓子出來的那一瞬間，田慧卻覺得眼前亮了，視物也有焦距了……若是沒有圓子，自己怕是活不下去吧？

圓子聽到田慧提起自己，撲到田慧的懷裡哇哇直哭。

「阿彌陀佛，菩薩保佑，能哭就好、能哭就好！」秦氏剛剛就發現圓子不對勁，猛掐圓子的人中，圓子絲毫沒半點兒反應，可是急壞了她。

田慧抱著圓子直掉眼淚，原來母子幾個那是一體的，誰都離不得誰……

田慧斷斷續續地將事情說出來，秦氏聽了便也放過。「走，跟我去看看，要是被旁人看見了，不知道喬五那性子會怎麼說呢！」

田慧點點頭撿起了匕首，要跟著一道兒去之前，她還回房拿了一小包東西，順手塞在懷裡。

人去路空，只小道上還留了些血跡，不遠處還有一個竹簍子，都證明田慧沒走錯路。

「人既然不在，也沒咱什麼事兒了。」秦氏說得簡單，卻生怕喬五去告了田慧傷人。

「這事兒不要跟別人說，死不承認就對了，若是與喬五攀扯，妳的名聲總歸是不好聽。」

「喲，慧娘娘兒倆這是怎麼了？」春嫂子住得最近，早就瞧見田慧一氣兒跑到村子裡去。

「這不是山上有野豬？這娘兒倆啊，可是瘋跑了好一會兒才算是撿回一條命！」秦氏應付道。

不待春嫂子再說什麼，秦氏拉著圓子母子便走了。

「呸，當我是瞎了呢，喬五那是瘸著腿走過去的！」春嫂子朝著幾人的背影吐了口唾沫後，似是想到了什麼，關上院門，直往外走。

# 第十三章　不活

古來便有「七活八不活」這話。

但是就連小柯氏自己都快忘了她的兒子行七是個早產兒，還是八個月時生下來的。或許其實不是她忘了，只是她刻意忽視。

這一日，楊全成跟柯氏說起了小孫子，行七。「上回小妹跟我說的，行七老是嗆奶，性子也不大好，妳什麼時候抱到大夫那去瞧瞧吧。」

柯氏正給行七做小衫，小孫子就算早了些日子，那還不是自家姪女被老大媳婦孫氏給嚇的。

「妳別不當一回事兒，老四年輕不懂事，妳難道跟著不懂事？別覺得小妹不靠譜，我也認為行七跟老大家的六兒差多了。」畢竟是幾十年的老夫妻，一瞧柯氏不以為意的神色，楊全成就知道柯氏這是沒往心裡去。

老四家的可是孫子，能跟賠錢貨一樣嗎？自然是要嬌貴些的。柯氏雖說心裡頭不以為然，但也覺得自家老頭子說的好像有理。「行了、行了，明兒個我跟老四一道兒到鎮上瞧瞧去。」

「楊大夫那兒不是重新開業了嗎？一個小娃子，送鎮上去幹麼，又不方便。」楊全成只是想給行七請個大夫瞧瞧，圖個心安。

但楊全成說不行的事兒，柯氏多半都會很執著，這會兒也是。「老四就這一個獨苗，哪能不重視點兒。要請大夫那是你說的，怎麼去鎮上卻摳摳索索的！」

「小妹不是給了老四二兩銀子？去鎮上看大夫盡夠了！現在咱們分家了，妳可別拿咱的棺材本去貼兒子，兒孫自有兒孫福。」楊全成就是捨不得銀子。

柯氏點頭應了，她更加捨不得銀子，誰讓兒子都是靠不住的，一個個只聽媳婦的話。不過對老四和小柯氏，柯氏還是寬容了些，畢竟媳婦是自己姪女，不管怎樣總是爛在鍋裡的。柯氏如此想著心裡頭才舒服點兒。

「楊大夫確實是比不上鎮上的大夫，找個好大夫瞧瞧也好。聽說老三媳婦的醫術是不錯的，如果請她……」楊全成想著如果請田慧，便能省下點兒銀子，聽說田慧以前給村裡人看點兒小病小痛可是不收銀子的。

柯氏不等楊全成說完，就甩了臉子。「田慧視咱家跟個仇人似的，就是倒貼我銀子，我都不放心把我的小孫子給她看！你也不想想，田慧那哪是大夫，妥妥的劊子手啊，你忘記喬五啦？咱村子裡，現在誰敢找她看病。」

田慧刺傷喬五之事，恰是被住在附近的寡婦春娘給見了個正著。至於春娘為何沒有出腔幫田慧一把，這就沒有人刨問了。

聽到柯氏如此說，楊全成悶頭不說話了。

當日，柯氏便拎著好幾副藥，連小柯氏逢人都說：「是我自己月子沒坐好！」

雖然楊家村的似是明瞭地點點頭，可是私底下卻已經傳遍了，說柯氏日盼夜盼才盼來的小孫子怕是有點兒不好，聽說還特意取了個小名叫「臭蛋」。

也有熱心的村民，拎著雞蛋去楊家探望探望行七。咱楊家村的村民還是很熱心的。不承想，竟被柯氏和小柯氏聯手趕了出來。「我家孫子好著呢，妳這個不安好心的，收起妳的壞心眼……」

錢氏對田慧說道：「幸虧我聰明，沒眼巴巴地湊上去，妳三叔非得讓我去瞧瞧，我就說不用吧，左右還有大哥大嫂他們。這不，被我說中了吧，大嫂也躲著呢！我跟妳說啊，若是找上妳，妳千萬別去，反正他們已經找了鎮上的大夫。要是醫好了，也不會說是妳的功勞，可若是不成，一準能推給妳。」

錢氏跟柯氏做了十幾年的妯娌，對柯氏的人品很是瞭解，要是柯氏還有人品的話。用錢氏的話說，就是柯氏挪個屁股，錢氏都知道柯氏要放幾個屁。

田慧覺得錢氏想多了。「請誰也不會請我，我跟他家有仇呢！我可是被柯氏趕出來的，她哪能放心把她的寶貝疙瘩交給我。」

「不怕一萬只怕萬一，聽嬸子的準沒錯！」田慧乖乖地應下了。

錢氏接著轉而說起了酸筍。「咱村子裡的都不愛吃這東西，吃多了嘴裡澀麻得難受，還不如單吃粥呢！也不知道妳這腦袋瓜子咋想的，就會整這些東西，不過味兒真不錯，識字的人就是不一樣，知通媳婦這幾日胃口好了不少。」

「這簡單得很，嬸子要想學的話，我把方子教給您好了。」自己做的東西別人喜歡吃，田慧很滿足。

錢氏直擺手。「妳這人啊，不是嬸子說妳，自己的東西好歹看牢些，這方子哪能說給人就給人呢，好些人家可都是祖傳的。便是妳秦嬸子釀的黃豆醬也是祖傳的，聽說當初還有鎮上掌櫃的瞧上了，想買方子來著，妳秦嬸子卻沒賣。後來，掌櫃的只能跟妳秦嬸子買黃豆醬，要不然一個婦道人家怎的能供兒子念書。」

田慧一聽，樂了。「那我可得捣牢點兒，以後傳給圓子團子的媳婦，到時候是不是也能成祖傳的？」

「傻樂什麼勁兒，嬸子跟妳說正經的。知通媳婦提了，這胎不管是兒子還是閨女，都跟著妳認字，說是有出息。」錢氏原本一點兒也不贊成自家子孫念書，光是看著秦氏的兒子好好地念書，人卻沒了，她就不樂意。不過，她不得不承認，人識字便不一樣，只看田慧雖是一個人養兩兒子，卻能活得有滋有味的就知道了。

知通媳婦孔氏樂了。「娘說的是，若是肚子裡的能教成半個圓子團子這樣子，我可透著樂了。」

之後錢氏不放心又叮囑了田慧一番，讓她千萬別去柯氏那院兒，才將人放走。

圓子團子玩得髒兮兮地回來了，田慧啥也不說，只讓哥兒倆自己把自己給收拾好，又找了乾淨的春衫給換上。

「從明兒個開始你們就待在家裡認字，還有前頭我教過的那些字，明日開始寫給我看，錯一個罰寫一百遍，什麼時候寫完了便什麼時候可以出去玩。」

田慧雲淡風輕地說著，團子討饒，連圓子也跟著哀呼，這是玩得太久，都給忘了。

「吃完飯就開始，你們不會是不想吃飯了吧？」

秦氏知道田慧這是在教兒子，只把碗筷擺好，並不替兩小的求情。

秦氏的小院都是重新填平的，不坑坑窪窪了。田慧不知道從哪兒弄來好幾簍沙子，說是給小的練字用，倒是真用上了。

這會兒田慧正把沙簍子往院子裡一倒，一人一邊劃開，就開始罰寫字，暗無天日地罰寫了三天，哥兒倆哪兒都沒去，光在院子裡寫字。

村子裡有不少小娃子跟著阿土來找圓子哥兒倆。「我們之前學的忘得差不多了，娘罰我們寫字呢。」他們的話語極盡哀怨。

楊家村不少大人叮囑兒子閨女，不准再跟圓子哥兒倆玩兒，只因為田慧一個婦人提刀砍傷了喬五。不過阿土是孩子頭兒，阿土既然願意找圓子哥兒倆，小的們自然也願意跟著，還紛紛讓田慧教他們認字呢。但光是聽說「人」就得練個半天，才一日人便走了大半。今日是第四日，只剩阿土阿水哥兒倆來秦氏的小院子了。

阿水是真不想來的，不過他自小就黏著阿土，離了他，他也不知道去哪兒。

「哥，我剛剛去外頭了，他們正說著要選里正的小孫子小胖做頭兒呢！哥，那咱咋辦呢，你才是頭兒！」阿水急了，他哥才是頭兒，可沒有他哥不會玩的東西。

阿土渾然不在意，他還在跟自己的名字奮鬥。「我已經大了，是不是頭兒有什麼關係。阿水你也跟著學學，等咱認了字，鎮上的鋪子就會收咱了，說不準以後能掙大錢！」

聽到掙錢，阿水的眼睛亮了亮。「我的水字比你的土字難寫多了，真是不公平。哥，要不咱倆換換？」

「哈哈哈，阿水，你傻呢，換了名字，以後你就叫阿土了，你娘叫你阿水你可不能應！」團子樂了，指著阿土，阿水、阿土的一通亂叫，繞得阿水頭暈。

「嘿嘿，那我還是叫阿水好了，我娘叫我我也能應了。」阿水撓著頭道，又去跟「水」字奮鬥了。

螻蟈鳴，蚯蚓出，王瓜生，苦菜秀。

轉眼要到立夏了，秦氏一大早就開始蒸米，昨日她從小販那兒買了一斤的糯米。

田慧已經聽秦氏說了，這是要做立夏果。田慧以往僅僅知道做茶葉蛋，聽秦嬸的意思是只會煮點兒水煮蛋，讓圓子哥兒倆可以找人去碰蛋。

「嘿，我特意讓妳三嬸給換了一顆鵝蛋，保管圓子團子戰無不勝！」說起這事，秦氏捣著嘴直樂呵。「冬子小的時候，我就是給他準備的鵝蛋，那可是村子裡的頭一份兒，那些個小雞蛋，隨手一戳就裂了，哈哈哈……」

不得不承認，秦氏是個很會生活的人。

現在，秦氏說起自己的獨子冬子的時候，也能很坦然，只是難免有些唏噓。

秦氏將圓子團子當成了自己的孫子，啥事兒都要親力親為，再不像是獨居的性子乖僻的孤寡老人了。

相處熟了，田慧這嘴也欠了。「嘿，嬸子您這是老黃曆了，說不準村子裡今兒個人手一顆鵝蛋！」

秦氏瞪了田慧一眼，她怎麼就忘記這個了！「也是，冬子那會都是十幾年前的事兒，說不準人家早知道鵝蛋了……哼哼，妳又懵我，咱村子裡沒一個養鵝的，我這鵝蛋也就四個，可寶貝著了。」

田慧知道，這鵝蛋還是知通媳婦孔氏，捎了信兒到娘家的村子裡要來的，真是辛苦死鵝蛋了，跋山涉水地被送過來。

田慧終於體會到了，什麼叫有子百家寵！為了討圓子團子哥兒倆歡心，秦氏早幾日就和錢氏商量著哪兒有養鵝的，恰巧被孔氏聽到了。「這事兒簡單，我快要生了，捎人帶個話去便成了，我娘還說要拿催生衣過來呢。」

現在日子好過了些，白煮蛋顯得有些沒味兒了。田慧就想著折騰折騰茶葉蛋，反正自家有茶葉，只是這茶葉有點兒太好了？

秦氏把蒸熟的米飯和著糯米搗了，讓田慧幫著揉成一個個小糰兒，跟湯圓似的。

總之，立夏果也是立夏羹。不過是用米蒸熟後搓揉成小糰子，然後放入各種你能想到的、亂七八糟的東西煮成「羹」，名叫「立夏果」。

在田慧強烈的要求下，秦氏只放了蘑菇丁和酸筍丁。當然，切丁的活兒，是田慧幹的。原本秦氏還要放些野菜下去，被田慧攔住了。這已經是糊糊的東西，若是再在上面漂著幾片綠油油的葉子，嗷，不敢想了。

田慧深深地覺得，自己想像力豐富了些，從而總是給自己帶來困擾。

田慧想著，她還是寧願喝粥的。「嬸子，我這幾日肚子不大舒服，要不喝粥算了？」她小聲地打著商量，順帶看著秦氏的臉色。

秦氏也不是這裡出身，她是跟著爹娘來了南下鎮，因著機緣巧合嫁到了楊家村，她一看田慧的表情就知道田慧怕是不喜這「立夏果」了。

嘿嘿，她是不會說的，秦氏剛剛嫁過來的第一年也是難以接受。一鍋子的糊糊，但凡是個東西就往裡頭放，味道怪不說，還難以下嚥啊。

後來等她自己當了家，索性只放一、兩樣，好歹能當成湯圓吃下去。

「妳只讓放這兩樣東西，怕是要被人說的。」秦氏嘆了口氣道。

楊家村的風俗，親近的人家是要互送這「立夏果」的，若是清湯見底、放的東西少，少不得要被人說摳門！

「還得互送？那別人家拿來的怎麼辦？咱還得都吃完啊？」田慧心裡默數了幾家，心裡頭放心了，幸虧她沒有「交友甚廣」。

秦氏煞有介事地說著。「這可都是糧食，哪能浪費！不過就是吃上兩、三日。」

經過秦氏的說明，傳說立夏早上吃「立夏果」補頭，中午吃補腰，晚上吃則會補腳，一整日都要吃立夏果的。

果不其然，田慧端去的是清湯立夏果，味兒吃著有點兒酸酸的，還算是開胃兒。

不過好客的錢氏，卻讓知事媳婦端來滿滿一大碗，那碗可豐富了，田慧看了面色不由一僵。接過碗將立夏果倒進自家的碗裡，秦氏看得好笑，心裡打定了主意要少吃點兒。

「嬸子，您笑什麼，您是不是早就知道了？」

「嘿嘿，這又不是啥秘密，妳三嬸家日子一向好過，這村子裡互送啊，下料自然是足足的。」但秦氏看著一大碗的立夏果，也有些笑不出來了。

「三嬸怕是按著咱兩家的分兒送來的……」田慧哭笑不得，好大手筆啊。

秦氏難得地贊同了。

後來，又有阿土娘送了一份來，幸虧她是跟阿水娘合著一份兒的，呼！

不過讓秦氏和田慧沒有想到的是，秦氏死去的老頭，楊定木的兩個兄弟家都使了兒媳婦送「立夏果」來。

這不知道已經是幾年不走動了，雖說就在一個村子裡住著，兩個兄弟住在村頭的，秦氏的院子卻是有些靠近村尾了。

楊定木行二，是個正經的爹不疼娘不愛的。倒不是說秦氏娘家不好，可是外來的人家，到底底子薄、沒啥根基。

老大楊定金也不在了，老三楊定銀還健在。光是看看這名字，人家是金或銀的，只秦氏的老頭子是木，差距一下子就出來了。

楊定金和楊定銀的兒媳婦，兩人連袂而來，卻被堵在了門口。

「妳們是誰啊？是不是走錯門了？」田慧得了秦氏的吩咐，偷偷地立在一旁。

「二嬸，您真愛開玩笑，我們是您的姪媳婦啊！」楊定金的大兒媳婦，鄔氏本就不願意跑這一趟，沒想到現在還被堵在了門外。

秦氏死活不開門。「別蒙我這老婆子了，若是我嫡親的姪媳婦，我哪會沒看過呢？我這老婆子已經是半截埋到黃土底下的，怎麼就不放過我呢？」

「二嬸，我是海子的媳婦，這是康子媳婦，我們這是給您送立夏果來了，您讓讓，讓我們進去唄。」

秦氏堵著門。「我看是想毒死我這老婆子，妳們再不走我喚人了！來人啊，殺人啦……」說著秦氏便喊了起來，這兩媳婦想勸也勸不住。

立夏這天正熱鬧著，秦氏這麼一喊邊上的人都來了。錢氏來得最快，誰讓她最熟悉的就是秦氏的聲音，她還以為出事兒了。

「咋的了、咋的了，這是誰要殺人？」錢氏看到門口立著的那兩人，能有啥不明白的，不過她還是嚷嚷了出來。

接下來就是秦氏的個人秀時間了，淒淒然地說著這兩人想奪門而進，要不是她這把老骨頭健壯著，早就被人推倒了。最後，她還一臉懵懂地問道：「這兩人誰啊，為啥非得進我的院子啊？我可不認識，是不是想謀財害命啊？」

楊家村的都知道，秦氏這個孤寡老人其實家底不薄，這麼些年一個人的，又有大把的田產，只進不出，真是羨煞旁人了。

「嘖嘖，都不曉得幾年沒上門了，不是謀財害命那是做什麼的！也難怪秦氏不認得了，這兩家娶媳婦的時候，可從沒讓人請過秦氏，嘖嘖……」

在一片嘖嘖聲中，兩媳婦落荒而逃……

寅時末，一陣急促的敲門聲，喚醒了淺眠的秦氏。

秦氏這陣子，白天有事兒做，夜裡頭就睡得好了，不過寅時末也不算早，那些個早起的，這會兒早就開始把早餐的粥給燒上了。

「誰啊？」田慧也被敲醒了，懵懵懂懂的，但她不放心還是掙扎著起來了。秦氏去開院門的時候，田慧正趿拉著布鞋開了房門，她有些好奇。

「是我啊，秦嫂子，快開門！」那頭傳來錢氏刻意壓低的聲音。

秦氏將門栓子取下來，放了錢氏進來。「妳這是做什麼呢？天還沒亮呢，神神叨叨的！」說著，到底也算鬆了一口氣，秦氏還真怕是楊家人打上門來。

錢氏幫著秦氏一道把門給關上了。「我這不偷偷地過來說聲嗎？昨兒個半夜那頭鬧騰起來了，咱是村尾，也不曉得事兒，只是，早一、兩個時辰前我家老頭子被找了去，我這才知道是行七不好了……」

秦氏也忍不住唏噓。「上回去鎮上找大夫瞧了啊，怎麼就突然不行了？」

原來小柯氏他們說，那藥不是給行七吃的，還真不是給行七吃的。那是給小柯氏調養身子的藥，想著等她身子調養好了，再生個大胖兒子！

鎮上的大夫一眼便看出行七是早產兒，先天體弱，不過小柯氏一聽別人說自己兒子不好，就護得極緊，哪怕這個人是大夫也不成，大斥人家「庸醫」，結果被藥童給趕了出來。

早在一旁看著這副情景的遊醫，趁著母子三人走在小路時，過去說了幾句大富大貴的命，總之都是好話，極盡所能想的猛誇一番行七，而後給小柯氏開了方子。

順帶著，他還給行七算了命，當然，算命這是送的，不收銀子。

他誇得母子三人那個是輕飄飄啊，心甘情願地掏銀子買了三帖藥回來。

自此，柯氏直把行七當成了眼珠子，把屎把尿，全盼著這個孫子能讓她享享老太君的福。

可昨日入夜的時候，柯氏的「眼珠子」開始不大好了，發起高燒。小柯氏有些怕，不過不敢鬧騰出來，心想焐焐身子讓汗出來就好了，小柯氏便給行七多壓了些被子。

小柯氏哪裡能想到，行七竟是越發不好，一張小臉兒通紅，眼都睜不開了，只有湊近才能聽到哭聲。

「哇，我的兒，我的命啊……」小柯氏這才真的害怕起來。

楊知仁本已經睡著了，被小柯氏給嚇醒。

然後，楊家就亂了，又是借車去鎮上，但是這個點兒哪有藥鋪是開門的？好不容易求開了一家，那個大夫一瞧行七，只道：「老夫無能為力，你去找別家吧！」接著立刻讓人將門板給放下來。

柯氏這才想起那家，說行七有病的那家，又是費了一番周折，才見到那大夫。「就是七日前，我都不一定能將這小娃子給醫好，這會兒還發燒，可實在是無能為力了。」

柯氏癱了。「我的孫子、孫子，誰來救救我的孫子……」

門板放下，總算是擋住了些外頭的哭聲。「師父，這人真救不了？」

「只剩一口氣了……」

不知道誰說了句——

「去找田慧吧，不是說她醫術很厲害嗎？治好了鎮上大夫都治不好的！」

柯氏聽了猛地站起身。「對、對、對，找她，她要是見死不救，我就跪她求她！」說完，她牢牢地抱著行七，不撒手。

這一波人可算是找到主心骨了。

楊三叔回家的時候，把事兒和錢氏說完，錢氏便偷溜過來，好讓田慧心裡有個底。「不知道柯氏在路上怎麼想的，還是小柯氏怎麼勸的，他們先去請楊大夫了！」

小柯氏無非不信任田慧，不到最後一步，她並不想請田慧給她兒子看病。小柯氏心裡虛，她從沒有好好對待過田慧母子三人，更是慫恿著柯氏將人趕了出去，又想著霸占田慧原本的院子。昨日種種想來，讓小柯氏不覺得田慧能大度地給她兒子看病，她怕田慧隨便下個藥，自己的兒子就完了。

楊三叔想了想，還是跟錢氏說了。「我看著二哥的小孫子是不行了，妳去給慧娘露個口風，我二嫂那人，妳也知道的，唉……」

錢氏愣了，自家老頭子這般說，那多半是真的不行了。

等錢氏剛剛說完，就有人來砸門了，來的是楊知德夫婦倆。

「妳先過去，回頭我再跟上來，現下我先躲躲！」錢氏讓田慧放心，一會兒她再跟著田慧的後頭來，這會兒她卻是要先躲躲。

田慧也沒拿喬，跟著楊知德夫婦倆去了。

還沒進楊家老宅子，就聽柯氏哭天搶地的。

「慧娘，求求妳了，求求妳救救我的小孫子，千錯萬錯都是我這個老婆子的錯，妳不要見死不救啊……」說著她便要撲過來抱著田慧的大腿。

田慧一聽只想轉身走人。「妳問問你們楊家人，我是不是沒半句推脫就來了？我跟你們家也沒有生死大仇，見死不救這又是從哪兒說起。」

楊家早圍了不少來探情況的，這時不少人私底下議論著。「若我是慧娘，早就轉身走了，這話說得哪是讓人救命呢，結仇也不過如此！」

「娘，求您少說幾句吧，快讓田、田大夫給我兒子瞧瞧吧？」楊知仁咬牙說出了話。田大夫，他不知道該如何稱呼田慧，想來這時候求人治病，喚一聲「田大夫」是錯不了的。

柯氏還沒應話，便被楊知仁半拖著拉開了。

田慧上前探了探鼻息，唉！她又問一旁的楊大夫道：「楊大夫如何看？」

楊大夫早就想回去了，只是楊家人攔著不讓，讓楊大夫憋了一肚子的火，這人都沒了氣息，還非得讓他救命，這不是笑話嗎？若是不能起死回生，他的招牌是不是又要被砸一次了，哼！

「無能為力！不如田夫人先說說吧？」楊大夫客氣地道。

田慧搖搖頭。「早沒了氣息，約莫是一個時辰前就已經沒了。」

「田夫人所言不差，我等只是凡夫俗子，並沒有起死回生的本事，我就先回去了。」楊大夫話再說了一遍後，便讓楊家人讓讓。

「哇……老天，您快看看啊，這種人哪裡配做大夫，我孫兒好好的，別人卻說已經嚥氣了，這是巴不得我家孫兒有個三長兩短啊……」柯氏又開始嚎上了。

小柯氏小心地將兒子放在床上，撲通一聲跪在田慧面前，田慧挪了幾步，避讓了開去。

「慧娘，不，田大夫，妳能救貴人，妳肯定也能救我兒子，我有銀子，只要妳能救我兒子，我就算傾家蕩產，也都給，貴人給妳多少，我也給！田大夫，求求妳，別見死不救啊，那是我的命根子啊……嗚嗚……」小柯氏說著就捂著臉幽幽地哭了起來。

田慧嘆了口氣。「並不是我不救，確實如楊大夫說的，我沒有起死回生的本事。你們若是不信，儘管去探探鼻息……」

小柯氏一把抱住襁褓。「別過來、別過來！你們誰都不許碰我的兒子！我兒子只是睡著了、睡著了！噓，你們別吵著我的兒子！噢……乖，行七乖，娘給你餵奶……」

柯氏看著小柯氏瘋瘋癲癲，又是哭又是笑的，愣愣地不敢哭了，小心地往人多的地方縮著。

楊知仁抹了一把淚。「蘭兒，乖，妳讓我看看行七，我想兒子了……讓我看看吧，蘭兒，乖，這是咱們的兒子，咱們的……」

楊知仁蹲下身子，摸了摸小柯氏的頭，試圖讓小柯氏放鬆些。「蘭兒，妳鬆開些，妳抱得太緊了。」

楊知仁心裡已經信了田慧的話，若是兒子還好著，早就哭出聲兒來了。

「對、對，都是娘的不是，行七，咱兒子要透不過氣兒來了……」小柯氏慢慢地鬆開了些襁褓，讓楊知仁看看他們的兒子。

楊知仁小心地探了探鼻息。「嗚嗚……」他抱著腿將臉埋下便哭了起來。

「相公，哭什麼呢，咱兒子睡著了，你可別吵醒他！七兒乖，喔……喔……娘抱著你睡，跟娘一道兒睡，咱去床上睡覺，不理你爹，多大的人了，還哭鼻子……」

小柯氏說著話，格格笑著將兒子抱進屋子裡去，誰也不敢去攔一下，而楊知仁抱腿痛哭。

田慧吸了吸鼻子，就跟著楊大夫一道兒告辭了。

屋子裡哭聲一片，柯氏又開始發瘋，在那兒大罵田慧「見死不救」。

錢氏追了上來。「別擔心，妳趕緊回去睡個回籠覺，唉，這人啊……」看著小柯氏這樣，同樣是做娘的，錢氏也說不上來什麼話。

田慧點頭應了，只是興致不高。

「別多想，這事兒不怪妳，這人已去了，哪裡是妳能救的。」錢氏不放心，又安慰了幾句。

是啊，她不是神仙，總有無能為力、力不從心的時候。自從重生之後，一件件、一樁樁的，自己都無能為力。

# 第十四章　初夏

初夏時，秦氏畢竟老了，老胳膊老腿的，又閒了好些年，乍一幹活，不小心就扭傷了腳。

於是田慧怎麼都不肯再讓秦氏幹活了，菜園子裡的事便由田慧接手，圓子哥兒倆也乖乖地幫著幹活，連阿土都會幫著做會兒活，然後再跟著認字練字。

聽阿土娘說，阿土沒少在家練字，田慧倒是沒瞧出來，阿土是個好學的。田慧最喜上進的娃子，見他這樣，她自然願意熱心教著，不過絕大部分時間還是圓子教著阿土的。

秦氏雖說只是扭了腳，到底上了年紀，稍一動動便疼得厲害，真是不服老不行啊。

「慧娘，妳小心著點妳的腳下，毛毛躁躁的，這可是我剛剛補種下的。」秦氏中氣十足，坐在木椅子上看著田慧幹活。

田慧徒手拔草，得不時小心腳下，因為到處都有秦氏補種的蔬菜，真是利用得徹底啊。

「嬸子，您還是進屋去睡會兒吧，我這一會兒就能拔完了。」田慧跟秦氏打著商量。

秦氏家的菜園子在院子的後首，只建了個籬笆，秦氏搬了把椅子放著，便坐在院子裡指揮。

「嘿，聽妳的話，那我這菜園子還有得剩？」秦氏挑挑眉。當她是團子呢，這般好哄。

嘿嘿，田慧訕笑幾聲，認命了。

下半晌，就有「稀客」上門來探望秦氏了。

「弟妹，聽說妳腳扭了，我帶著海子媳婦來看看妳，上回是海子媳婦不懂事，讓人看笑話了。」秦氏的妯娌，大嫂劉氏不等人招呼直接進了院子。

秦氏擺起面孔。「要笑話也是笑話妳家！」

劉氏面上有些不好看，她都「親自」過來了，秦氏一樣這般不給臉面，這是打算撕破臉了？不過一想，秦氏的兒子早就死了，還不是要自己兒子孫子給她送終？想到這個，劉氏得意地揚了揚頭。

「弟妹說的這是什麼話，咱可是一家人，戲文裡頭的大戶人家不是常說『一榮俱榮，一損俱損』的，平白讓人看了笑話。我這不今早出門的時候，聽說妳腳不好了，特意過來瞧瞧，有啥幫得上忙的。」

秦氏實在是因為腿腳不方便，才會由著自己不喜的人在她家大放厥詞，暢談啥未來相親相愛的鬼話。「好了，就算是十年沒來往了，我還能不知道妳的為人？這次又是圖什麼，田地？院子？銀子？」

田慧真心覺得秦氏對自己其實是很溫柔的。

「嬸子，這是來打劫的？瞧著不像啊……」田慧拍了拍手上的土，毫不在意地指著人道。

劉氏本沒打算理會田慧，不過看在田慧幫著說話的分上。「慧娘說的哪裡話，我跟妳秦嬸子都是幾十年的老妯娌了，怎麼會有不良居心呢！」

「這倒是，那些做賊的，就算被人抓住了也不會承認自己是賊。可不曉得會不會有分贓不均的事，真是不敢想了……」田慧伸手要去扶秦氏，被秦氏一掌拍開了。

「做什麼呢，這是我家，難不成還要因為那些個不識趣的，我就要避了開去？去，趕緊幹活去！」秦氏若有所指。

田慧也算是看明白了，這劉氏有所圖謀，卻跟秦氏根本不是同段數的。

「好咧，嬸子吩咐的是，我這就去幹活！」田慧爽快地應了。

海子媳婦得了自家婆婆的眼神，硬著頭皮開口道：「二嬸，咱畢竟是自家人，若是出了啥事兒，到底還是靠自家人的。娘聽說二嬸的腳不小心扭了，當即帶著我過來，說是這幾日讓我幫二嬸做飯洗衣，就是擔水的活兒，海子也每日都會來做。」

「好了，早前幹什麼去了！這會兒我連人都不認識，怎麼好意思勞煩妳們呢？」秦氏擺擺手讓她們婆媳倆趕緊走人。

「我說大嫂啊，妳這事做得不地道啊，二嫂的事兒可不是妳一家人的事兒！」劉氏正想說些什麼，院子裡就響起楊定銀的媳婦林氏的聲音。

這都多少年了，三妯娌難得一次聚得如此全。

劉氏給林氏打了個眼色，林氏絲毫不吃這套。「嫂子妳這眼睛抽抽的，趕緊讓海子媳婦領著妳回去瞧瞧大夫吧，這兒有我呢。」

本來挺好的一個機會，被林氏殺了進來，這敘舊情怕是難了。

「三弟妹，妳想多了，妳二嫂這兒有人照顧著呢。喏，妳沒瞧見慧娘在幫忙嗎？」劉氏指了指又去菜園子裡忙活的田慧。
林氏只顧著找大嫂劉氏的碴，順著劉氏手指著的方向望去，田慧正抬頭衝她一笑。
「這、這是怎麼回事兒？」林氏覺得腦子有點兒不好用了。
劉氏暗恨林氏沒腦。來之前不會打聽打聽清楚，沒頭沒腦地衝進來，對著她便是一頓指責，這會兒看著有外人，就蔫了。
窩裡橫的東西！
劉氏看著林氏確實是不懂的樣子，才道：「慧娘如今住在這兒，這兒沒咱什麼事兒了，二弟妹有啥事兒，慧娘都會幫著做的。」她狀若欣喜。
「這是啥時候的事兒了？二嫂，我跟妳說啊，妳這要花錢請人，倒不如請我家媳婦呢，自家人我不要錢！」林氏難得通透了一回，大義凜然地說不要錢，連劉氏都稀罕得不行。
「慧娘住我的院子，可有給我租金，妳們兒媳婦也要來住？那咱就來說說租金吧……」秦氏很糾結，似是真的在想該收多少租金合理。
一聽說來幫忙還要收租金，林氏不幹了。「哈，二嫂，妳別逗了，妳這地兒又不是香地，要不是大嫂背著我來，我才不會巴巴地帶著兒媳婦來討嫌。」
劉氏巴不得林氏不幹，跟秦氏鬧翻了最好，不過現下她聰明地抿住笑意。「唉，都說長嫂如母，雖說我這做大嫂的不怎麼稱職，但這會兒知道二弟妹不方便，海子媳婦就留下來幫襯一把吧，我這邊還有河子媳婦照顧著，盡夠了。二弟妹，妳也別跟我客氣。」
林氏最不喜劉氏提這個，她怒瞪劉氏，雙手叉腰。「大嫂妳這話裡話外是說妳有兩個兒子，我就康子一個兒子？至於二嫂現在是一個兒子都沒有？大嫂，妳把這話說清楚，否則我是不依的！」

林氏鬧得動靜這般大，田慧有些擔心地望著秦氏，秦氏低著頭，不知道在想些什麼。顯然不止田慧一人在看秦氏，海子媳婦拉了拉劉氏的衣角，努了努嘴。

劉氏能說什麼，說自己不是這個意思？不管接下來自己說什麼，林氏總有辦法給扭曲了意思，結果還是自己生了兩個兒子的錯！老二生下來的時候，她就應該掐死了去？簡直是不可理喻。

秦氏抬起頭，擺擺手，只是兩隻手復又攥得死緊。「照三弟妹說的，大嫂妳能不能給我們解釋解釋，或者妳仗著有兩兒子，就不把我放在眼裡了？還有，我的冬子會回來的！」

聽到秦氏開口問了，劉氏才慌了些。「別人不知道我，妳還能不知道我這個大嫂是什麼性子嗎？咱妯娌最好不過了，不要讓別人挑撥了去！若是二弟妹不想海子媳婦在這照料，不過一句話的事兒，我不會再有半句廢話，這就帶著海子媳婦走。唉，想我也是年紀輕輕守了寡，有心事時也會想尋個人說說，咱妯娌一向親厚，這不就來這兒了，二弟妹不會是不歡迎我吧？」

「那我就不送大嫂了，門在那兒。」秦氏指了指門。

「噗哧。大嫂，沒想到還有人不買妳的帳啊，平日裡老是給我擺大嫂的架勢，訓這個、教那個的，家裡頭還有誰沒被妳說過？這回自己吃掛落兒（注）了吧，我看妳還有沒有臉再訓

注：掛落兒，名聲受到連累而損傷。

人！哈哈哈……」

林氏絲毫不掩飾自己的幸災樂禍。

劉氏是鎮上小戶人家的閨女，只因仗著自己出身比林氏強了些，又是大嫂，便經常要插手楊定銀的家務事。可楊定銀再有不滿，也不好頂撞寡嫂，畢竟村子裡可有不少人眼睛盯著看呢。

特別是大哥在的時候，就對楊定銀一家子照顧有加。若是現下大哥去了，他卻對寡嫂不敬，怕是要被戳脊梁骨了。

林氏常被自家老頭子叮囑，就算大嫂說了她不愛聽的話，讓她只當做沒聽到。哈，這回可不是她頂的，老頭子要怪罪都怪罪不到她頭上。這一趟，還真沒白來。

劉氏被夾擊得不行，饒是臉皮再厚也頂不住，灰溜溜地帶著兒媳婦走了。

而林氏早忘記來她這兒的目的了，或許她本來便沒啥目的，她只要能將劉氏擠兌走了就成。

三月二十六，錢氏的大兒媳婦，孔氏喜得一女，重五斤二兩，取名楊一一。

小柯氏自從在一一的洗三禮上見過尚在襁褓裡的一一，就頻繁地往楊三叔家的院子裡跑。

一開始，錢氏幾人都防著小柯氏，不過見她並沒啥特別的舉動，只是在搖籃裡逗逗一一，便由著她去了。

唉，說到底，小柯氏也是可憐人。

做了娘後，孔氏的心軟得一塌糊塗，即便對著小柯氏，她只覺得真是可憐人。若是她沒了閨女，肯定也受不了。

「娘、娘，我的一一、一一呢？啊！我的兒……」孔氏的屋子裡傳來慘叫聲。

「嘭……」錢氏一個踉蹌，不知咋的就想起那個失去的行七，不、不，她的孫女兒好好的，要是有半點兒不對勁，田慧，對了、還有田慧，田慧定能早早地發現。

定了定神，錢氏強撐著精神才跑到大兒的房裡。「怎麼了、怎麼了？」

田慧這幾日有空便來幫忙收拾頓吃的，這會兒聽到動靜，她也顧不得鍋裡，趕緊扒拉出柴火，往灰裡一塞，直往知通媳婦的房裡跑。

「娘，一一呢，一一您看到沒？」孔氏正在屋子裡急得團團轉，四處找尋一一。

錢氏眼前一黑。「沒在我這兒啊，我瞧妳睡著了，就沒進來。對了，小柯氏呢？對，小柯氏！一定是她，她抱走了一一！」

知事媳婦扶著錢氏便往小柯氏的院子跑去，田慧再三安撫孔氏。「為了一一想想，若是妳身子不好了，一一可沒奶吃了，放心，我這就去把知通還有三叔他們找回來。」

楊三叔他們一早去了地裡，田慧是知道的。

「好好，我到床上躺著去，慧娘，求求妳，幫我把一一找回來吧……」孔氏忍著哭，乖乖地躺回去。

田慧也沒空在這兒抹眼淚，只顧著往外頭跑。

「──被小柯氏抱走了，錢嬸她們都去了小柯氏的院子。呼呼，我怕出意外……」還沒等田慧說完，那幾人丟下工具，拔腿就跑了。

田慧蹲著身子在那大口喘氣。「楊知故，你去找楊知仁，我怕他也來下地幹活，現在能勸小柯氏的只有他了……我是沒力氣跑了……」

「嗯，妳先歇會兒，我這就去尋他，剛剛我才看他走過去呢！」楊知故咬了咬牙，往楊知仁走的方向跑去。

她可是跑八百米都能不及格的，這一口氣兒卻跑了好幾千米，到了後頭，不過靠著雙腿本能地跑著，田慧幾乎能嘗到口腔裡的血腥味。

田慧喘了口氣，慢慢地抬腿，唉，老腿有些抑制不住地顫抖。

等她走到楊知仁小院的時候，便看到暴力的一幕。

錢氏抬手給了柯氏一巴掌！對，就是兩妯娌之間的對決。

「不要說我欺負人，妳要是敢再說一遍，我就能再打妳一回！我可不顧二哥還是侄子們在不在！」錢氏打完不解氣，又朝著柯氏啐了一口濃痰。

田慧有些嚇懵了。「知故，你娘這是怎麼了？什麼事兒大動肝火的！」

「回頭跟妳說，小柯氏就在屋子裡不肯出來，我們又不敢硬衝進去，萬一她發瘋傷了──可怎麼辦呢？」楊知故焦急地看了看縮著的門，直接叫著「小柯氏」，連嫂子都懶得叫了。

田慧點點頭。「楊知仁呢？讓楊知仁去啊！」

「那死婆子護著她兒子，說是萬一小柯氏發起瘋來，傷了她兒子咋辦！」楊知故咬牙切齒地道。

錢氏一咬牙。「老大，去給我把楊知仁那小子綁過來，敢欺負到我頭上來，真是找死都不挑日子！」

楊知通早急瘋了，也已經顧不上親戚不親戚的，柯氏根本不配，他揮著拳頭便往楊知仁身上揍。

楊知仁本來就心虛，這會兒更是不敢反抗。「我去、我去，別打了，我去就是了！」

楊知通又是狠揍了幾拳才罷手。

哼！錢氏冷哼一聲。「若是我的小孫女有個什麼好歹，咱一命換一命，我不要小柯氏的命，楊知仁，只要你的！不要怪我這做嬸嬸的狠心！」

楊知雨的心跟著顫了顫，事關自己兄弟，還是開口勸道：「三嬸，咱都是一家人，我娘說話雖說有些不著調，惡意倒是沒有。就是您說的讓我兄弟一命換一命，那也是小柯氏的事兒。再說了，有官老爺在呢，您家害了人，還能想著討了好去？」

「嬸子，我會好好勸勸蘭兒的，我會的！」楊知仁看著面前幾人正瞪著他，一副恨不得將他生吞活剝的樣子。

他知道一一是楊家三房的寶貝疙瘩，若是真有個三長兩短……楊知仁生生地打了個冷顫。

「蘭兒，我回來了，妳給我開開門。」楊知仁儘量放緩聲音，柔聲道，只是他一說話，臉皮子便扯得疼。

「啊，是相公回來了啊？我這就給你開門，哦，不行，你跟那些個壞人是一夥兒的，想來搶走我的行七，我不給你開門！」門後傳來小柯氏有些迷茫的聲音，還有一一的哭聲。

呼，總算是聽到聲兒了。田慧說道：「嬸子，我們都往邊上避一避，小柯氏在裡頭看見了，怕是不敢開門。」

錢氏仔細衡量了一番才照做，不過，只肯退到屋子門口對不到的死角。

楊知仁又拍了拍門，耐心道：「是嗎？蘭兒，妳出來瞧瞧，根本就沒什麼人啊，那些人都回家去了。我好像聽到行七在哭，妳快讓我看看啊，妳嚇著他了……」

小柯氏也耐心地搖著「行七」。「相公，怎麼辦，行七老是哭，我哄不好他，我有抱著他了。」

「那讓我來看看，是不是尿濕了？蘭兒，這種事兒一向是我做的，是不是？妳忘記了嗎？還是妳覺得我這個做爹的做得不好……」楊知仁說著說著就流出淚來。

行七是他的兒子，盼望已久的兒子，行七沒了，他都不知道自己現在憑著什麼堅持下去。小柯氏這樣，他也好想由著性子變成那樣子算了。

只是，他不甘心，他不可能這輩子無子！

「相公，你別難過，我這就給你開門。行七，你逗逗你爹爹，大男人還哭哭，真是羞羞臉，行七跟娘一道兒好好笑話笑話你爹爹……」小柯氏哄著「行七」，小心地開了一點兒門縫，真如楊知仁說的，院子裡並沒有人。

楊知仁一進屋，小柯氏便謹慎地將門給拴上。

楊知仁給一一換了尿布，果然是尿濕了，這尿布還是行七用過的呢！

「蘭兒，若是妳肚子裡有個孩子就好了……」楊知仁微不可聞地嘆了口氣。

小柯氏卻是完全聽不懂。「相公，你說我肚子裡又有了？那行七怎麼辦，誰來照顧行七？給娘照顧我可不放心。」小柯氏摸著肚子盤算著。

楊知仁懵了，沒想到小柯氏會以為自己肚子裡有小孩兒。

不過這樣子也好，好歹心裡有個盼頭。

楊知仁小心地搖著一一。「妳看，蘭兒，咱的行七怕是餓了……」

「嗚嗚，怎麼辦，表哥，可是、可是我沒奶水了。我也不知道怎麼回事兒，怎麼就沒有奶水了？我有好好吃飯的，嗚嗚，可是剛剛我餵行七，行七就是吸不出奶水來，嗚嗚……」說著，小柯氏蹲下身子哭了起來。

「我記得三嬸家的知通媳婦剛剛生了，咱把行七抱到三嬸家去吧，妳看，行七哭得好可憐，怕是餓得緊了。」楊知仁讓小柯氏看看「行七」的可憐模樣兒。

「可是……沒別的辦法了嗎？」小柯氏不死心地望著楊知仁。

楊知仁搖搖頭。「咱行七哭得好可憐……噢噢，乖哦……蘭兒，妳肚子裡還有個呢！」

「嗯，相公，聽你的，行七哭得好可憐啊！」小柯氏又伸手摸了摸「行七」的臉。

楊知仁安撫好小柯氏，讓小柯氏去床上躺著，自己抱著一一出去。

一聽到開門的聲音，錢氏就跑過來了。

楊知仁將一一交給錢氏。「嬸子，快給一一餵奶去吧，她好像是餓了，尿布我剛剛換過了，並沒啥傷著的地方。蘭兒她、她只是還放不下行七……」

錢氏也不多說什麼，衝著楊知仁點點頭，便領著一家子回去了。

後來，聽說小柯氏真有噁心、嘔吐的症狀，還喜酸，肚子卻是不見隆起。

雖是自己嫡親的姪女，但柯氏為了兒子的子嗣著想，就想休了小柯氏，讓自家嫂子將人帶回去。不過她更怕的是，小柯氏要是時不時發作，總有一日會害了她。

令所有人都沒想到的是，楊知仁拒絕了。他甚至在小柯氏「懷孕」期滿的時候，不知道從哪兒弄來了小女孩兒，四、五個月大，已經能吃米糊糊了。

小柯氏每日就守著「行七」，精神頭漸漸地好起來，也許久沒再犯病了。

# 第十五章　鬧事

秦氏這幾日被田慧勒令在家養著，而她還是偶爾會來錢氏院子幫忙。一日，卻見團子小跑進錢氏院子吆喝道：「娘，那些人又來尋秦奶奶麻煩了，秦奶奶都被氣哭了！」

「小團子，你秦奶奶咋的了？可有傷到？」錢氏離得近，一聽這話就逮著團子問上了。

田慧將圍裙隨手一甩。「知事媳婦，這個端去給妳大嫂就著吃，下回按這個做，若是不明白再問我。我先去看看秦嬸怎麼了，那些個人怎麼這麼陰魂不散！」

等田慧回去的時候，大人的斥責、小孩的哭聲，不絕於耳。

秦氏坐在椅子上，繡繃子散落一地，兩隻手無力地垂著。圓子正圍著秦氏說話，只是說些什麼她聽不清楚，在這片吵鬧聲中被淹沒了。

「你們這是做什麼！」田慧看著亂糟糟的一團就覺得窩火，她從沒見過秦氏這般模樣，不言不語，這傷心是從心底散發出來的……

田慧別開眼，她怕自己會忍不住哭出來。

林氏一聽這話卻是不依了。「妳一個借住的，這兒沒有妳說話的地方。我教訓我家孫子，關妳什麼事！」

林氏的大孫子指著田慧罵道：「都是妳，哥哥說妳是為了討好這老婆子，然後好奪了她的家產！我告訴妳，妳別想了。這些都是我和哥哥的！妳快滾，帶著妳的小雜種，給我滾！」

田慧這會兒是氣也懶得氣了，對著林氏的大孫子就是一腳，那小孩雙腿吃軟，撲通跪在地上。「奶奶！」痛叫了一聲後，他後知後覺地對上田慧吃人的眼神，不敢再動彈了。

他可是偷偷地聽到奶奶跟旁人說過，田慧連男人都敢殺，說不準，隨身帶著刀的。

林氏怒氣沖天，啪啪給了劉氏的大孫子兩巴掌。「我就說我孫子怎麼會說出這種話，都是你這個害人精，自己不學好，還教壞你弟弟！」

劉氏本板著臉在一旁，想等著秦氏來求她收拾爛攤子，不想田慧才出現，自己孫子好好的便遭了打。劉氏中年守寡，對著兩兒子、兩孫子，那是看得跟眼珠子似的。

這會兒大孫子便是犯了再大的錯，有她這親奶奶在，哪輪得到別人來教訓，更何況是被打了兩巴掌。

劉氏也沒多想，上去就跟林氏拚命了。

「我讓妳打我孫子！讓妳打，我忍妳很久了……」林氏從沒想過一向標榜自己是「道德典範」的大嫂，竟會一言不發地衝上來揪著她的頭髮，死揍不放手。

劉氏的大孫子哪有受過這樣的氣，他摸了摸臉頰子。「呸！」衝上去對著林氏就掄拳頭。

在劉氏和孫子的聯手攻擊下，林氏很快敗下陣來。

田慧懶得搭理窩裡鬥的那些人，徑直走到秦氏身旁，緊緊握著秦氏的手。「嬸子……」

未語淚先流。

其實，田慧並不知道這些人說了什麼才讓秦氏竟是傷心得難以自已，但她光看著便覺得難受。

「嬸子，我立刻趕這些人走！」田慧拍了拍秦氏的手，秦氏還是沒有應聲，她隨手抄起掃帚，怒道：「滾，都給我滾！」

可林氏正是吃了敗仗的時候，劉氏一鬆手就被林氏逮著機會回撲了過去。

這是打算死磕下去了，是吧？

田慧衝進灶房，順手拿了把菜刀。「滾不滾！再不滾，別怪我心狠手辣，左右不過多幾條人命！」

林氏即使吃了虧，見狀也免不了拖起後來幫著一道兒幹架的大孫子，便要往外跑。

「站住！」田慧摸著菜刀的刀刃，慢悠悠地走在這幾人的身旁。「既然來了，鬧得人仰馬翻就想走人，是不是有點兒不負責任啊？」

劉氏攏了攏有些凌亂的頭髮，沒想隨手一摸卻摸下了大把的頭髮。「呲……」她就算裝得再淡定，還是雙眼不離田慧，以及田慧手裡的刀。

林氏這回學乖了，本來她的孫子就是被人教壞的，那話都是大嫂家的孫子說的。雖說她心裡頭也怕，嘿嘿，想必大嫂比她更怕吧？她可是看到大嫂一直僵硬著身子，比她要怕死……

「看來你們是不怕了，我先拿誰的孫子試刀呢？或者你們不怕菜刀，哼，我還有把小刀子，喬五，你們還記得吧？」
劉氏最先扛不住。「咳，慧娘，我這一家人再也不踏進這個院子裡，成嗎？」
「對對，我們也都不進來了。」林氏連連保證道。
「那還不快滾！下回你們來絕沒那麼容易走了，不留下點兒什麼，哼哼！」田慧話落，不屬於這裡的人全跑光了。
圓子哥兒倆合力將門給拴上。「哥哥，那些人都不是好東西。明兒個，咱找阿土哥去教訓教訓他們！」
「噓，笨蛋，輕聲點兒，咱們偷偷來，被娘聽到又該挨訓了！挨訓了不說，肯定還不許咱背後出手，聽我的就是了！」圓子趕緊摀住團子的嘴。
秦氏不知道在想些什麼，情況並沒有像團子說的，被氣哭了。
「嬸子，不知道您願意不願意把我、圓子和團子當成一家人……」
秦氏的身子晃了晃。
田慧知道秦氏聽得進去，好歹鬆了一口氣。「唉，嬸子您是不知道外頭怎麼說我，剋夫剋親，心狠手辣，就是連喬五那種人也栽到了我手上。還說圓子團子早早會被我剋了去……不過他們說的也對，若是沒有您和三嬸子一家，我們母子三人不是凍死也得餓死了，早就死得乾淨了！我知道我這個娘不怎麼稱職，也不大會過日子，秦嬸子您若是不替我管著家，我跟圓子哥兒倆怕是活不了多久的，唉，還是趁早吧……」
田慧一直在秦氏的耳邊碎碎念，只是田慧說得有些誇張，雖然有一點倒是沒錯，田慧真不大會過日子。

「啪」，秦氏拍了下椅子把手，她不過想好好靜靜，田慧卻是不依不撓地在她耳邊嘮嘮叨叨，這是怕她尋死覓活嗎？要是她想死，早在冬子同袍帶來冬子死訊的時候，就不活了。她苟延殘喘至今，無非是盼著冬子還會回來，如今卻是連楊家的小鬼都知道冬子不會回來了。她的兒子是真的不會回來了嗎？

「我老婆子剋夫剋子，也活得好好的，妳怎麼不行了，妳還有兩兒子呢！」秦氏吸了口氣，才一氣兒地說了一堆話。

「呼，不是有嬸子您嘛，嚇我一跳……」田慧並不擅長用這種「言情」的方式去喚醒一個人，不過她剛剛發揮得還不錯。她是不會承認自己確實真情流露……嗚嗚，她是真想哭了。

這一日，秦氏半逼迫著田慧交底。田慧藏了一兩多並十五個銅板的私房，不過她外頭卻欠著錢氏二兩銀子，總之是負債累累。

「唉，還說跟我一道兒過日子，妳這日子能過得再差些嗎？果真是沒了我不行啊！」秦氏長長地嘆了口氣，指著田慧豎起手指頭，又無力地垂下，她是不是上當了啊？

饒是田慧再遲鈍，也發現自己這是被人瞧不起了。「那個，我是買地才欠下的銀子，我有兩畝地了，兩畝了！」田慧伸出兩隻手指頭，在秦氏的眼前晃了晃。

秦氏以前就聽說了，當然是聽錢氏說的。聽說，田慧藏起來的那點兒私房銀子，大半都是貢獻給了小販換肉吃，看來這話可信度極高。

不過，唯一慶幸的是，圓子和團子確實長個兒了。可這天天吃肉的，是不是太奢侈了些？竟還藏著私房錢買肉，這是沒肉就不能好好地活著了？

最後，秦氏勒令。「往後三日一頓肉，每日一根大骨肉，這也是一樣的！」既然是吃豬肉，吃哪兒不一樣？大骨頭雖說沒多少肉，但是熬出來的湯還是有肉味的。

自此，田慧的日子被好好地整治了一番。

「對了，往後不要提喬五了……這樣一個人，沒得髒了自己的嘴！」秦氏沈聲說道。

原來，喬五死了。

喬五被田慧戳傷後，竟只是在床上躺了十日，便耐不住寂寞，去了隔壁村子裡強迫人家小寡婦。他失血過多還體力不支著，以致小寡婦稍一反抗，就將喬五給推倒，歪倒在地上。小寡婦還有個年幼的兒子，早恨不得殺了喬五，那會兒見著喬五弱不禁風地一推便倒，也不知從哪兒鼓起的勇氣，舉起個大石頭就往人身上扔，不幸，給砸死了！

田慧沒想到這麼一個禍害，居然這麼不經折騰，一下子死了？

再多的話，秦氏卻是不願意多談。「又不是啥光彩的事情，問這麼多做什麼！」

噭，她是人，當然會好奇啊。連平日裡不怎麼出門的秦氏都知道了，村裡村外怕是不少人也知道了吧？只是她不敢四處去問人，真問了，哪能不被唾沫給淹死……

這廂，田慧還在癡纏著秦氏說說喬五的事兒，門被人叩響了。

「田夫人，我去了以前接妳的那家打聽妳，才知道妳從山上搬下來了……」呂婆子叩響了院門，碰巧是田慧開的門。

呂婆子見到田慧是真心高興，自家夫人的病已經好了大半，雖然平日裡還是睡在床榻上得多，卻連他們特意另外請來的大夫都親口證實夫人的病只要再養些日子便能好起來了。

看見熟人，田慧也是高興的。最重要的是，每回呂婆子來請她出診，那可是有診金的！

「我不過借住在這兒，妳家夫人的身子應該好多了吧？」

呂婆子點點頭。「這全多虧了田夫人，今兒個還請田夫人再跑一趟，讓咱圖個心安。」

「行，我再跟妳走一趟吧，雖說基本上就沒我啥事兒。」田慧跟秦氏打了聲招呼，跟著呂婆子一道兒出門。

陳夫人見到田慧來了，很是欣喜。任誰看到了「救命恩人」都會歡喜，覺得生命有了保障！

「田夫人，可把妳給盼來了！」就是臥病在床，陳夫人的頭髮梳得也是一絲不苟的，插了支簡單的玉簪子。

果然是大戶人家，這還真的是羨慕不來的啊。

等心裡感慨完了，田慧才跟陳夫人寒暄幾句。田慧屬於比較「實在」的人，心裡頭想著事兒，這嘴便成了鋸嘴葫蘆，實在是練不來同步的。

「我瞧著夫人的氣色不錯，天兒熱起來的時候，就停了藥吧，入冬後再吃我留給妳的方子。趁著天熱前，陳夫人還是多走動走動，每日躺著，身體再好的人也能躺出病來。」既然來了，田慧便盡責地說著。

陳夫人連同周圍的丫頭婆子都認真地記著，生怕錯過了田慧說的話。

田慧很滿意。「下回我就不來了，要是有了身子，我再來看看就成。」

饒是陳夫人已經生過孩子，聽得田慧這話，也忍不住臉紅。

呂婆子卻是應得歡。「承田夫人吉言，若是我家夫人再懷了小少爺，田夫人只等著拿紅包吧！夫人若是不給，老婆子給了！」

「行啊，可記好了，這兒有這麼多妹妹聽著的！」又逗留了一會兒，田慧才告辭。

等田慧到家的時候，秦氏已經做起晚飯，是熱騰騰的麵條。

「回來了啊，我這就把麵條下了。」秦氏臉上看不出前兩日落寞的神色了，好似心情還挺好的，正跟圓子哥兒倆用麵團做花兒。

兩個男孩子，竟是要做花兒，莫不是如花一般的男子。

「那我去割點兒韭菜。現在的韭菜嫩著呢。」韭菜拌著醬油，澆到煮好的麵上，拌一拌，美味啊！田慧能吃下整整一大碗，飯量登時暴增。

團子知道他娘的本性，但凡有好吃的，就會特別積極，這會兒連從陳府帶回來的點心，她都隨意地放在桌子上，看來這割韭菜才是頂頂重要的大事。

「圓子想去，也跟著去吧，你們哥兒倆啊，像極了你們娘，嘴巴挑得很吶。」秦氏笑道，擺擺手讓圓子趕緊跟去。

秦氏從前沒種過韭菜，因為冬子不愛吃，總說有一股子怪味兒。說來這韭菜田慧不知道從哪兒得來的種，偷偷地在院子角撒了好多。

圓子紅著臉衝著秦氏笑了，轉身便跑著追出去。

「唉，到底是娘好啊，一時半會兒見不著就跟個跟屁蟲一樣……」秦氏笑著搖搖頭，想起冬子小時候也是這般。這人老了，便容易想當年，秦氏搖搖頭，炒著鍋裡的肉絲。

秦氏雖早早地定好菜譜，不過看著母子三人水汪汪的眼睛，她卻說不出晚飯不過白粥配著酸筍，這真的是很有罪惡感的一件事兒。

不知不覺地，秦氏對做飯這事兒也越來越考究了，甚至有時候前一日就想好了明日要吃的，看著田慧母子三人揉著肚子在院子裡散步，她每每有一種被滿足的感覺。

「真是飽啊……」田慧捧著湯碗，將一大碗的麵湯都喝了下去，意猶未盡啊。

「娘，您還加了一回麵，能不飽嗎？」團子正跟碗裡的麵條奮鬥，加了這調料真是香。

田慧打了個飽嗝，才慢悠悠地道：「我那是去加湯了！」

「娘您別蒙團子了，我明明看到鍋裡的麵條少了不少……」圓子嘴裡吃著麵條，含糊不清地說著。

田慧敲了下圓子的頭。「嘴裡有東西，別說話！」說完，她就晃著去院子裡散步了，這日子真美好。

嘿嘿，做娘也不錯，自己說什麼都是對的！若是兒子敢頂嘴，只管拉過來一頓胖揍，想到這些，田慧笑得更加歡喜。

「嘿，忘了說了，今兒個到陳府是最後一次，陳夫人大好了。陳夫人憐我帶著兒子倆，屋子也沒一間的，所以給了鎮上的一進宅子還有十畝地，地我沒收，推脫不過只要了那宅子。」田慧拿出房契來，放在四方的飯桌子上。

秦氏趕忙拿起房契，又自覺動作粗魯了些，小心地撫了撫皺摺。「怎麼不小心些，這桌上到處都是水漬油漬，弄壞了可如何得了！」

「秦奶奶，讓我看看、讓我看看，我是識字的！」團子口齒不清地說著，秦奶奶，聽著更像是「親奶奶」。

秦氏笑得縱容。「那趕緊吃完，奶奶將契紙放在乾淨的桌子上，等咱小團子念給奶奶聽。」

「嘿，嬸子，他就跟著學了幾日而已，哪認得這些字啊……」田慧「盡責」地拆臺。

一家子小心地傳看著契紙，特別是到了團子手上時，秦氏是整顆心都提到了嗓子眼兒，生怕毛躁的團子給弄破了。都怪自己被團子的「親奶奶」給叫得心軟，這會兒是擔心受怕的。

糖衣裡果然是炮彈啊……

「呼，慧娘，趕緊收著去。等等，我去給妳找張油紙！」秦氏一陣忙活，才鬆了口氣回去將碗裡剩下的麵吃了。

「田慧妳個挨千刀的，妳有本事做，怎麼就不承認呢?偷偷摸摸的算什麼人！有本事妳衝我來啊，我反正已經活膩了，我孫子哪兒招妳惹妳了，妳竟這般下得去手！」

門外林氏嘭嘭嘭地拍著門，還有聽到動靜過來的錢氏一家人，村裡人越聚越多。

「嬸子，這是在罵我吧？」田慧再三確定，看到秦氏肯定地點頭。「唉，不出門都能被人罵……」

田慧一打開門，林氏就蹦開老遠。

也忒靈活了些！田慧盯著林氏的腳，目不轉睛，一把年紀了，真不容易吶。

林氏收了收腳，可是無處能藏。「妳盯著我腳看做什麼？我告訴妳，不要以為我會怕妳啊！」

錢氏聞聲趕來。「我說林大姊，田慧打了妳孫子？」

「妳叫誰大姊呢，叫誰呢！我比妳歲數小，妳叫誰大姊呢！」自古年齡便是硬傷啊，林氏一聽被比自己年長的錢氏叫大姊，急得跳腳，苗頭直對準錢氏。

錢氏一聽不樂意了，這些年她真沒怕過誰。「我知道妳家沒銅鏡，那妳早上洗衣的時候到井水邊也照照，滿臉的摺子拉都拉不平，叫妳大姊還不甘了？妳那大孫子可還站在那兒呢！」

田慧莫名地覺得好歡樂，想起自己曾經看過一句話——「你滿臉的摺子就像你的菊花一樣……」

「妳笑什麼！我告訴妳，今兒個妳打傷了我的孫子，還有大嫂家的孫子，這事兒沒這麼容易了結，要不賠個十兩、八兩的，妳別想走出這個門！」不知道什麼時候，劉氏跟林氏已經和好如初了。

田慧樂夠了，開口只說今兒個被陳府請去了。這個村裡好多人能證明，村子裡甚少有馬車出現，難得出現一次那得有不少的小孩子圍著。更別說呂婆子每回來，都帶了糖分給圍著的小孩兒，證人多多啊。

林氏有些站不住，一把拉過大孫子。「你說啊，是不是她揍你的？你在家裡頭怎麼說的，現在就怎麼說。」

林氏的大孫子抬頭瞄了眼田慧，又飛快地低下頭去。「不是，我沒看見人……」

劉氏也在低頭問自己的孫子。「你弟弟沒看見，你可看見了？那麼多人在，你說吧，都會替你做主的！」

一無所獲……

「林大姊，妳別逼妳孫子了，不就是想請我給妳孫子看看嘛，也不用鬧得那麼大陣仗。」田慧還沒忘記錢氏說的那聲「林大姊」，居然跟著脫口而出。阿彌陀佛，沒聽見、沒聽見。

「我瞧過了，都只是點兒擦傷，沒啥事兒！小孩子家家，不知道去哪兒摔的，是吧？」田慧友愛地伸手要去碰林氏的大孫子。

「哇……奶奶，我就說不來的嘛……」沒想到那孩子哭著跑了。

田慧尷尬地收回手，嘿嘿笑了兩聲。

田慧雖說有些控制不住地笑著，不過出於本能，她是真的好好看過林氏孫子的傷，像是小孩子打架給弄的。

# 第十六章 嫌隙

田慧一關上門，便攔著兩熊孩子問道：「是不是你們倆？」

圓子眨巴著眼睛，抬頭看著田慧。「娘說什麼？」

田慧繞著哥兒倆轉了幾圈，團子僵直著身子，一看就不正常，圓子卻跟平日裡沒啥差別。「剛剛找上門來的，是不是你們給揍的？」

秦氏一把護過哥兒倆。「圓子團子才多大啊，怎麼打得過他們的兩個孫子，妳看看圓子哥兒倆，一點兒傷都沒有，妳這個娘也真是的，哪有這樣疑心自己孩子的！」

「嬸子，您別管，這回沒吃虧，保不齊下回就吃虧了！」田慧很是堅持。「是不是？我是你們娘，你們還不肯說，要瞞著我？不怕我傷心了？」

團子有些著急了，看了看圓子，想說什麼，只一蹬腳，到底低頭不語。

圓子抬頭，直勾勾地看著田慧。「娘是想跟以前奶奶一樣，把我們送到他們家門上，去任由人家打嗎？」

田慧愣了！「你怎麼會這樣說？」田慧有些不敢置信。

「哇，娘您要跟奶奶以前一樣了……就算那是行一行二做的錯事，別人家找上門來，卻是把我和哥哥推出去讓別人罵我跟哥哥，嗚嗚……」團子顯然也想到了傷心事，只覺得現在的「好娘」要變壞了，哭得好不傷心。

圓子固執地盯著田慧，眼裡噙著淚，但是不肯落下來。

秦氏那個心酸，抱著哥兒倆，一口一個乖孫子，還不忘抹眼淚，這事兒她全知道。圓子哥兒倆以前就會幫著秦氏做活，撿柴火、挖野菜都沒少幹。

每回受了委屈，團子便抱著秦氏一邊哭一邊訴苦，圓子卻只是呆呆地坐著，不哭不鬧，坐一個下午就跟她道別，然後安靜地走了。那個時候，秦氏心裡根本看不上田慧這個做娘的，連自己的兒子也護不住，不光護不住，恐怕是護都不曾護過吧？

「妳快說話啊，妳嚇到兩小的！」秦氏拍打了田慧幾下，催著田慧趕緊說話。

田慧抿著嘴，緊緊地盯著圓子。「這一年來，我對你們不夠好？有啥事兒不是我擋在前面？就是今天，我都從沒想過要把你們推出去，不管什麼事，我是你娘，所以我要知道真相！唉，我以為我已經做得挺好，你也認同的。到頭來事情發生了，你還是不信我……」

田慧真的很受傷，但凡有什麼好吃的，田慧總想著留給這哥兒倆，就連去年的冬衣，也只有這哥兒倆的分兒。

田慧以為，這一年的真心付出，這兩熊孩子會像她一樣，接受她、適應她、瞭解她了。結果做得還是不夠嗎？

「唉喲，慧娘，妳跟兒子鬥什麼氣啊！要我說，你們娘兒倆這性子忒像了。圓子，快給你娘服個軟，這事兒就過去了。」秦氏拉著圓子的手，催促著他。

團子也小聲地叫著。「娘，您別生氣，哥哥，別生氣……娘、哥哥……」

田慧一字一句地說著。「若是你們有分兒，今晚就去屋子裡對著牆站著去！

「我原本只是想說，讓你們往後做事兒的時候，先考慮考慮清楚，這個後果是不是你能承擔的！不為你自己想想，也為家裡人想想，做事把屁股給我擦乾淨了！」田慧也不管哥兒倆有沒有聽懂，轉身便回屋子去。

秦氏伸手要抱圓子。「秦奶奶我自己走，您腰不好，腿腳也不好。」

「唉，圓子和團子都是乖孩子，不過你娘不容易啊。秦奶奶給你們擦乾淨了，就去跟你娘道個歉，母子倆又沒個隔夜仇。」秦氏一手拉著一個，將人帶到自己房間裡。

「跟秦奶奶說句實話，是不是你們倆做的？」秦氏給團子擦了臉，又擦了手。

團子看了眼圓子，弱弱地點點頭。

「唉，我就知道！知子莫若母，你娘八成是猜到了，秦奶奶猜啊，你們這是為了給我出氣吧？我知道你們心疼秦奶奶，不過圓子啊，你不該氣著你娘。好了，我給你娘說說去。」秦氏安頓好這哥兒倆，起身就要外走，衣角卻被圓子死死拉住。

「唉，你這性子，別說，和你娘啊一模一樣，跟自己娘有啥不好意思的，認個錯就成了，母子之間哪有隔夜仇。去吧，那秦奶奶不去了，你們自己去吧！」秦氏打著商量，還推了把圓子，趕緊給團子使了個眼色。

團子拉著圓子的手。「哥哥，咱去給娘認個錯吧，娘一個人，八成氣壞了……哥哥……」

最後，圓子還是順從地跟著團子走了。

團子推開門。「娘，我們錯了！」等圓子也邁腿進來後，他趕緊將門拴上。

「娘，我跟哥哥來給您認錯了，您別生我們的氣了，娘——」團子拉著田慧的手，撒嬌道。

而圓子，在田慧的床邊遲疑了一會兒，就徑直去角落裡站著。

田慧其實只氣了會兒，等她躺在床上了，習慣性地摸了摸邊上空蕩蕩的床鋪，便長長地嘆了口氣，真是前世欠他們的！直到兩熊孩子進來，田慧抬眼偷偷地看著圓子。

畢竟只是小孩子，圓子剛剛進來那會兒，還偷瞄她，大概是看她依舊擺著張臉，嘖嘖，那小臉兒可不好看了，徑直面壁去。真是個執拗的，一點兒都不可愛！

團子自然看到了圓子的動作，不過，他原本以為撒個小嬌，娘就會忘記了。

鬧了那麼久，他真的睏了啦，哥哥跟娘服個軟就好啦，嗚嗚。團子嘟著嘴站在圓子身旁，搗了搗圓子的胳膊。

唉，以後得罪誰也不能得罪哥哥，真是個愛記仇的！

秦氏不放心，還是跟了過來。「慧娘，我有事兒跟妳說。」秦氏拍著屋門，小聲地喚道。

田慧剛好不想待了，開了門，跟著秦氏去了秦氏的屋子裡。

「唉，這事兒不怪圓子哥兒倆，他們是為我出氣，都是孝順孩子。」秦氏說了一通好話，最後看著田慧的臉色不錯，並沒啥不對勁兒。

「其實要我說，這事兒不能全怪圓子團子，妳啊，也不好……」

接下來，秦氏開始說起了田慧的種種不是。

原來，田慧自從嫁到楊家村開始，就不願意出門，除了例日去柯氏那兒吃飯，想來村子裡大半人家她都是不認識的。楊家村算是個大村，認不全村人也不是什麼事兒，不過田慧卻是對自己兩個兒子不聞不問到了令人髮指的地步。是以，一如圓子說的，柯氏的孫子犯了錯，一概都是圓子哥兒倆去頂包。有人尋上門來了，柯氏不問情由就先將哥兒倆暴揍一頓，那人自然不好開口說要賠錢啥的，真真看得尋上門來的都看不過眼。

可田慧這個親娘呢，就算有人特意來告訴她，她也只會說道：「他奶奶教著，自然是不會錯的。」久而久之，柯氏揍得越來越順手。

「呃，圓子團子該不會不是我親生的吧？」田慧是頭一次聽說這事，為什麼之前沒人告訴她一聲？

秦氏白了田慧一眼。「別說傻話了，兒子都是從妳肚子裡爬出來的，這還會錯？兩個都是嚴婆子接生的，這哪能弄錯，別犯傻了！當初若不是妳三嬸子帶妳過來的，我怕是連門都不願意給妳開。好了，別待在我這兒，這罰也罰了，回去就叫他們睡吧，有啥不能好好說。」

總不能讓我給兩熊孩子低頭吧？

不過鑑於「自己」的不良記錄，田慧還真是直不起腰板，難怪自己要被人懷疑了。

田慧才拴上門，正思量著要不要開口說話，團子便開口了。「娘，您回來了啊，我睏了……」說完，他搗著嘴打了個大大的哈欠。

真是個識趣的孩子。「那就跟你哥哥一道兒回來睡覺吧，快點，油燈點著費銀子。」終於找到一個合適的理由了。

母子三人躺平平，對著黑漆漆的屋頂，田慧仍在消化著秦氏剛剛說的那些話，耳邊便傳來了團子小小的呼吸聲兒，呃，躺下就睡著了？

還真是沒心沒肺啊！

過了許久，田慧都有些昏昏欲睡了。「娘，您別氣了，我錯了……」

嗚嗚，為了等這熊孩子的道歉，田慧已經擰了好幾回胳膊，好疼！可也算是值了。

「嗯，娘沒生氣……」田慧緩緩地說道，她想了想還是開口解釋。這熊孩子不知道怎麼長的，心眼兒忒多，不知道像了誰。

「不管以前怎麼樣，你要知道，自從只有咱母子三人之後，我就沒想過要推你出去。你還小，凡事自然有我。只說今天的事兒，我就算猜想是你們幹的，但我還是護著你們哥兒倆，娘是護短的，有啥事兒咱自家解決。你不懂，往後等你慢慢地大了，碰到的事兒多了，你會知道很多事情不是憑著一股子氣就能做成，有些後果也要先想想。唉，我說這麼多做什麼，你現在聽不懂呢！總之，你還小，有事兒先問問娘的意思，再拿主意，成不？」

「嗯，我都聽娘的。」圓子哽咽地應了。

「過來，娘抱抱——傻小子，委屈了不成，還哭鼻子呢！」田慧攬著圓子，輕輕地拍著。

嗚嗚，圓子越哭越大聲……

得了新房契，待得一家子都得了空，他們就到鎮上去認認門。

不想，昨日一家人去鎮上認門，還順帶撿了一個病人，約定好今日上門來看病。

早上田慧是被團子小心翼翼地起床時，給連帶著弄醒的。

「嘿嘿，娘，您再睡會，我起來練會字去。圓子那傢伙偷偷摸摸地起來練字了。昨晚，我們倆約好了，每日在紙上寫一個字，只能寫一個字，我還得再去練練，可不能被圓子給比下去！」接下來就是團子嘀咕的時間了。

「圓子那傢伙真是不厚道，偷偷背著我不曉得多練了幾個字……娘說，這是笨鳥先飛，一定是圓子比我笨了……哎呀，真是討厭……」

等麗娘母女倆問著人到了小院，秦氏熱情地迎了人進院子後，就見著田慧在躺椅上昏昏欲睡，雙眼都快合上了。

秦氏一邊招呼著麗娘母女倆，一邊出聲喚田慧。「慧娘，這才剛剛起來怎麼就又睏頓上啦，妳看看麗娘來了。」

田慧早聽到了動靜，只是陽光太好，她今兒個又被吵著醒得太早了，因為實在是不好衝著「勤奮好學」的兒子倆發火，她只能選擇躺在太陽底下補補「陽氣」。

麗娘來之前便已經讓孩子爹打聽了楊家村，待得打聽到陳府夫人都是田慧給醫好的後，她巴不得連夜守在楊家村那兒等著。

同時，麗娘也知道了田慧一個人帶著兩個兒子，還曾被地痞流氓給欺負。

「田夫人，這是我閨女，娟子。娟子，趕緊把面紗拿下來，給田夫人瞧瞧。若不是田夫人昨日說肯幫娟子看病，我怕是請不動田夫人的。」麗娘心急地揭下了娟子的面紗。

秦氏就是心裡頭有準備，也忍不住驚呼出聲。「啊呀，好好的一個姑娘家怎麼……慧娘趕緊給人看看吧！」

田慧仔細地盯著娟子的臉，又洗了手後碰了碰。「叫我慧娘就好了，田夫人啥的我聽著拗口，我家兒子給我挑的差事，我自然會盡力而為。」

田慧仔細地檢查了一番，問著娟子。「以前都吃的什麼藥，知道嗎？」

突然間少了面紗，又被人在臉上一陣折騰，娟子有些不適應。不過自從聽了田慧的名聲後，她就隱隱地有了期望。田慧跟那個老大夫都不一樣，莫名地讓她安心。

麗娘雖說跟秦氏扯著家常，眼睛卻不時地轉向田慧這邊。「娟子心細，讓我把以前看過大夫拿的方子都給帶了來，說是萬一用得上。」

田慧看了眼娟子，沒想到倒是個心細的姑娘，若不是這臉上的痘痘，怕也是個自信的姑娘家吧？

「慧娘這人最是好相處不過了，不要看她這會兒不怎麼說話的，若是放在平時，就跟個圓子團子一樣，沒少惹禍……」這老女人的友情也不知道怎麼回事，今日只是第二次見面，秦氏跟麗娘便好得跟一個人似的。

秦氏竟然還不顧田慧在場，開始揭她的短，娟子抿著嘴直樂，田慧看她忍得直抽抽。「想笑就笑唄，小心別憋出病來了！」

娟子抿著嘴，搖搖頭，示意自己不笑了。

田慧背過身，哼哼去了。

「這幾個方子，大抵開的都是大黃、紫草這些性寒之物，又加了些清涼的藥材，若是治療熱症倒是沒錯！只是，我看妳臉上的痘，顏色較淺，也沒有太多的膿腫……」

娟子很想反對。怎麼沒有太多的膿腫啊，對於她來說，這張臉差不多全是了，往哪兒看，哪兒就有一個。

「口乾口苦，小便赤黃，大便燥結，貪涼？」田慧繼續翻著方子，頭也不抬地問著娟子。

娟子脹得滿臉通紅，倒不是憋笑憋出來的。

「嗯？不好說嗎？」田慧樂格格地問道，總算是報仇了。她更加勤快地翻著那幾張方子，雖然已經翻遍了，裝裝樣子也好。

「慧娘，別逗娟子了，人家還是姑娘家的，這小臉兒紅得都快滴血了！」秦氏幫著說道。這一顆顆痘是顯得更加難以入眼了，偏偏田慧還在那兒逗著人玩。

好不容易，等田慧止了笑。「好了，麗嬸子，您說吧？」

「啊……這個還真要回答啊？」麗娘也有些反應不過來，她以為田慧是故意逗著娟子玩的。

田慧正經地點點頭。「想來鎮上的大夫都是老大夫，只會顧慮著男女之別，並不曾特別注意過娟子的臉，就是這些問題也不好問出口，所以診斷上可能有些偏差。」

「這，娟子還是妳自己說，娘不大清楚啊，慧娘就跟妳自己大姊一樣，有啥好難為情的。」麗娘想了想，可依舊回答不出。

娟子紅著臉搖搖頭。「都不曾！」卻是不肯再多說了，這討論大小便的事兒，她一個姑娘家真說不出口。

「娟子就是夜間睡得不大好……」麗娘又仔細想著自己知道的事，說著。

「會寫字不？」娟子羞澀地搖了搖頭。

「我也寫不好，唉，真是傷腦筋！」田慧去灶房底下摸摸索索，找出未燒盡的炭條。

麥冬（去心）二兩、柏子仁（去油）一兩、白茯神一兩、當歸身一兩……酒十斤……

「每日兩次，若是能喝的話，一到二兩一次，不能喝的話，適量就好。」田慧交代了一番。

「這酒先弄個五斤試試，藥材減半……」

「慧娘，這診金是多少？」麗娘有些不好意思地開口道，自己那攤子並沒賺多少錢，能賺點兒攤位費就是吉日了。

田慧給村子裡的看病都沒收過銀子，不過這老是白白地給人看，也不大好吧？畢竟自己的日子可真真是只出不進的。「要不二十文？」

「這、這會不會太少了些？」麗娘驚訝地問道，即便在鎮上，二十文也是少的，那每一張方子開的藥兒都能花上好幾百文。

「那就三十文吧，多了我也不收。」田慧拍板定案。

麗娘來的時候，帶了不少東西，秦氏非得留著人一道兒吃了飯再走。

雖說田慧家還是一日兩餐，不過，有了客人時自然是個例外了。

麗娘的手藝不錯，端看她能擺攤出來，就知道這手藝自然不會差到哪裡去，因為娟子臉的緣故，還有不少熟客上門吃東西呢，可見她廚藝不淺。

秦氏幫著麗娘打下手，娟子陪著田慧一道兒說說話，說的都是些南下鎮上的事兒。

總之，八卦無處不在。

聽說，鎮上的陳夫人身體已經大好了。而陳夫人會那般，是因為生產的時候府裡頭老爺的表妹買通了接生婆子。最後，自然是表妹悲劇了，且她都做了陳老爺的姨娘，若要重新發嫁啥的是不大可能的。可陳夫人的娘家硬生生地將差事攬了過去，讓她重新發嫁！陳夫人更是個不計前嫌的，還置辦好大一筆嫁妝，給嫁了出去，表哥表妹自此情斷。

陳老爺於心有愧，自此遣散了陳府的妾室通房，只守著夫人和兒子過日子，美中不足的是，前頭的表妹姨娘留下了個女兒。

「這些全是坊間傳的，也不曉得做不做得准，不過，大伙兒都說陳夫人是個大度的，不愧是大家閨秀出身。」娟子吐了吐舌頭。「大戶裡頭，還真是不容易。像咱家這種，能吃飽給弟弟娶上個好媳婦，我娘就是作夢也能笑醒。」

若是不去想臉上的痘，田慧覺得娟子眉眼都帶著笑。

「回頭，我再給妳個方子，若是留了痘痕，抹上去效果是極好的，保證不會影響妳嫁人的事！」這麼好的一個姑娘家，笑起來便該毫不掩飾，大大方方的。

「唉，我娘雖然不說，但是我知道她怕我就這麼一輩子，若弟弟娶了個媳婦是好的，還能留我幾年，要是不行，怕是只能絞了頭髮做姑子去。」娟子摸了摸頭髮，她的髮質極好。

「慧姊，我一點兒都不想做姑子，我還這麼年輕。我有一手好廚藝，就是針線活兒也不賴，我沒想過哪一日能飛上枝頭做鳳凰，我只想我能好好地活著。有些尊嚴，想氣就氣、想笑就笑，讓那些以前瞧不起我的，都睜大眼瞧瞧，姑奶奶好著呢！」娟子握緊拳頭，眼裡噙著淚。這一年多的時間，可真是苦了這姑娘。

「對，看瞎他們的眼！咱娟子就得活得好好的，讓他們後悔去吧！這麼好的一個姑娘，誰錯看了誰都得找地兒後悔去！」田慧堅定地附和道，她真心覺得娟子是極好的。

原來，娟子原本訂親的對象是胖嫂子的外甥。至於胖嫂子支的攤子便是娟子家隔壁的，這一年可是沒少搶生意，後來折騰得兩家退了親事後，更是肆無忌憚，各種難聽的話不絕於耳。

# 第十七章　道士

田慧早知道，楊家村裡有不少人說，這秦氏攢下的那點兒銀子，多半都要進了田慧的腰包。

只是旁人不曉得的是，田慧母子三人吃的雖然確實是秦氏的穀子，可買肉啥的基本是田慧花的銀子。若是斤斤計較地論起來，的確是田慧占了便宜，秦氏本來就不買肉，吃的全是自家的。

不過，人與人相處，有時候真沒辦法計較那麼多。

秦氏這一支的族人來尋秦氏說話，就是秦氏也得客客氣氣地招呼著，自然更加沒有田慧說話的地兒。

田慧拘著圓子哥兒倆在屋子裡練字，自己順帶跟著一道兒練練。

若不是這院子裡的動靜擺得如此大，田慧也不會推開窗。

只見，一位老道兒身穿藏青色道袍，頭戴道巾，手拿拂塵，面色紅潤，身後跟著個道童。道童年紀十歲左右，雙手拿著根竹竿，竹竿上扯著塊白布，上面寫著「鐵口直斷」四個大字，白布黑字，好不明顯。

三叔將老道兒請了進去。「無量壽尊……」

圓子哥兒倆也看得稀奇，畢竟他們哪裡見過道士，幸虧院子裡擠滿了好些小孩兒，可田慧端看老道兒面色紅潤、鶴髮童顏的樣子，打心裡頭覺得不靠譜兒。

嘿，說不準還真是個幌兒。

阿土娘早就將水挑好了，過來問道：「這是咋的了，咋到秦嬸的院子裡來？是不是那點兒事啊！」錢氏領著知事媳婦站在一旁，聽到阿土娘開口問話，也一齊看向田慧。

「看我幹啥咧，我又不知道。不過聽秦嬸話裡頭的意思，多半是想給那冬子算算的……」在三叔七嬸去請道士的時候，秦氏呢喃了幾句，田慧便差不多聽明白了。

錢氏點點頭。「唉，這是要算算。是生是死總要弄個明白，如今這樣子，秦嫂子一等就是十幾年，也不知道到老了能不能等到，就是不在了，趁秦嫂子還在的時候，好張羅下繼孫，到了地下，也有臉見列祖列宗。」

「無量壽尊……」田慧只能聽到這幾聲兒。

等眾人恭敬地將老道兒送了出來時，田慧已經灌下好幾杯茶了。

「快看！那老道兒甩拂塵呢，又甩了、又甩了……」小孩子多，就會吵吵嚷嚷的。

老道兒配合地再甩了把拂塵，宣了聲「無量壽尊」，又打眼望過幾個孩子，七、八個孩子立刻站得端正，有膽子小的則擠在人群中，低著頭不敢看老道兒。

圓子原本正跟阿土說著新學的字兒，一不留神，便被擠到了前面，他慌忙去拉了把團子，拉住手了，才算是鬆了口氣。直到看見老道兒站在面前，圓子定了定神，直直地看著老道兒。

「我觀你父母宮縮在，凹凸不平，看來是個父母緣薄的。」說完，老道兒伸手對圓子摸索了一陣。「經我一番摸骨，骨骼清奇，卻是個適合我道門的道體，你可願入我道門？小子，入我道門，自可修養心性積攢福緣，說不準還有一段奇遇……」老道兒兩眼亮晶晶地望著圓子。

這可如何使得！這老道兒竟打主意打上她家的兒子！

「道長此言差矣，我是他親娘，怎麼就父母緣薄了？」田慧拉著圓子團子往屋裡推，生怕這老道兒勸解不成，強搶上了。

老道兒從褡褳中取出三枚銅板，不知道喃喃念著什麼，然後隨手往地上一撒，看了一眼就收了起來。「此子若有妳這個母親，便可。貧道不奪人所愛，無量壽尊……」

「無量壽尊……」田慧也學著老道兒的樣兒，念了句「無量壽尊」。

老道兒點點頭。「道友不必急著送老道兒出去，咱自還有見面的時候。」

聽說，老道兒領著道童，直接往山上去了。

再說收道童這事兒，不少人家聽說老道兒本想收圓子，卻被田慧拒了，還說了一堆神神叨叨的東西。等老道兒出院子後，就有不少人帶著自己的兒子孫子，讓老道兒收了做弟子。

聽說，其中便有楊知雨帶著兒子……

只是都未成。

「師叔祖，您不是說上山去的嗎？怎又到山腳下給人算了起來？」道童有些不滿道，自家這個師叔祖總是不按照常理出牌。

老道兒甩了甩手裡的拂塵，後又覺得硌手，收了起來。「這山上陰氣極重，不知是不是你師祖尋的地兒。」

「師叔祖，山下的那婦人是怎麼回事兒？您不是說等過了十五，咱就回宗門裡去嗎？」道童不依不撓地問著。

老道兒低頭尋路。「無量壽佛，尋！」

「那婦人身子四周自成一堵『金剛牆』，就是這村子裡陰氣頗重，也絲毫影響不了她，而若不是她護著，剛剛那小子，怕早已是凶多吉少了。老道兒原是想著發發善心，做件善事，看來怕是另有造化……」

過不了多少時間，老道兒領著道童站在一處山洞前，赫然一看，便是田慧母子三人住過的那個山洞。「就是這兒了，待得住過十五，便回宗門。你這小道童，話忒多了些，早些還給你師父，我也能了了心事。」

道童裡裡外外逛了好幾圈才道：「師叔祖，這山洞好像住過人……」

老道兒原本打算靠著褡褳打個小盹兒。「貧道還是有長眼睛的，你睡不著就多念幾遍往生咒！」

道童乖乖地張嘴念起了往生咒。他一開始便聽師父說了，師叔祖肯帶上他，是因為他往生咒念得好，都是一樣念經，哪有什麼好不好的，不過師父既然說師叔祖辨得出來，大抵師父不會騙人吧？

老道兒的話對田慧沒啥影響，圓子哥兒倆也是照常該做啥就做啥。不過村子裡倒是轟動了，議論紛紛，畢竟還有不少人願意將自己兒子送去，可都沒成，這便顯出圓子的獨特來。因此，有不少人說圓子必是蒙神尊保佑的，如此云云……

自然也有些心裡看不過眼的，楊知雨即是。「你沒聽道長說他父母緣薄，這說明是剋父剋母！」附和者亦不少。

田慧都笑著聽了，自家兒子自己教，若是他真能剋母，把自己剋回去了倒不錯。田慧更是心安理得，樂呵呵地教著管著，只是心裡頭的那點兒不捨又是什麼？

若說真有什麼不一樣的，那就是秦氏了。

田慧不知道該如何形容，她也不好開口詢問冬子尚在否？

直到有一日，秦氏去了里正的院子，還開了祠堂召集人，族裡的老人無一落下。田慧是陪著秦氏一道兒去的村裡，可是祠堂田慧卻進不去，因為，她不是楊家人了。

「當初尋冬子那會兒，我家那些地賣了不少，不過這些年，我又置辦下了不少，若說一定要有多少銀子，也就一、二兩防防身。去年裡，楊大夫家賣地，我就把銀子都花了出去。

「我只要還在世，就信我兒子還活著，只是，我一個老婆子到底是礙了別人的眼。村裡有不少孤寡老人，一個人的日子有多難熬，沒誰不知道，日日就盼著太陽落山，數著日頭過，若不是慧娘母子幾個，我怕是這輩子都是這樣了。

「村裡有不少人說，田慧吃我的、用我的、住我的，你們說說，若是你們，你們能捨得？摸著心說，我一個老婆子也沒那麼多銀子，當初養著冬子的時候，我就賣過地，如今再有他們三個，我如何養得起！這人啊，不為自己想，也得為子孫想想，多積點德！」

秦氏全然不管各人神色如何，只管自顧自地說著，這些話她想說很久了。

「里正，你是咱村子的人，我這還有事兒要你幫我做主！等我過世後，冬子若是還沒回來，就請里正和族裡的老人做主，給冬子尋個繼子，老實點的就成，我這留下來的田地都歸冬子的繼子。

「再者，我一個老婆子，這十幾畝地，我也吃用不了，我自己留兩畝上好的水田，其餘的全歸到族裡，修祠堂也好，給那幾家日子實在過不下去的也好，都由族裡決定，這事兒從明年開始吧……」

秦氏話才落，便聽到她的三弟妹林氏的尖叫聲。「二嫂，妳只看在死去的二哥的分上，妳不能這樣做啊，妳說這話前，就不想想咱家裡？咱可真真是嫡親的，這是妳侄子、侄孫，妳、妳這胳膊肘往哪兒拐咯！」

前些年，楊家村不知道咋回事，多了好些寡婦。那些個老寡婦若是要強能幹的，守著自家的田，日子自然勉強過得下去。

但有些年紀輕輕就守了寡的，如春嫂子，只能將閨女送到鎮上的大戶人家做丫鬟，雖說是活契，卻不知道有沒有一日能贖回來。

一聽這話，里正不樂意了。「我看妳二嫂好得很，她這是為了冬子積福，說不準福到了，冬子就回來了！聽了秦氏這話，我都羞愧得慌，我家子孫多，我兩老的，也有幾畝老田，那我也拿三畝田出來，做做善事！」

楊家村大，上楊這日子還算是過得下去，這下楊，一家子能混得半飽就算是不錯了。田慧他們這兒都屬於上楊，要到下楊去，得越過一個土壩，分界明顯。

有了里正領頭，上楊那些有個十幾、二十幾畝地的，紛紛也是半畝、幾分的，都說捐給族裡，做點兒善事。

自從秦氏散了財，小院裡安靜許多。起初，林氏沒少鬧騰，不過林氏夫婦倆被里正請了去，很是嗤了一頓，也就安分了。自此，他們見著秦氏只當陌生人一樣。

日子漸漸熱了，田慧有心想住到山洞裡去涼快涼快，順便撈幾條魚烤著吃，但她只敢這般想想。

田慧還記得過了十五後，上山的老道兒又尋了過來。「道友往後不要去山洞住了，這也算是功德一件，日後自有福報。」

「你、你怎麼知道的？」這事兒田慧沒跟幾個人說過，去過山洞的，那更加少了，不過聽老道兒說得絲毫不差，田慧驚了，莫不是真是得道高人，是她眼拙了？

「我念十幾日的往生咒了，師叔祖叫妳別上去住，妳就別去了唄！」道童開口搶答道。這念了幾日，他的嘴皮子都快磨破了，要不是師叔祖今早給的藥丸，怕是這會兒開口都難。

田慧被生生激得一個哆嗦，小心地後退了幾步，面色不豫地望著兩人。「往生咒？你、你念往生咒作甚？嗚嗚，怎麼還念十幾日？」

前世，每回快到清明，田慧的奶奶就沒少念「往生咒」，不知道是念給何人的，田慧問了，卻沒人告訴她。

「那還不是要賴妳！」小道童語氣不善地道。

田慧看著氣嘟嘟的小道童，忍不住戳了幾下他的腮幫子。「怎的就賴上我呢，難道我被那啥纏著了？小道童，你可得對著我多念幾遍往生咒啊，要不送本經書給我也成！」

若是放在以前，田慧定然不大相信這些，只是自己都莫名其妙地來了這裡，這還有啥事兒是不可能的。看老道兒道行高深的模樣，想來應該不會弄錯吧？

「妳是陽氣過重！」小道童欲再說些什麼，被老道兒喝住了。

田慧咧嘴一笑。「我可是女的！」

「老道這是為了妳好，妳且記住就行了，以後有緣再見。」老道兒舉起拂塵，敲了一下小道童的頭，小道童便乖乖地跟在老道兒後頭，任憑田慧如何逗，都不開口。

唉，可惜了，沒能打探出有用的東西來，不過陽氣過重那是什麼鬼！

# 第十八章　試驗

天兒熱，田慧越發懶散且不願動彈，只想折騰點綠豆湯解解暑，但那還是被白晃晃的日頭給曬暈了頭，才出現了臆想。

「阿土，來來來，給嬸子瞧瞧，你手裡拿的是什麼？」自從入了夏，田慧最喜躺在躺椅上，盼著夏天早點兒過去。

阿土知道圓子娘的性子是極好的，只是天熱了後，就好像顯得煩躁了些，便是最淘氣的團子也收斂了不少。

「我爹去山上砍柴，我跟爹一道兒去了，順手摘了些樹枝玩玩兒……」阿土照實說了，這事兒他以前沒少做，他爹總笑他跟個女娃子似的。

田慧和善地招手讓阿土靠近些，阿土畏畏縮縮地不敢向前。

這小子但凡有點兒想法全在臉上擺著呢。「怕什麼，我又不是妖精，不會吃了你！過來，那葉子我瞧瞧。」

「田嬸子，這只是臭娘子，沒啥好看的！」阿土推推拒拒，就是不走近來，始終離著幾步遠。

田慧一瞪眼，手上便碰到了那「臭娘子」的葉子。嘿，這段日子，莫非將人折磨狠了？這麼怕她？她遂不動聲色地問道：「這是哪兒弄來的？」

「山上多得是啊，我就隨手折了一枝……」

折了一枝？田慧面部不受控制地抽了抽。

「別離我那麼遠，那麼遠，我說話你能聽見不？趁著現在還早，我們一起去摘這個葉子吧！」田慧從躺椅上站起，驚得阿土連連後退，他這是做了什麼！

過往的記憶太黑暗，導致一路上圓子三人誰也不敢對田慧提出質疑，只敢打著眉眼官司。

這又是做的哪一齣啊？我最近連話都少說，更是沒了力氣禍害幾個小的。

「別瞎想了，就是回頭給你們做點好吃的，真是身在福中不知福！」田慧早看到這幾人交頭接耳的樣子。

「哈，娘，啥好吃的？」一聽有好吃的，團子立刻來了勁兒。他最想吃些冰涼的東西，聽說「冰」只有大戶人家才用得起啊。

「哈，幹活，做出來就知道了！」田慧學著團子的語氣。

團子更加堅定，在吃的這條路上，跟著他娘基本就不會有啥大的差錯，他娘那是典型的無利不起早。若是一般般的東西，他娘可不會跟著一道兒來山上。

不過最後一打眼過去，田慧便知道團子的簍子並沒有壓實。

團子被田慧看得心驚膽顫的，卻沒想到他娘居然大發善心，啥話都沒說一句，只是輕飄飄地看了他的簍子一眼。

這會兒，團子覺得田慧眼神裡滿滿的都是愛！他娘是愛他的，所以不忍心拆穿他！團子搖著「大尾巴」歡喜地隨著下山去，圓子都不忍心看了。

「娘，您就不能用心點嗎？這都第幾回，第幾回了！」團子咆哮了，看田慧坐在灶臺後頭燒火。那哪是燒火啊，烤人肉還差不多。該死的圓子和阿土，只知道窩在地上洗那葉子，卻是連翻面也沒翻過，在那裝模作樣！

「團子不急啊，再試一次，再試一次保管成了！」田慧賠著笑臉，擦著汗。

「您說多少回了？哥，你來燒火！」團子幾近瘋癲，最終還是換圓子來燒火，團子忙不迭地去院子裡舀水沖涼。

田慧深吸一口氣，又開始重複步驟。

開水待涼些，估摸著有八十度左右的時候，將洗乾淨的葉子放進熱水裡，完全浸泡。每過個五分鐘就去翻個面兒，用鍋鏟按按，讓汁水流出來。

另取個木盆子，弄些草木灰進去，倒水攪拌均勻，過濾幾遍。

汁水流到快乾的時候，田慧本著物盡其用的原則，找了紗布，將樹葉都包起來，再揉搓揉搓，儘量多擠些汁水出來。

將汁水來回過濾幾遍，接下來就是點灰了。

這回有了些經驗，她用紗布袋子輕輕地在汁水上反覆點點。

「哇……這是什麼，怪好看的啊！」秦氏幫著團子沖了個涼，待團子過來後，見木盆裡綠油油的一塊，摁了摁，凍住了。

也不知道能不能成，田慧只做了木盆底的那麼一層。

田慧用菜刀劃了幾刀，並換乾淨的清水泡著，如此反覆。

「娘，幹麼要換那麼多次水？」圓子跟阿土合力抬了半桶水來。

田慧小心地挪著「綠豆腐」。「咱剛剛放了些草木灰的水進去，喏，多換幾趟水，灰會滲透出來……」

這韌度，剛剛好……田慧小心一放，綠豆腐完好地泡在清水裡。

田慧趁著手熱，又給做了一個木盆子。「阿土，讓你娘去拿個木盆子來……」

阿土應聲跑了出去。

前頭還一個個熱得發慌，這會兒有吃的，卻好似涼快了許多。

阿土娘被阿土催著一路小跑過來，看著木盆裡碧綠的東西，稀罕得不得了。「我家阿土被慧娘教得越發鬼靈精了，這小子一到家，就讓我偷偷地拿個木盆子跟他走。就是他爹問他，他也不說！」

阿土娘洗淨了手，戳了戳那「綠豆腐」，彈彈嫩嫩的，讓人瞧著歡喜。

「阿土偷偷跟我說，這都是那些東西做的？要不是親眼瞧見，我還不信呢！」阿土娘指著角落裡的「臭娘子」渣渣。

三個小的實在是等不及了，田慧便取了最先做的那些，揀了三塊出來，拿醋、蒜瓣等調成佐料，再將綠豆腐切成小小的方塊，澆上拌料，涼拌著吃。

這大熱天，光是看著東西碧綠碧綠的，就覺得舒爽。阿土娘小心地挾了塊。「這綠豆腐可跟那豆腐不一樣呢，這挾下去都不會碎的！」

阿土娘小心地將綠豆腐放進嘴裡時，幾個小的又伸筷子挾了。

「你們都沒嘗到什麼味兒就咽下了吧……」阿土娘打趣道，看著三個男娃子那模樣，心裡頭也開心。

阿土將嘴裡的咽下去了，才道：「就是沒嘗到什麼味兒才再挾著吃啊，不過怪舒服的，酸酸的、涼涼的，吃了還想再吃。」

阿土每日跟圓子哥兒倆混在一起，田慧沒想過藏私，她怎麼教圓子哥兒倆，也怎麼教阿土。不說刻意，無意中，阿土便改變極大，小孩子的可塑性本來就強。

只說吃飯這點，阿土不過跟著田慧一道兒吃過幾回，卻也知道了嘴裡有東西的時候不說話。

那麼幾回而已，若是阿土沒有要求自己一直按著這規矩來，他定然不可能憑著幾餐飯的時間就養成習慣，所以說，那有賴阿土自己好學。

難得一個小孩子這般向學，田慧自然更加看重阿土了。

「上回說的，讓阿土索性在我家吃唄。」田慧是越看越滿意，便順口說了一句。

說到此事，阿土娘只能嘆氣了。「妳也知道我家，根本還沒分家。偏偏阿水他娘樣樣要強，若是她知道阿土在妳這兒吃著，非得把阿水也送過來，那不是平白給妳添麻煩嗎？」

田慧知道是這麼個理兒，如果阿水跟著一道兒來了，情況只會亂，阿水可是個會告狀的性子。

這人啊，就是禁不起念叨，此時阿水娘正好在屋子裡說著。「孩子爹，我看大嫂神神祕祕地出了院子……」

「妳沒事老盯著大嫂那院子做什麼？管好自己就成了，把兒子養好些。」說起兒子，阿水爹心軟半邊。

阿水娘瞪了眼自家相公。「我還不是為了咱家兒子好，爹娘總想著不分家，你瞧瞧咱兒子，這些日子都瘦了，連飯也不愛吃了。」

「天熱，哪吃得下那麼多，既然咱兒子苦夏，要不讓娘熬點涼茶喝喝好了。」對於兒子的事兒，阿水爹倒是相當在意的，誰讓他們只有這麼一個寶貝疙瘩。

沒辦法，他們這一支單傳的多，因著他娘生了兩個兒子，就是他奶奶，當初都不敢在他娘面前擺婆婆的譜兒，畢竟兒子的數量決定了地位！

「阿土那小子不是日日吃得那麼多？可沒啥苦夏不苦夏的事。」

男人沒那麼多的心眼兒，何況他也只有阿土這麼個嫡親的侄子，不過自家媳婦還是得哄的。「咱兒子精貴不是？阿土那小子打小就皮實！」

「唉，我是沒什麼心思，只是阿土在慧娘那兒認字，不曉得學得怎麼樣了，偏偏阿水不肯去！」阿水娘嘆了口氣，她知道田慧免費教認字的機會難得，卻又心疼，不忍心逼兒子。

「兒子不樂意去就不去了唄，反正他還小，咱勤快些，多給兒子留點兒底子。」阿水爹想得明白，自己也是大字不識一個，不是照樣過得挺好。

可阿水娘又說上了分家的事兒，好一頓難纏。這女人不講理起來，真是難應付。

「好了，我回頭跟阿土說說，讓他回來的時候教阿水認幾個字，這樣總成了吧？」皆大歡喜。

田慧幾人分食了「綠豆腐」，她也支使圓子給秦氏送了點去，秦氏晚上熱得睡不好，今早起來就沒啥精神，在屋子裡躺著補眠。

「讓你秦奶奶少吃些，老人脾胃弱，涼的吃多了不好。」田慧不放心地囑咐道。

「慧娘，妳說咱若是去賣這，會有人要嗎？」

田慧正給綠豆腐換清水，聞言一哆嗦，幸虧東西夠有彈性，沒破。「應該有人要吧，畢竟沒有冰的人家多，再說，咱這個不要什麼成本，就是賣個一文錢一塊，都是賺的。若是放點兒紅糖水，拌著吃也成。這東西不是白白叫綠豆腐的，可真跟個豆腐一樣，還能做菜放湯……」

田慧越說越帶勁兒，覺得這事兒可行，但是想到自己的身分，也只能長長地嘆口氣，抬頭觸及阿土娘興奮得快要抑制不住了，她試探地問道：「要不咱合夥？」

「這、這不大好吧？」阿土娘興奮得都有些哆嗦了。

妳來我往幾個回合，最終定下了合作一事，四六開，田慧四，阿土娘六。田慧原本想著拿三成就成，不過阿土娘不肯依，非得五五分。真是實在人啊，即使激動得哆嗦了，也不會往懷裡扒拉。

烈日炙烤著大地，里正家的那隻狗都很難聽到牠的叫聲了。

入伏以來，楊家村竟不曾下過一場雨，這日頭熱得古怪。等到下半晌，村裡人紛紛從自家院子裡出來，肩挑著扁擔和木桶，走上出村那條唯一的路，出了村約莫走上一里地，就能到康河的岸邊，不過說是岸邊也有些勉強。

只是數十年來，附近村子常有少雨的時候，田裡的水稻卻是離不開水的，所以幾個里正一合計，便把靠著康河的這邊多擴了些，這才有了岸邊。

至於村子裡那口古井，那是吃用的，整個楊家村就那麼一口深井，水深不見底。里正家的院子裡也有一口井，雖然自是不能與這口古井相提並論，聽說里正家的那口井淺了兩米左右。

而下楊，卻連口井都沒有，那些個經常往返土壩上來挑水的，便是下楊的人。下楊的要是見著上楊的，只低著頭走過，即使不少還是拐著彎的親戚。

楊家村是個大村，基本上村民全是一族的。附近的村子不像楊家村這樣，大多是好幾個大姓、小姓混居在一起，所以鎮上有不少人願意將閨女嫁到楊家村來。

近些日子做出來的「綠豆腐」，田慧也往錢氏那院子送，是放水裡涼過的，還有股青草味兒，舒爽透涼。

已經有好幾日沒去鎮上賣綠豆腐了，每日只採回來一些葉子，做出來的綠豆腐全給幾家消化了。

賣了三、四日，眼見著這生意越來越好，每日帶去的都不夠賣，只消一、兩個時辰就能全部賣完，阿土娘正想跟田慧商議著擴大規模，不想「規模」還沒擴大，便停業了。

由於阿土爹也要挑水，自然不能陪著一道兒去鎮上，現在男人早晚都得排著隊兒挑水。

且阿水爹在忙活，阿土爹就不好忙著賺私錢。
至於阿水娘則是因為看在阿土教自家兒子算是盡心盡力的分上，只睜隻眼閉隻眼。畢竟阿土可把他唯一的那枝筆也借給阿水練字，筆還是阿土娘賣了兩日的「綠豆腐」給換回來的。
「慧娘，我這心裡頭真著急，嘴裡都急得冒泡了。好不容易得了個能賺錢的路子，卻這麼耽擱下來了，孩子爹怕是得再挑個四、五日的水。」
田慧將涼過的「綠豆腐」往阿土娘身前推。「這東西能消火，多吃點兒。若說愁，我比妳愁多了……」
「要不，咱明早坐楊大夫家的牛車去鎮上？回頭……不過咱要等下半晌才能回來！」阿土娘原本都是一大早坐著牛車去，等賣光了，便自己走回來。輕裝回來，也省幾個銅板。
「行！那咱明日一大早就去，我上回跟妳說過了，就在西市邊上，我有個小院子的，怕是大清早還沒啥生意，咱先去把『綠豆腐』給放在水裡涼快涼快，說不準賣起來更快些！」
阿土娘是個說幹便幹的性子，剛決定下來，就拖著田慧往山上去。
已經摘好幾天的葉子了，田慧摘得越發熟練，雖說依舊跟不上阿土娘的節奏。
今天做的綠豆腐有些多，可比以前賣的多了整整一木桶，可能還要多些。反正有地兒落腳，也不怕熱壞了，田慧笑說阿土娘這是要將前幾日空的都給賺回來。
第二日一早，阿土娘惦記著要去鎮上，她胡亂地吃了幾口粥，拿了個饅頭，便跟自家婆婆說道：「娘，今早我跟著慧娘一道兒去鎮上賣那綠豆腐。」

阿土奶點點頭。「嗯，自己小心些。」

「大嫂，聽說妳那個綠豆腐，這麼一小塊兒就能賣兩個銅板？」阿水娘裝作毫不在意的模樣兒，隨口問著。

阿土娘含糊了幾句。「我就是幫著賣賣，這價兒什麼的都是慧娘定的！」

阿水娘有些不滿大嫂故意不說清楚，只是自家婆婆不說話，她遂不敢再開口問話。

要說她婆婆也是古怪得很，從不怎麼訓大嫂，卻偏偏有時候要對自己擺臉色，若是對相公說說，相公總是苦巴巴地說自己只這麼一個娘，然後就是一大段家族辛酸史。

等阿土娘興致勃勃地走了後，阿土奶才對著仍坐在桌邊吃粥的阿水娘說道：「妳大嫂還有個閨女要嫁，光說這嫁妝，咱公中是能出多少？妳大嫂可是沒妳那麼厚的嫁妝，虧得她自己會挖空了心思去賺錢，妳若是有啥想法，冒著大熱天的，妳也儘管去，我給妳帶阿水。退一步說，咱家就這麼一個閨女。若是嫁妝薄了，被人欺著，妳這心裡頭能好受了？」

阿水娘自知婆婆說的有理。「娘，我不是那個意思。您知道我的，只是瞧著有些眼熱，沒啥意思。不說別的，大姪女出嫁，我早就準備了厚厚的貼妝，怎麼也不能讓旁人看輕了去。」

阿水娘想起剛剛嫁過來的那會兒，都一、兩年了，還沒個身子，便是她自己也著急。大丫頭好像知道自己的想法似的，總是來陪自己說話。後來，雖然好不容易阿水出生了，可自家的娘家人，自從爹沒了後，就不大指望得了。

大丫頭當時沒少幫著洗尿片，就是自己坐月子的日子，多半都是婆婆和大嫂給伺候的，連半句風涼話也不曾說給自己聽過……

想起往事，阿水娘羞愧難當。「娘，我真沒啥想法，回頭等大嫂回來了，我給大嫂賠禮道歉去。」

「噯，這就對了，一家子和和氣氣的多好。妳大嫂雖說只賺幾個銅板，知道阿水喜歡吃糖葫蘆，哪回回來沒帶一串給阿水的！」阿土奶奶笑著應了。

自家這二兒媳婦就這點好，話聽得進去，就算自己話說得直白些、難聽些，她都能聽明白。再教她個幾年，等分家了，也能好好掌起家來，不會被人給蒙了。

「娘，我將桌子收拾後，看看大丫頭去，不知道她有沒有起來了……」阿水娘想到便做，越想越覺得自己小肚雞腸，對不起大嫂一家人。

田慧也起來了，正念叨著圓子今日得做的事情。如今圓子哥兒倆已經被允許一天練一張紙了，阿土則因為學得晚，還在跟著認字，或是用毛筆蘸著水在桌子上練大字。

「慧娘，妳起來了啊，我還擔心妳沒起呢！」一大早就要來挑戰她嗎？不過田慧確實是起得有點兒早，所以精神頭不大好使，懶得耍嘴皮子。

阿土一大早便躥了過來，那是給興奮得，畢竟今天可是沒人管束。「阿土，回頭你爹會來找你們一道兒去山上摘葉子，你抓緊時間先練著字。」

田慧早將一塊塊綠豆腐都給移到了木桶裡，阿土娘把扁擔架好，讓田慧試試。「放心吧，這麼點地兒我咬咬牙就撐到了，大不了我慢點兒走。」

田慧是挑過水的，剛剛穿過來的時候，她還不是得每日擔水，即使住進了秦氏的小院兒，也沒少挑水喝。

只是，說得往往特別簡單，田慧看著前頭的阿土娘，隨著晃蕩的水桶自然地扭著腰肢，她是羨慕得緊。自己就算把腰給扭斷，還只走了一點兒路，如果挑著東西想小跑幾步，後頭的水桶就該碰到自己的小腿了。

一路上，只見著田慧扭得極不自然，費力地跟在阿土娘的後頭，不過神奇的是，兩人之間始終不偏不倚地落下一樣多的距離，也不知道是不是再多都多不起來。

「慧娘，妳這走路的姿勢不對，這樣走不起來！」阿土娘還不忘回頭指導下田慧。那是跟著妳學的啊，若是不對也是妳不對！田慧哀嚎。

田慧學了個四不像，索性筆直著身子，硬著腰板往前衝，倒是快了不少。

果然適合自己的才重要，她學不來「妖嬈」啊，就是逮著機會想扭扭腰，都不被人承認。

等田慧到了村口，坐上牛車後，她完全不想費勁兒說話，即便討教討教也不想了。

楊大夫一家，如今看到田慧，表情很微妙，只當做沒看見她。論理，陳府願意放過楊大夫，多半是因為陳夫人治癒有望了，所以不想多為難人，當給小少爺積德。

只是在楊大夫一家看來，田慧藏著掖著，看著楊大夫往坑裡跳，還不加以阻止，心裡頭也算是怨的。雖然這坑，可說是楊大夫自己挖的。

再者，同行相見，分外眼紅。

楊大夫一家人就這樣，對田慧抱著矛盾的心思，後來索性眼不見為淨。

不過他們不免經常碰面就是了，田慧更絲毫沒有要避著些的意思，不止一次大剌剌地坐牛車，當然這銅板還是得收。

楊大夫的大兒子就是懷著如此微妙的心思駕著牛車，幸虧田慧也沒有要說話的意思。到鎮上的時候仍早，田慧又繃直著身子，將木桶挑到了小院子裡。

阿土娘一進院子，便打了水，先沖了沖自己的鞋子，生怕弄髒了地兒。

田慧累得癱在椅子上。「嫂子，這院子早就積一層灰了，妳瞧瞧，這椅子上真髒……」田慧特意抹了把，一看手，卻是真的髒，她也只是隨口那麼一說。

「那妳還坐著，趕緊起來收拾收拾，這衣服怕是弄髒了吧！」阿土娘是個勤快人，說著話兒時便挽起袖子要幫忙幹活了。

「別啊，嫂子，妳讓我先坐會兒喘口氣，既然都髒了，我就再坐會兒，灰嘛，撣撣就乾淨了。」田慧擺擺手怎麼也不願意起來。

阿土娘不知道從哪兒弄來一塊抹布，打了水開始擦起椅子，不忘一邊教育田慧。

「我說慧娘啊，妳別嫌嫂子話多，一個女的家裡家外都得是把好手，才能把日子過起來。妳啊，若是有合適的人家，早晚還是得嫁人的。」

見田慧甩著袖子搧風，阿土娘就知道自己這話是白說了，她長長地嘆了口氣，說不準這緣分未到。

阿土娘待要繼續收拾旁的去，田慧這回卻是怎麼都不肯了。「這又不住人，妳收拾了，也是浪費，下回來還是滿地的灰，咱有個坐的地兒就好了。」

「這院子裡的這口井是極好的，比里正家的水深著呢！」鄉下人想得實在，覺得這井便是好東西了，眼裡放不下那些家具、架子床的。

看田慧歇夠了，喘過氣兒來了，阿土娘才提議。「咱這就出去擺著？早點兒賣完了，中午就能歇上了。」

阿土娘將桶裡的「綠豆腐」都收拾出來，用井水涼上，她這才發覺是不是做得有點兒多？心裡頭七上八下的，若是趕不上回去的牛車，怕是要多走一個時辰的路了，也不知道田慧走不走得動。

「嗯，行的！那攤子呢，放在娟子他們的攤上嗎？」來回擺木架子不實際，田慧便說了娟子他們的攤子，讓阿水娘他們問問方便不方便。

娟子臉上的痘痘已經好了許多，可那只是沒再發出來，離揭下面紗的日子還早著，不過總是有盼頭了，麗娘甚是感激。

當初聽說阿土娘是慧娘介紹過來的，她二話不說領著阿土娘又是尋地兒，又是張羅的，沒少幫忙。

這會兒麗娘也是剛剛擺上了攤子，見到田慧過來，那真是滿心的歡喜都快溢出來了。

「聽了妳的話，娟子現在只在家裡頭看著，近來都是娟子她弟弟給我打下手，生意也好了不少……」麗娘拉著田慧，絮絮叨叨地說了近況。

娟子的弟弟，栓子十二、三歲左右，正羞澀地看著田慧，不過眼裡充滿善意。「娘，快請人進來坐會兒。」說完，他還往邊上讓了讓。

「看我這腦子，快，快進來坐會兒！這兒沒收拾好，回頭再去我家坐會兒，讓我好好謝謝妳！」麗娘拉著田慧的手往裡帶，不忘招呼阿土娘，麗娘這是真的高興。

在麗娘絮絮叨叨的時候，田慧打眼就瞧見這攤子的桌子多加了一張，看來生意確實好了不少。

當初田慧也只是中肯地說了句。「娟子最好是先養著段日子……」

栓子早就提議讓娟子在家養著，但娟子要強，覺得自己這臉怕是就這樣了，若是不找點事兒做，那可成了家裡養著的閒人。

是以，即使攤子再沒生意，麗娘都不敢讓娟子回家待著，要是娟子多想，他們那是得不償失。其實麗娘夫婦倆早已經做好收攤子的準備，若不是娟子不鬆口，麗娘就會把攤子轉了。

呼，幸虧，事情有了轉機。

阿土娘帶著人來到西市的流動攤子，栓子幫著把攤子給擺了起來，才轉回去幫他娘的忙。

隔壁攤子的大娘是個賣大餅的，不過一點兒都不矮，她探頭探腦地望著田慧她們木桶裡的東西。「可是好幾日沒瞧見妳來了。」

阿土娘笑著應了，難得的皮笑肉不笑。

「不就那點兒東西，誰稀罕了不成……」賣大餅的大娘，自去揉麵了。

阿土娘湊近田慧，裝作整理東西，卻小聲道：「這就是我上回說的那個——」阿土娘努努嘴，田慧恍然大悟。

原來她是傳說中的大餅大娘！

一般來說，若是隔壁攤主說得上話，是聊得來的，到了飯點兒，可能會互換些吃食，畢竟總是吃自家的會厭煩。

但前提是在差不多價兒而且雙方自願的前提下。

阿土娘面生，又是頭回擺攤，而阿土爹一個大男人，自然也不會跟人斤斤計較。他們交了攤位費，就老老實實地守在攤子上，等著第一個顧客上門。

大餅大娘據說有多年的擺攤經驗，西市這一片，大大小小的攤子即便不認識，也差不多混了個臉熟。

這一日，阿土娘夫婦倆頭回來擺攤，又是給弄了個新鮮的物什，乖乖，那麼小的一塊兒要兩個銅板！難不成現在這物價如此之高了？那自己的大餅是不是也應該跟著漲價？

大餅大娘正猶豫著自己是少弄點兒肉好，還是漲幾個銅板合適……

那頭阿土娘的第一次生意已經開賣了，東西碧綠碧綠的，光是瞧著心裡頭就痛快，何況只是兩個銅板，自然有人想嘗新鮮。

阿土娘還殷切地對打包帶走的客人說著吃法，放井水裡涼涼，那會更好吃！

等過了午後，西市差不多要散了，因著是頭一回生意，所以「綠豆腐」仍有好幾塊沒賣掉。

大餅大娘早就瞅準了機會。「大妹子，妳這是啥玩意兒，怎麼要兩文錢？我那大餅跟妳換幾塊吧，也讓我嘗嘗鮮！」

阿土娘是頭回來，壓根兒不知道這種「強盜」行徑，她有心想去麗娘那兒問問。不過她的位置跟麗娘那些固定攤子隔得有些遠，一時間不知道如何是好。

偏偏阿土爹去打水了，阿土娘的攤子上還供人在這兒吃，碗筷啥的都備齊著。比自己婆婆年紀大的一個大娘，叫了自己「大妹子」，阿土娘有些想哭，自己的「綠豆腐」可是二文錢一塊，這大餅大娘卻一開口就要來個幾塊，阿土娘沒想到鎮上這麼可怕！

快回來啊，孩子爹……

「崔燒餅，妳這是做什麼！妳那大餅一塊賣兩個銅板，就是加了肉的，也只要三文錢，妳莫不是欺負人吧？」說話的是個四十來歲的大娘，手裡正端著碗餛飩。

「王餛飩，要妳管什麼閒事，我跟人家大妹子正換著東西呢！我們妳情我願，可不關妳的事兒，哪涼快哪兒待著！」兩人才一見面便火藥味兒十足。

「嘿，怎麼不關我的事兒呢？我也來換這啥新鮮東西，我孫子早就吵著要吃了！」說完，那大娘不顧大餅大娘急得跳腳，對阿土娘咧嘴一笑，自然非常。

「我夫家姓王，妳叫我王大娘吧，我不像有些人，一大把年紀了，還叫人家大妹子！」她示威性地衝著大餅大娘挑挑眉。「我這餛飩五文錢一碗，都是肉餡的，皮薄餡多，吃過的都知道，我換妳家的這個兩塊可好？」

阿土娘自然願意，她沒想到會賣到這個時候，所以早上只吃了一碗粥和兩個饅頭，這會兒早已經餓了。

有了王大娘開頭後，又有不少人等價換了些吃食，不過都是阿土娘賺了。眼瞅著剩下的幾塊「綠豆腐」快要見了底，大餅大娘趕緊回去撈了個大餅，要跟阿土娘換一塊。

阿土娘就是心裡頭有些不高興，但畢竟自己是第一遭來擺攤子，還是跟換了一塊，大餅大娘不情願地嘀咕著走了。

結果那大餅讓阿土娘差點把牙給咬下來，不知道大餅大娘是不是特意挑了個「失敗品」來換。

幸虧接下來的幾日，一早就賣得光光，阿土娘可算是鬆了口氣，總算是不用跟人換東西了。

這幾日，田慧沒少聽這個大餅大娘的事兒。

田慧偷偷地又瞥了眼大餅大娘，真的有點兒像啊，聽說大餅吃多了，便會肖似大餅。不過話說回來，這得吃多少大餅，才能跟大餅長得像啊？

果然外面的世界好精彩。

待得一切收拾妥當，攤子就迎來客人，看來前幾日賣得不錯，這都有回頭客了。

「可把妳們給盼來了，給我來一份兒，我那小孫子這幾日吵著要吃，好不容易可把人給盼來呢。我怕妳們回頭生意太好，沒能留下多少，先來買一份兒，回頭若是有留下的，妳給我留點兒啊，咱先說好了！」說話的是王大娘，還貼心地帶了個碗過來。

快人快語，沒讓人有一點兒不愉快，是個俐落的大娘。

阿土娘接過碗，給盛了一塊綠豆腐，雙手遞給王大娘。「王大娘，回頭並井水冰著，更好吃呢！」

「好咧，我也不跟妳說了，回頭待有空，咱再說說，不占著地兒影響妳做生意了。」王大娘付過銅板就端著碗走了。

「老闆娘，妳這東西咋賣呢？」一個秀才模樣的人上前問價。

「這是綠豆腐，一塊只要兩個銅板！拌著吃、炒著吃，或者放湯吃都是成的。」田慧指著白瓷盤上放著的綠豆腐。「不過天這麼熱，可以加點兒醋拌著吃爽口。若是家裡有些條件的，也能弄點兒冰塊，糖水拌著吃最是妙極！」田慧看著來人應該小有積蓄的模樣，熱情地招呼著。

竇秀才一早便聽好友說過這「綠豆腐」，今日他是特意尋著過來的。兩文錢一塊倒是不貴，也不便宜就是了。

「給我來個十塊吧，是不是還能多送個兩塊、三塊？」竇秀才想起自家老娘最近胃口不大好，非說是自己遲遲不娶妻給氣的，可她明明是被這天熱給悶著，又捨不得用冰降溫。

一聽來個十塊，田慧本來挺高興的，只是她聽到後頭卻是高興不起來了。「這綠豆腐夏季用有去火、降壓潤胃的功能。咱做的都是小本生意，這綠豆腐說不準哪日就賣沒了，前頭幾日我們就沒來擺攤，實在是不好做啊，這東西！」說到此，田慧還煞有介事地嘆了口氣。

竇秀才卻不鬆口，只等著田慧主動降價。

「唉，要不，買十一塊送你一塊吧，這樣成不？」看到竇秀才是直接杵在攤子前，不走也不改口，田慧只能咬牙提議道。

竇秀才皺著眉頭勉強點點頭，指了指那塊最大的。

田慧挑眉，這是讓送這塊最大的咯？田慧很想不幹了，可是阿土娘一直在那兒拉她的衣袖，見狀還俐落地包起來，堆著笑收了銅板。「慢走啊，下回再來啊！」

回頭見田慧怒瞪著自己，阿土娘搗了搗田慧的胳膊。「別氣嘛，和氣生財！住在鎮上的都不容易，連個買菜、買紅薯就是得花錢。」言下之意，是讓田慧可憐可憐這鎮上的人。

「可那是個男的！」若是碰到個四、五十歲的婦人，她說不準也就平衡了。

阿土娘擺擺手。「就因為是個男的，咱早點將人送走才好。若是他一直站在那兒，咱兩個婦人，若是被村子裡好事的看見了，唾沫子可能淹死咱了。」

好吧，怎麼說都是阿土娘有道理。

田慧認命地收銅板，反正她算帳快。阿土娘得一個一個地算，對於田慧，不過是一年級的難度。

阿土娘看得稀奇不已……

# 第十九章　學徒

馬不停蹄地忙到午時，綠豆腐剩下三、四塊時，田慧兩人就收攤了。

這是給麗娘他們留著的，這木架子多虧能放在麗娘那兒，才省了來回折騰。

「妳們來了啊，再等會兒啊，我這點兒忙過後，也沒啥人了。妳們還沒吃東西吧，快坐下，我給妳們下兩碗餃子。」麗娘俐落地招呼著。

栓子領著田慧兩人在一張空桌子上坐了下來。

雖說剛剛忙過了，但是麗娘的攤子上依舊保持整潔，連地上也是乾乾淨淨的，看著就讓人放心。

這味兒還是一樣，骨頭湯濃濃的，怕是從一大早就開始燉上了。

阿土娘情不自禁地點點頭。「我從沒吃過這麼好吃的餃子呢，這湯兒真夠鮮的，都是肉味兒。」她細嚼慢嚥，連湯都喝得乾乾淨淨。

「吃飽了沒，要不再來一碗？」麗娘看別人喜歡吃她做的，笑咪咪的心情很好。

田慧和阿土娘各吃了一個包子，並著一碗餃子，便差不多飽了。在村子裡，都是吃兩餐的，這會兒吃了回去怕是又要吃晚飯，頂夠了！原本包子就是栓子硬塞給她們，非得讓她們吃著。

「這個，麗娘，妳給咱算算，這是多少錢？」阿土娘有些不好意思道，賺來的銅板收在她這兒，自然是她開口問價了。

這到熟人地兒吃東西，就是不好開口問價格，若是熟得跟鐵打的似的，吃完便能抹抹嘴巴走了。當然還有一種可能，那是還沒吃上東西，就被抓著做苦力了，都是難的……

麗娘原本正高興地說著什麼，一聽阿土娘開口問價錢，臉立刻拉了下來。「這不是打我的臉嗎？光是這幾日，可吃了妳們不少的綠豆腐，再說這我就翻臉了。別說我還求著慧娘去給娟子瞧瞧呢！」

麗娘笑著道：「往後我這裡管飽啊！慧娘那是咱家的恩人呢。若不是慧娘，娟子這一輩子差不多就那樣子了。」

每回見到田慧，麗娘總是反反覆覆地說著這話。

等兩人從麗娘家出來已經過午時了。「我得去給阿水買串糖葫蘆。」阿土娘每回從鎮上回去都不忘帶點兒吃的，不是糖葫蘆就是飴糖，不拘什麼，不過是幾個銅板的事兒。

「我也去買點兒紙，上回買的不夠了。」上回買來的那兩刀紙哪兒夠用，早幾日前便剩下幾張而已，哥兒幾個只用筆蘸著水在桌子上寫。

今早田慧出來的時候，特意去數了數，桌上還有三張紙，跟數天前一樣，原封不動。

阿土娘上回就知道自己的紙買貴了，雖說田慧買的紙不如自己買的那些好，但是重點是夠便宜啊。

田慧順著路找到了那家鋪子，看見「書德坊」的匾額，很好認。因為實在是比別的鋪子的匾額都要小，一打眼便能瞧到。

敬業。

她抬腳邁進「書德坊」，就聽見一陣噼哩啪啦的聲音，真是難為掌櫃的，大熱天還那麼敬業。

「掌櫃的，上回那個浸濕的紙還有得買嗎？」待得問出口，田慧只覺得自己問得怪怪的，掌櫃的應該早就忘記了吧？

掌櫃的正想著事，本來現在便不是算帳的點兒，只是近日為了哄他那找茬的老娘，「血汗錢」花了不少，他這會兒就算著早上那綠豆腐買得划算不划算。為什麼非得要買十一塊才能送上一塊？偏偏自己還覺得賺到了？不過看那老闆娘喜笑顏開地將他送走，莫不是自己其實虧大發了？

天知道，田慧只是隨口那麼一說。

「是你……」

「是妳……」兩人異口同聲。

竇秀才重新撥了撥算盤，才揚起笑問道：「夫人要買點兒什麼呢？」生意上門自然得熱情地招呼。

「掌櫃的，上回那有瑕疵的紙，你這兒還有嗎？」田慧友好地開口詢問道。

竇秀才當然記得那些紙，那可是他讓人特意收來的，半屋子的紙張，只花了幾兩銀子，早就已經回了本。蚊子再小也是肉啊，有不少家境普通的，自此便覺得自家鋪子在鎮上是頂實惠的，但凡要買些筆墨紙硯都會尋到自家。

不過竇秀才之前哪裡記得田慧，上回田慧一副最典型的農婦模樣打扮，雖說長得白皙，可這鎮上長得白皙的多了去，還真難以讓竇秀才記起上回是哪回！

「夫人是說那些個浸濕的紙？」但這會兒看到人，畢竟一、兩個時辰前剛剛見過，竇秀才仍是有些記憶的，更何況他花了銅板出去。重點是，他覺得自己被坑了。

思及此，竇秀才也不想就這麼便宜地賣紙給田慧了。

「是啊，掌櫃的，就是那些紙，可還有？」田慧眼睛一亮，眼巴巴地望著竇秀才。

「這位夫人啊，妳這話說得不厚道了，我家鋪子若是總有那些個浸濕的紙，那我能不虧死啊，早早地關門就是了！」竇秀才這人故意裝得笑、裝得哭，活靈活現，聲聲指控田慧不厚道，像是盼不得他家鋪子好。

「掌櫃的，你誤會了，我哪是這個心思，我不過想圖便宜些，這不是沒那麼多的銀子嗎？」田慧急急地解釋道，要是掌櫃的立刻哭給她看，那就真的罪過了！「那，掌櫃的，到底還有沒有？」田慧小心翼翼地問著，生怕觸動了掌櫃的哪根神經。

竇秀才給小廝使了個眼色。「去庫房裡瞧瞧，可還有著？」

田慧只注意到突然多出來的小廝，便沒注意到竇秀才使的眼色，她上回來是沒有小廝的。

「少爺，找不到……」小廝壓根兒不知道東西放在後院哪裡，只是自家少爺既然吩咐了，自己就順勢去找找。

「我自己去，我這是請了大爺回來！」竇秀才火急火燎地抬腿直往庫房裡去。

小廝自然是看見了自家少爺的反常，他得了老夫人的吩咐來這兒守著，見這幾日少爺規規矩矩地做生意，使喚他的話兒一句都沒有，他站得快長蟲子了。不過今日少爺卻是有些反常，反常即有妖。

他可是從眾多小廝中殺出一條血路，才得以到了少爺跟前，又被大總管傳授了許許多多的個例事例，就是老夫人，也跟自己說了好多少爺的經典案例。他當然看得出來。

「夫人，這是給人練字用的嗎？」小廝自來熟地對田慧說著話，還給田慧倒了杯水，讓她受寵若驚啊。

田慧看著冒著熱氣的水，有些喝不下去，這真不是故意的？

「是給我兒子倆買來練字用的，圖個便宜。」田慧吶吶地說道，裝作沒看見那杯正在冒著熱氣的水。

「怎麼就有兩個兒子了。」小廝原本笑得諂媚的臉蛋兒，頃刻間坍塌了。

小哥，我即便有兩閨女，跟你也不配啊，這年齡差距是不是太大了些……田慧滿頭的黑線。

田慧眼尖地看見竇秀才的鞋子，張口便問道：「掌櫃的，怎麼樣，還有沒有？若是沒有，我先走了啊。」

竇秀才有些驚訝田慧突如其來的「熱情」，不過這話聽著怎麼像是要到別的鋪子裡頭買去了？「還有的，只是不知道夫人要多少，我特意來問個清楚！」

「四刀吧，不，七刀，來個七刀！」自己能少來一回就少來一回吧。田慧痛定思痛，痛的是口袋裡的銀子。

竇秀才看著古怪的田慧，這變化也太快了些，是受了什麼刺激嗎？他抬眼望了眼小廝，得，小廝那可是完全一副被打擊得難以自拔的模樣。

難不成在他離開的一會兒時間裡，發生了不該發生的事兒？

在竇秀才又將眼神飄向田慧的時候，田慧爭取坦白從寬的機會。「我就跟他說了一句話，這紙是給我兒子買的，圖便宜！」

經過一番砍價，最終以一兩銀子結了帳。

竇秀才肯退一步的原因是，田慧明顯一副被嚇著的模樣，想他好不容易發展了一個好顧客，怎麼能被嚇走呢？只能忍痛割點兒銀子了。

等山上的「臭娘子」樹都快變得光禿禿的時候，天氣轉涼了，即將壯烈地迎接秋天。

阿土娘的攤子也不得不收場了。

這會兒阿土娘正窩在田慧的屋子裡數著銅板，一百個一串，數串串。

「就這麼兩個月，居然賺了四兩多，整整四兩多啊！」阿土娘雖然每日都會數銅板，但是猛地一數那麼多的銅板，還是有些難以相信。

最終，田慧分到了二兩銀子，比預期的多了多。

馬上就要收糧了，田慧託了錢氏幫著張羅請人的事。

原本，錢氏家的糧是兩閨女張羅著請人收割的，可鎮上的請來的短工自然價格貴了些，所以錢氏今年便打算在下楊請些短工，要糧的給糧、要錢的給錢，又能省下不少來。

田慧交代完了，回到自家，就看見嚴婆子在跟秦氏說話呢。

「嬸子，有客人吶。」田慧打了聲招呼，便打算回自己的屋子去。

嚴婆子衝著田慧招招手。「慧娘，我來找妳的呢，正跟妳嬸子說起妳來著。」

田慧狐疑地望向秦氏，秦氏笑著衝她點點頭。

待得田慧小心地坐下，嚴婆子才開了腔。「慧娘，我也不跟妳拐彎抹角了。我婆婆的身子骨不大好，可自從她給楊知禮媳婦接生了後，就有不少人找上門來，都是一個村子的，難不成還能拒絕不是？白日裡也算了，這大晚上的哪裡吃得消。生孩子又不能挑時辰，連著幾場下來，我婆婆這身子骨也扛不住，都累倒了。」

嚴婆子長長地嘆了口氣，唉，這全因自己幫小柯氏接生，偏偏小柯氏那兒子，卻是個沒福氣的。

「那是讓我過去瞧瞧嗎？」田慧有些抓不到重點。

嚴婆子乾咳了幾聲。「這人老了，難免有些小病小痛，不是啥大問題。」

田慧眨巴著眼睛，等嚴婆子繼續說下去。「咳，就是，我那兒媳婦也沒個經驗，跟著我打打下手倒是不錯，只是要自己單獨接生，怕是還得好幾年。」唉，關鍵是膽子太小了點啊。

嚴婆子看著秦氏和田慧都不搭腔，有些尷尬，這可是不外傳的技術，多少人家求著上門，誰知到了這兒，她居然受到冷淡？

其實真是嚴婆子想多了，秦氏不幫腔是不知道田慧怎麼想，而田慧不過是單純地等著嚴婆子說重點。

「這不，我跟我婆婆那麼一合計，來找上慧娘，心想著慧娘懂得醫術，做這個接生也不是啥難事兒，學個一年半載，就能接生了。旁的不說，只說養家餬口是不成問題。接生啊洗三的，多多少少總能過得下去，咱附近幾個村子裡，接生婆可不多，一隻手都數得過來。」

嚴婆子畫了個大大的餅，就等著田慧來叼了。

田慧被這一「真相」給震驚得說不出話來，她即使是個半吊子大夫，那好歹還稱得上一聲大夫，雖然現在沒一個人找她看病，但事實就是她是大夫啊！

她真的要為了生計，去做個接生婆？然後傳給媳婦，一代代地傳下去？世代的接生婆？真真位列「三姑六婆」的行列中？

「慧娘，這可是旁人求都求不來的好事兒，成不成，妳倒是應個話兒。若是妳也同意，咱就挑個日子，把這拜師禮兒先給做了！」嚴婆子深深地以為田慧是被這個「大餡餅」給砸暈了。

秦氏對嚴婆子笑著道：「慧娘沒經過啥大事兒，這怕是心裡頭一下子沒了主意吧，要不讓她再多想幾日？」

嚴婆子雖不至於拉下臉來，不過話裡頭卻是冷落了幾分。「好多人排著隊呢，若不是看在慧娘會那麼點兒醫術的分上，這事兒還輪不上她呢！」今日她至少得給個回音。

「嚴嬸子啊，這事兒看來我是沒福氣了，我兩兒子都小，離不得人！」田慧想也不想地拒絕。

「妳可是想清楚了？這是多少人盼不來的好事兒，妳這是不要學了？」嚴婆子瞪大眼，又重複了一遍。

秦氏生怕田慧將人給氣出了好歹來，「三姑六婆」真不是啥好得罪的人。「嚴妹子，慧娘這丫頭就是放不下兒子倆，接生這活兒說不準大晚上的都有，這兩個兒子又小，正是離不得娘的時候，要不讓慧娘晚幾年來跟妳學學？」

秦氏瞅著嚴婆子的臉色，說著軟語。

「哼，晚幾年可沒這個機會了！」嚴婆子有些不依不撓。

田慧插嘴道：「慧娘謝過嚴嬸的關照，看來我這人這輩子都沒啥運道了！」這話也是說得極重。

不歡而散。

秦氏一個勁兒地賠著小心，將人給送了出去。

「慧娘啊，這嚴婆子一向不是個好說話的人，這些年誰家有事兒不得巴結著她，就是團子也是她接生的。她這要是有心到外頭說妳些什麼，怕是人人都會應！」秦氏給急得。

田慧拉著秦氏坐了下來，斟了杯茶水遞給秦氏。「說就說唄，我還能比現在這名聲更差啊？」

這好像也是事實。

「嬸子，別生氣啊，我說的是實話呢。學徒不是那麼好做的，要一年半載地做個白工，隨叫隨到。打得受著，罵不還口，這都是輕的，師傅沒說能出師，就永遠得待著。」

「話雖如此，妳也不用這樣頂回去啊，唉，不曉得嚴婆子會在外頭怎麼說了！」秦氏那個愁啊。

田慧絲毫不在意，咧嘴一笑。

「嬸子，我偷偷地說些嚴婆子壞話，只看她那樣，明明是請去給孫氏接生的，後來卻不知道怎麼回事兒，去幫小柯氏接生，就知這人靠不住！」

「行了，妳自己心裡頭有數就好，我這老婆子拿不了啥主意……」秦氏這是被勸服了。

田慧高興地摟著秦氏的肩。

「嬸子，我跟您說啊，我怎麼說都是個大夫不是，總比給人當學徒有出息吧？以後我也多給人看看病，十天、半個月的就讓人來複診，咱可有銀子進帳了，保管嬸子往後盡是大魚大肉！唉喲，嬸子，您別掐我啊……」

「作死啊，妳這死丫頭不學好，妳別學那些黑心的，咱堂堂正正的，就是吃鹹菜蘿蔔我吃得都安心。喏，如果跟那誰家的一樣，那不是遭了大罪？再大的家底子也禁不起幾次，關鍵是名聲臭了！」

秦氏點著田慧的腦門子，點點點。

田慧心想，名聲啥的早就臭了好不好！只是她弱弱地不敢出聲。

嚴婆子剛剛邁出秦氏的小院兒，便見著兒媳婦直衝衝地往這裡來。

「妳做什麼慌裡慌張的，也不嫌丟人得慌！」嚴婆子站定，上下打量著氣喘吁吁的兒媳婦。

「娘，我瞧您這麼久了還沒回來，我就過來迎迎您。娘，慧娘那兒怎麼說呢？」大兒媳婦看著嚴婆子面色有些不善，故意揀好聽的說。

嚴婆子果然受用，冷哼一聲，由著兒媳婦扶著自己往自家院子走。

# 第二十章　秋收

今年的雨水少，楊家村的秋收比往年都要晚一些。楊三叔早早地就跟下楊的說好了，因著下楊的田地少，有不少壯年勞力要出門給人收割。楊三叔尋了六、七人，全是自己村子裡的，再加上自己幾個兒子，盡夠了。

說來奇怪，上楊有不少戶只有獨子，偏偏下楊人家，兒子兩個、三個的，比比皆是，就是生了五、六個的，也有不少。可兒子一多，這日子更是艱難。

由於田慧家的兩畝地託了錢氏張羅，是以，這幾日田慧在給錢氏幫忙，這幫忙做活的，他們都要供人一餐飯。

錢氏的菜園子裡也種了些小菜，那還是錢氏看著田慧的菜園子折騰得有模有樣才跟著弄的。雖說少種了好些地瓜，不過偶爾加個菜，見自己那幾個兒子因此能多吃一碗飯，錢氏樂得種，左右他們不缺那點兒地瓜。

可若是餐餐請幫工吃，那點兒菜不用幾日便摘光了。錢氏想想真是有些肉疼，說來這些蔬菜在鎮上賣是不值多少銀子，但在楊家村，也算是比較稀罕的。

「咱把這魚肉加豆腐做成魚丸子，這魚頭魚骨就做個魚頭豆腐湯。我記得嬸子不是拿回了好些豆腐渣嗎？」田慧剛剛才聽到錢氏在那兒低頭碎碎唸。

「是呢，那段娘子，我讓她少一個銅板，她不肯，非得送我這些豆腐渣，說是餵雞也好。」段娘子是下楊的，據說跟楊家還是拐著彎的親戚，五服之內的親戚。不過段娘子倒是個妙人，下楊的來買豆腐，即便少一個銅板，她也不介意，要麼賒帳，或是用豆子換，都是成的。

而若是上楊的來買豆腐，她那態度絕對是客客氣氣、熱情洋溢，卻是半個銅板不能少，多個一兩也不成。

上楊的有不少對此有意見，可誰讓段娘子的手藝好，這豆腐就是比別家嫩滑、地道！孔氏笑著說道：「我上回去買豆腐，她連渣都不肯送我呢，看來那段娘子是看在娘是自家親戚的分上。」

秦氏剛去灶房裡將豆渣子給撿出來，捧著個木盆子便聽見孔氏說笑。「可不是，怎麼說她跟咱家還是親戚呢，就是見著我，也得叫聲嬸子！」

田慧從沒去段娘子那兒買過豆腐，並不曉得有這號人。

「段娘子也是不容易的，家裡頭只靠著她那點兒豆腐手藝。她爺爺輩的雖曾住在咱上楊，後來子孫卻是不學好，田地變賣了不少，因為覺得丟不起這個人，就住到下楊去了。

「這段娘子是從小訂的親，就算夫家家道中落了，她也是咬咬牙嫁過來了，還帶過來做豆腐的手藝，段家做豆腐的手藝可真是沒得說。

「說句不中聽的，若是段家當時悔婚了，憑著自家閨女做豆腐的手藝，要嫁個好人家，那就是隨便找找也成。據說不少人家都有這個意思，讓段家上門去毀了這門親事。哪裡料得到，段娘子仍舊嫁到了楊家村。如今啊，她上頭有個公公，還有個爺爺，下頭一個小叔子、一個小姑都是沒成婚的。相公早就沒了，不過好歹留了兒子和閨女，也算是有個念想。

「如今她家裡頭就靠著段娘子做豆腐的手藝，不過這家裡頭，但凡大小事兒，也都是段娘子做的主。一個公爹、一個爺爺那是把段娘子當成自家閨女看的，還算是有福氣了。」

孔氏生了一一後，不像嫁過來那會兒臉皮子薄，有些話便敢打聽了。「就是上回娘說，那個小叔子已經上二十、卻還沒成婚的？」

錢氏點點頭。「虧得妳記性好，就是這個。要說這小夥子長得是人高馬大，若是早早地娶個媳婦，他嫂子好歹能輕鬆些。不過那小姑子有十四、五歲了，聽說也還沒訂親。」

錢氏並不盯著瞧，稍稍打個過眼便挪開了，轉而只問田慧要豆腐渣做什麼。

「做菜啊，這豆渣也能做一盆菜，回頭知事媳婦去秦嬸那院子裡割點兒韭菜來，再弄點兒醃肉末，炒著就是一盤菜了。」

錢氏有些猶豫，這請的幫工都是自己村子裡的，若是菜太「隨意」，傳出去真要丟人了。「這豆渣可是餵雞的，給人吃，是不是說不過去啊？」

田慧知道一時半刻說不通。「左右只費那麼點兒東西，我先炒一盤，要是妳們覺得不好吃，就不要端上去唄。」

田慧堅持，錢氏也無法。「那行！」

「嘿，咱可說好了！這雞蛋就白煮蛋好了，即便拿回去給小孩子吃都由著他們。再做點兒包子饅頭就成了。」其實田慧也知道這菜是要端到外頭吃的，幾乎比得家裡頭正經地請客擺桌子。

這會兒倒不是錢氏一下子大方起來，她只是覺得這菜是不是太少了些？「這樣一頓算下來沒幾個錢，會不會太少了些？」

往年都是女婿給請的短工，有的就是他們莊子上忙完後直接過來幫忙的，錢氏自然是好菜張羅著，肉啊魚啊，好為了給自家閨女和女婿撐面子，親家若是問起來，也好看不是？

這一下子差了那麼多，讓秦氏難以抉擇。

孔氏早就聽自家婆婆念叨過菜單子。「慧娘，娘她還特意買了肉呢，五花肉，好大一條！」孔氏連比劃帶說的。

「嬸子難得這麼大方，嘖嘖嘖，那要不再加個肉菜？」田慧緊攥著錢氏的胳膊，恨不得立刻抱大腿了。

知事媳婦也插嘴道：「娘，這會不會不大好啊，我聽說就里正家請短工偶爾才有一道肉菜的……」

錢氏恍然。「也對，今年可是跟往年不一樣，那不用再加肉菜了。」

「嬸子若是還覺得不大好，咱便做點兒肉包子，加點其他的豆角、雞蛋做餡料。做包子，這樣旁人看不出來，自己心裡頭也舒服，就是三叔他們都吃得好。」

這割稻子，三叔他們全與幫工一道兒在地頭裡吃，若是吃得差了，沒點兒油水，幹起活兒會沒勁兒；可在楊家村，給幫工的伙食都不大好，若是只錢氏一家伙食好，其他的幫工見著後不幹了，來年怕是不怎麼好請人。

「對，還是這法子好，老頭子他們既能吃好，我這心裡頭也不覺得虧待了別人。咱把包子先做起來，就這麼定了！」錢氏擺手附和道。

「我先去瞧瞧我的乖孫女，睡著有一會兒了，不知道醒了沒有……」錢氏雖說心裡盼著孫子，不過她對一一這個長孫女也是喜歡得緊，平日裡看得跟眼珠子似的。

秦氏今年的收成還是歸秦氏，倒是里正看她一個人不容易，這請人又得花大價錢，便從村子裡抓了壯丁幫秦氏收割，所以秦氏就當了甩手掌櫃，幫工的伙食都歸里正家管了。

昨兒個，田慧跟秦氏一道兒做了不少肉包子，今天打算送到田裡頭，給那些個壯丁加餐，也算是一片心意。

忙了幾日，不說男的，就是女的都累得蛻了一層皮。伙食不能比別家好得過了，又得管飽管好，田慧是天天摳著銀子，絞盡腦汁做了七、八日的菜。

不出意料，這豆腐渣還真的很好吃，有幫工問做法，錢氏也沒瞞著，問了田慧後，便告訴了人。

一時間，段娘子的豆腐渣都留不住了。

等這糧曬乾了，也交了稅，不少手頭不寬裕的就盤算著要賣點兒糧，或是讓今年可以過個好年，或是準備娶親。

今年雖說雨水少，但是莊稼長得仍然不賴，這糧價便不曾漲了。

田慧早惦記著買糧，剛好錢氏家也要賣糧，田慧一合計，就跟錢氏約定了買糧的事兒。

秦氏知道後不滿了，冷冰冰地道：「怎麼，妳這是瞧不上我的糧，還是瞧不上我的人啊？」

田慧那個小心臟給嚇得，攥著秦氏的胳膊，又是笑又是哄。「嬸子，我這不是都吃著妳的糧嗎？若是我瞧不上嬸子的糧，那吃進肚子裡的可都是餵了畜生啊。」

「有妳這樣的人嗎？說自己是畜生，就是妳想做畜生，也別拉著圓子哥兒倆，圓子團子可比妳乖多了！少來哄我，妳想買只管去買吧。」秦氏點了點田慧的腦門，不省心吶。

田慧卻死都不走。「嬸子，我是瞧著這年頭有些古怪，所以想多存著些糧。咱今年就沒怎麼下雨，若是久了，怕是收的糧得少呢。」

這情況並不是沒有，難為田慧一個婦道人家想得那麼遠。「我以前也有聽冬子他爹說過，楊家村曾因缺雨水導致糧食欠收，連山上能吃的都被清了空。這樣，我那些地收上來的要不要全留著？」

田慧搖搖頭。「這只是我自己想著的，聽說今年的糧價沒漲，收成也跟往年差不多，有的還增收了不少。若是嬸子收上來那麼多的糧都不賣，村子裡怕是會懷疑，若是有啥搶糧的事兒，咱可不是別人的對手。」

「唉喲，這也不行，那也不行，那要如何是好啊！」秦氏不跟田慧置氣了，急得團團轉。

田慧小心地拉著秦氏坐下來。「嬸子急啥，今年收成好著呢，我只是想早些準備著。今年嬸子的糧少賣些，讓知通他們都幫著運到鎮上的小宅子裡。等來年收了新糧上來的時候，看是把那些糧交了稅也好，賣了也好，不過價兒可能比不得新糧。」

秦氏拍拍田慧的手。「還是妳想得周到，這人老了，腦子可不好使，若是妳當嬸子是一家人，這家就由妳來當了，讓我好享享福。」

被田慧那麼一說，秦氏也覺得今年這年頭有些古怪，若是明年雨水少，怕是田裡真的得欠收了！這樣的話是早做打算為好，平日看田慧隨心所欲的，不承想還有這番大主意，秦氏拉著田慧狠狠地誇了一番。

「嬸子不怪我瞎想就好了。」田慧那個臉紅啊。

秦氏搖搖頭。「咱孤兒寡母的自然得多考慮考慮，不想咱自己，也得為圓子團子想，咱來年可真沒那許多糧了。」秦氏這會兒有些後悔當初自己那麼爽快地將田地的出產交了出去。

「我跟錢嬸買糧，也只是遮遮耳目，畢竟村子裡有不少人盯著呢。」田慧有些不好意思，為自己多了個心眼兒。

田慧勸服了秦氏，讓秦氏幫忙看著兩個小的後，她便去了錢氏那兒。

等落了坐，田慧把自己的打算告訴錢氏，錢氏愕然，這還是她今年頭回聽到，都說老天爺保佑，今年收成跟往年相比那是不賴的！

楊全中也不敢相信，若不是他相信田慧的為人，指不定以為是哪兒跑來的人在瞎說呢。

「我就是猜測，只覺得這天氣古怪得緊，去年我還能靠著山上的那條小溪網點兒魚，託了人去鎮上換銀子。可前幾日，我想著去弄幾條魚，可以給幫工做菜，但是，那條原本一米多寬的小溪卻是乾枯了。我不死心，順著河床往上走，哪有半點兒生機，上游雖還有些水，不過泉口很小了。」

楊全中不說話了，他是知道的。因為楊家村祖輩的時候，時不時地雨水就會少，這才挖寬了康河，擴了河岸。

最嚴重的一次，那是靠著官府開倉放糧救濟，且挖著山上的野菜菌子勉強捱了過去。即便如此，仍有不少人家賣了家裡頭的女娃子。

對楊家村來說，到底是傷筋動骨的事。不過那是天災，無法避免，就算不在楊家村待著，別的地方怕也是會有這種情況，都是靠天吃飯的莊稼漢，何況楊家族人世代居住在此，不大可能舉族搬遷。

「這事兒我就是隨口說說，也當不成真，只是我想著今年雨水少，若是明年還這樣的話，糧食是不是就要欠收了，這糧價怕是得漲……」田慧抬頭看向楊全中，這農活田慧並不在行。

楊全中點點頭。「明年雨水少的話，真要欠收了。」

「我也沒啥別的意思，就是想跟三叔買點兒糧，掩人耳目，免得那些好事的打聽起來成了麻煩。我跟秦嬸子說好了，地裡頭的糧只賣掉一些，若是來年收成好了，便把舊糧賣了，換新糧……」田慧說了來意。

錢氏點點頭。「這事兒我能做主，回頭妳來搬點兒糧，走個過場就好了！」

錢氏早已經聽秦氏說過，秦氏跟田慧是兩家合一家過了，這樣能互相有個照應。錢氏也說這主意好，只看田慧那樣子，便不大像個會過日子的，不過這人心腸好，最受不得別人對她好了。

交代完來意，田慧起身告辭。本來她就是想把事情這麼一說，到底做決定的還是楊家自己人。錢氏家裡人多，不像自己那兒，兩大兩小而已，秦氏又是完全交給自己來辦的，好拿主意得很。

楊全中不說話，不知道在想些什麼。

楊知通畢竟年歲在那兒，嫩了些，等不及地問道：「爹，這事兒可做不做得准？」

「大哥你是急糊塗了吧，這天意難測，就是爹也不知道啊……」話是這麼說，楊知故不知道為啥，卻願意相信田慧說的，雖說他們倆碰上了便吵嘴，吵個沒完。

「若是按照慧娘說的，這一存一賣，怕是會損失好幾兩銀子啊……」錢氏家田地可比秦氏還要多，一來一往，確實損失大得多了。

楊知通問的也不是沒道理，眼下這都是沒影兒的事，只是若真的糧食欠收，那就不是幾兩銀子的事兒了。

「老大，讓你爹好好想想，這事兒咱不急，左右咱現在不急著賣糧！」錢氏說道，接著讓人散了，該幹麼便幹麼去。

等田慧回到了秦氏的小院兒，秦氏就拉著田慧問道：「妳三嬸子那兒怎麼說來著？妳楊三叔可是做農活的好把式。」

「三叔他們怕是還要考慮考慮吧……」

入了夜。

「老婆子，這事兒妳怎麼看啊，我這心裡頭只睡得不踏實。好不容易今年使勁兒挑水，總算是保住收成了。雖說，這也是勉強的。」

自家田地多，楊全中領著三個兒子，那可是一日都沒歇過。幹活回來倒頭就睡，好不容易把糧全收進來了，想著自家能過個好年，再攢個幾年，便可以給老三說媳婦了。然後，他們兩個老的就可以含飴弄孫了。

錢氏心裡頭也不踏實，看著老頭子翻來覆去地睡不著。「慧娘這人啊，自從去年起，就跟以前不大一樣。聽說是好多事兒都忘記了，不過咱一直知道慧娘能寫會算，還有一手好醫術，想必慧娘的娘家並不是咱這種莊戶人家比得了，自然她的見識不會短的。且慧娘的日子過得簡單，雖說過得有些不像是咱莊戶人家，可這人卻真的能讓人相信。」

錢氏也不說別的，只說了田慧這個人如何。

「說到這，我一直弄不明白，慧娘怎麼就會醫術了？那可不像她說的，會幾個方子而已，她這根本沒有說實話。」楊全中始終弄不明白這事兒。

而錢氏即使好奇，也沒有開口詢問過。「唉，若不是你二哥家的老三造孽，慧娘怕是不會來這兒吧。娘家人都斷了，以前的事兒有啥好說的，就是我也開不了口問這些啊，那不是揭人家傷疤嘛。慧娘若不是還有兩兒子，怕是早早不想活了……」

楊全中不說話了，自己侄子那品性真沒什麼好辯解的，要不是他不爭氣，便不會那麼早喪了命。

「行了，這事明兒個我去跟妳爹商量商量……」錢氏的老爹還活著，如今快要七十歲了，是個長壽的老人，且錢氏的老爹不僅長壽，更是一點兒都不糊塗。

「哎呀，我怎麼沒想到我爹呢。我可是好久沒回去過了，我爹又得罵我了，明兒個我跟你一道兒回去，我還給爹用綢緞做了冬襖呢。」這綢緞子是田慧以前給的，錢氏知道自家老爹雖說不糊塗，但是人老了，就是有點兒愛炫耀。

啥都比，比兒子也比女兒，比孫子也比外孫，比吃的也比穿的……

錢氏說起自己老爹時，彷彿回到了年輕的那會兒，楊全中聽著錢氏碎碎唸，不禁忘記了煩心的事兒。

這邊孔氏也正跟楊知通說著話。「相公，你說這事兒要告訴一一的姥爺和姥姥嗎？」

楊知通沈默了會兒。「先別說吧，等爹娘那兒商量好了，我再陪妳回一趟娘家。」

「行，都聽你的！」孔氏並不多說，得了話後哄著一一睡了……

等楊家人稍稍空閒了些，田慧就找錢氏商量了運些糧去鎮上的宅子裡。

# 第二十一章 秋雨

一層秋雨一層寒，兩處黃花千番瘦。

楊家村終於下雨了。

村子裡那些個老把式，不顧自己一把年紀，紛紛冒雨聚在田頭，說著今年的收成。

「可算是下雨了啊，我還以為明年的莊稼要減產了！」

「唉，這雨最好下個三天三夜，把地裡澆澆透，冬天的時候再下場大雪，就錯不了了！」

每個人都在暢想著明年的收成。

雖然這場秋雨只下了一日，不過聊勝於無。

雨一停，阿土娘和孔氏幾人就找上了田慧。「走啊，咱去山上摘些野栗子啥的，過年好給小的當當零嘴兒。」

靠山吃山。

田慧換了件舊衣裳，用藍布包了頭髮，隨手找了個大竹簍，又不死心地帶了個布袋子。

「嬸子啊，我帶著兒子倆去山上咯。」

秦氏正在整理東西。「去吧，回頭我跟妳三嬸子也要一道兒上山去。」

總算是盼著老天下了一場雨，秋收後，各家幹完了農活，家家戶戶都張羅著上山。這是昨兒個就說好的，田慧還特意攤了好幾張餅子，留著一會兒給小的當點心。

阿土娘嫁到楊家村已經快十年了，對這山上熟悉得很。

「咱一路走著，一路摘著，我倒是知道幾棵野栗子樹，不過挺遠的，路上若有菇子，就摘點兒回去，回頭當菜吃……」孔氏和知事媳婦都是新媳婦，所以阿土娘說得格外仔細。

田慧趕緊一起豎著耳朵聽，她也是新人好不好！

果真如阿土娘說的，才下了一天的雨，稻田裡只是將將淋透了，而這山上因樹枝繁茂，以致腳踩著的枯樹枝，有些竟是乾燥的。

這一路過來，山上早有人在了，不說楊家村，即使是附近的幾個村子，都有不少人已經上山來了。

「阿土娘，咱村子裡沒有木匠嗎？這砍幾棵樹下去，做些家具啥的，不說大件，就是小件物什，那也是好大一筆銀子啊……」田慧摸著一棵棵大樹，雖看不出啥名堂來，可若是有幾棵珍貴的，他們不就發財了嗎？

阿土娘頭也不回。「嘿，妳當人都跟妳一樣啥啊，在楊家村待了這麼些年，才有這想法啊。我跟妳說，咱現在踩的這山頭是有主的，就是旁邊那幾座，也都是有主的。」

田慧倒是從沒打聽過這些。「那咱這樣上山來沒事兒？」

「能有啥事兒呢，主人不讓也管不住啊。不過那人全是善人，只要不從山上砍樹，其他的隨便村民摘採。若是真連挖點兒野菜啥的都不讓，那讓咱老百姓吃啥去呢！」

「那村子裡嫁閨女、娶媳婦的，要打家具可怎麼辦，難不成還要上山去買嗎？」真不現實，嘿嘿，若是她，寧願上山偷去，省了銀子才是王道啊。

「喏，進深山啊，翻過這座山頭，就全是無主的。一般咱村子裡嫁閨女或娶媳婦時，都是上那無主的山去砍樹，莊稼人實在，誰也不願意偷啊，這可是一輩子的罪名！」阿土娘輕描淡寫地說著。

呃，田慧汗顏，她不是個實在的莊稼人……

阿土娘自然不知道田慧心裡想的，她低頭看路，又朝四周張望了下，隨意地說道：「我家院子後頭不是還種著兩棵樹嗎？便是阿土和阿水出生那會兒種下的。阿土姊姊那棵樹，在訂了親的時候就砍了，早請木匠在打家具了，是下楊的木匠，差不多快打好了，回頭你們看看可還成。」

說起阿土姊的親事，阿土娘滿心歡喜，看來這女婿，阿土娘是滿意極了。

阿土姊姊也一道兒跟著來了，聽她娘說起了她的嫁妝，她有些不好意思，低頭裝作沒聽到，裝得連臉色都沒怎麼變。

「就在前頭了，那裡有兩棵栗子樹，可大著呢！圓子和團子合力才能抱住椿子。這還是有一回阿土他爹上山來採樹種子時無意中發現的。」

他們又停停歇歇地走了一刻鐘，才看見阿土娘所說的栗子樹，三個孩子嘴裡喊著「噢噢……」瘋跑著衝過去。

田慧難得一氣兒地走上那麼多的路，到了樹下她再也管不得了，先坐下再說，完全顧不得啥形象，事實上早在她成為村姑的那一刻起，那玩意兒就沒有了！

等田慧氣喘勻了，才發現自己是最沒用的那個，就連最嬌小的知事媳婦，不過是小喘氣兒，這會兒已經開始摘栗子了。

田慧抬頭張望，圓子和團子正在拉著手抱栗子樹，一隻手還搭不上。

栗子樹上結出的栗子像綠色的刺蝟，靜靜地待在樹上，偶爾有風吹過，便會隨著枝頭晃動著。

至於那些個快成熟的，一個個綠球似的小刺蝟都裂開口子，露出誘人的棕紅色顆粒，那就是野生板栗了。

「阿土，小心些！你搖一搖枝頭，讓熟的掉下來。」那些個已經裂開口子的栗子，雖能被晃蕩下不少，不過大多還是得靠自己摘。

孔氏也上山摘過野栗子，畢竟過年時，野栗子能待客，拿來哄哄小孩子，給小孩子抓那麼一大把，最多就十來顆，很好頂事兒。

「這麼大的栗子樹，我是頭回見著呢！」孔氏手裡不停地摘著栗子。

阿土娘點點頭。「可不是，阿土他爹當初跟我說的時候，我還不信來著，非得說他是作夢了，不是有白日作夢這麼一說的嗎？可是他爹領著我來瞧了之後，唉喲喂，那年就是過來摘了兩趟，也愣是沒摘完。後來是生了阿土，被事兒牽絆住了，我才沒再走過這麼遠兒來摘呢！」

田慧拿出了布包包著的餅子，讓三個小的分著吃。「小心著些吃，別噎到了，這餅都有些涼了。」

「還是妳想得周到啊，我只想著早去早回，回去早點兒吃飯就成了，也難怪小的願意聽妳的，這行事就是跟咱不一樣。」阿土娘看著三個孩子狼吞虎嚥地吃著餅子，聞著香味，好像是韭菜餡兒的？

收穫是滿滿的，可是回去的路好生艱難。

「好多蘑菇啊，可惜東西都裝滿了。」孔氏看著不遠處長得正好的蘑菇，恨不得全給弄回去。

田慧深有同感。「是呢，好多啊，這一路看過來見著好多，回頭咱再來摘！」

阿土娘笑著道：「咱先下山再說吧，這路沒什麼人走，反正這幾日都得上山摘山貨，明兒個再來摘這些菇子吧。」

一行人就這麼愉快地定下了。

楊家村附近的物產算是富足。楊家村靠山吃山，春天有野菜，雨後有蘑菇，秋天有野果、野栗子啥的都能留著過年吃。

秦氏已經燒好飯，正在院子裡收拾新摘的蘑菇。

聽到門口的動靜，她抬頭看見田慧正吃力地抱著布袋子踉踉蹌蹌，好像一步不穩便能摔著了。

「這咋那麼多的栗子呢，個頭還大，你們可真是撿著寶啦？」秦氏伸手幫田慧將背上的竹簍子給卸了下來。「我也看到不少栗子樹，一人高的，不過早就被人摘掉了，還覺得怪可惜的，沒想到你們摘了那麼多啊！」

團子撿了個栗子，塞到秦氏的手裡。「秦奶奶，您嘗嘗，這可好吃了！」

這兩小的跟著田慧也走了一樣長的路，偏偏一到家又跟活了過來似的。

「回頭等煮熟了再吃！」

野栗子能生吃，但田慧生怕圓子和團子吃多了消化不良，勒令他們少吃些，惹了不少埋怨。

「團子給秦奶奶，秦奶奶是一定要吃的，吃了這個，其他的就等收拾出來、煮熟了再吃！」秦氏知道田慧是為了孩子倆好，不過仍是讓人拒絕不了啊，尤其是小孩子的孝心。

「嬸子，鍋裡煮著肉啊，好香哦……」田慧癱倒在竹躺椅上，她一向貪涼，涼絲絲的竹子貼著臉兒，可真享受啊。

秦氏閒不住，這會兒又搬了把小凳子開始收拾起野栗子了。

「妳昨兒個買來的骨頭不是還在嗎？所以我把骨頭給燉了，順便加了些我今兒個採的蘑菇，保管鮮著呢！」

不用嘗，光是聞聞就覺得能鮮掉了鼻子。

秦氏做飯一向是怎麼省著怎麼來的。「酸筍快吃完了，咱這幾日竹筍也弄些來，咱幾家合著一道兒醃點兒酸筍，最下飯了。」如此，不用說，晚飯便是酸筍，加個骨頭蘑菇湯，這已經是大餐了！

不過看在田慧這麼辛苦的分上，秦氏又去炒了個蛋，才喚他們吃飯，這蛋全是自家養的雞下的蛋。

累狠了，吃飯都特別香。田慧是一沾床就睡著了，孩子倆跟田慧一樣的脾性，一時間，呼嚕聲漸起。

聽說，累得狠了，會打呼嚕。

阿土娘正給自己相公說著今兒個的事兒。「咱家的阿土那是真服了慧娘的管教……」「那挺好的！聽妳的意思，對阿土就跟她家的圓子團子一樣，半點兒都沒教著縱著，這不是好事嗎？妳這心裡頭又有啥想不開的。」對於自家唯一一個兒子的事，阿土爹還是願意說上幾句的，否則，他真不願意聽這些瑣碎的事兒。

「兒子有出息了，我這心裡頭也是高興啊，上回阿土算帳算得比我都快！不過，看兒子對別人的話，比他娘的話還聽，我這心裡頭酸酸的……」阿土娘矯情了。

「那讓阿土回來不就成了，日日守在妳跟前聽妳的話！」

聽到阿土爹這麼說，阿土娘不樂意了。「那可不行，我兒子跟著慧娘有出息了不少，我只是隨便唸唸，沒往心裡去……」

等阿土娘矯情完，阿土爹早就已經睡了。

算了，趕緊睡吧，明早還得去摘蘑菇呢！阿十娘打定了主意要跟慧娘學學，怎麼教兒子。

一連幾日，田慧都跟著人去滿山地尋山貨。

栗子樹那兒屬於深山，平常人可不會來這麼遠的地方摘蘑菇，不過，再遠點的地方，田慧他們也不敢過去了，要是野獸下山，那真不是鬧著玩兒的。

秦氏正好奇田慧幾人各個都收穫頗豐，但一聽說他們幾乎要走到深山去，她不由告誡道：「下回不許去了，不說旁的啥的，就是野豬下山來，也夠你們幾個受的！咱家只有咱幾個，這些東西盡夠了。別想著再去，那兒太危險了，圓子哥兒倆還小呢！」

難怪有那麼多的菇子可以採，仔細想想，別說那路是這幾日才走出來的，第一天去時，阿土娘還帶著把大砍刀呢，卻原來是這麼回事。

「行，這幾日我就不去了，只在附近山頭弄點兒竹筍，回來醃酸筍。」田慧也是強撐著，不然哪回回來不是累癱了？她連飯都吃不下，全是硬塞進去的，是啥滋味兒根本沒能嘗出來，幸虧秦氏沒煮那些好菜啊。

待得第二日，阿土娘再來尋田慧的時候，田慧便不去了。

「我就去附近的山頭挖點兒小竹筍，回頭能拿來醃點兒酸筍，最下飯了。要不妳跟我一道兒去挖竹筍得了？」田慧慫恿著阿土娘。

田慧當初醃了酸筍，曾往她家送過，別提這東西一點兒都不澀，酸溜溜的可下飯了，早上煮點兒白粥，再切點兒酸筍，配著吃真是夠帶味兒。可惜就那麼一小罈子的酸筍，他們一大家子只能吃幾日，那還是省著吃的。

阿土娘即便想跟著一道兒去挖竹筍，她卻不會醃啊，問方子啥的她是不敢想。「要不慧娘妳幫我醃點兒，這東西我不會醃啊。」

田慧想也不想就應下了，不過是順手的事兒。

阿土娘這才不去糾結，菇子啥的都不想採了。「妳上回送給我的那一小罈子酸筍，可把他們給惦記得，我知道妳家醃得少，一直不好意思開口。」

「我當是啥事兒呢，這又不麻煩，回頭妳把妳家的大缸抬過來，我給妳醃就是了！」

「妳不知道阿土他爹，就喜歡吃這些東西，我老是笑話他，這酸溜溜的一個大男人那麼愛吃，讓人笑話。後來，看到連我公爹也愛吃，我才閉了嘴，這一家子都是一個口味兒！」

等田慧一行人下山時，看到阿土他爹搬來的那口大缸。「阿土娘，妳家相公真是不厚道啊，我不管了，那筍妳可得自己挖、自己洗！」

阿土爹一點兒也不含糊，送來的正是一口大水缸，即使把阿土、圓子、團子塞進去，想來都還有空隙！

阿土娘的臉紅一陣白一陣的。「你爹呢，我不是跟他說了嗎？醃這麼多這是當飯吃呢！」

當晚，阿土爹就紅著臉將大缸搬了回去，送來了一口稍稍小點的……

進了臘月，這年味兒更重了。

阿花一大早便跑來尋圓子哥兒倆。

「秦奶奶、田嬸，圓子和團子在家嗎？我可是有好久都沒有看見他倆啦，不知道有沒有長高了。」阿花笑得甜甜的，不過一張嘴，田慧就知道這還是原先的那個阿花。

阿花如今身子拔高不少，可能是在鎮上吃得好，舉手投足間不再像以前的那個小女娃，有自信了，那種隱隱的自信。看來她那舅奶奶對她是真心喜歡，也下了功夫教的。

「在呢，都在屋子裡，楊知故也在呢……」田慧手裡不得空，招呼不上。「嬸子手裡不得空，就不招呼你們了。」楊知故，錢氏的小兒子，目前受盡十里八鄉待字閨中的少女愛戴！

田慧此時盤算著要炸點兒丸子出來，等過年的時候，做啥都能配上一些，很是方便。

「嬸子，咱家還有豆腐嗎？」田慧揚聲問道。

秦氏趁著日頭好，正在曬被子。「沒呢，豆腐啥的去買就成了，段娘子是咱村的，抬腿便到，買那麼多放著做什麼。」

等錢氏曬好了被子，去屋子拿了幾個銅板後，習慣性地朝著屋子裡喊道：「團子，要不要跟秦奶奶去買豆腐？」

喊完了，她才想起阿花在自家呢，這小子怕是這會兒不會捨得走，正打算抬腳出去，就看著團子從屋子裡衝了出來。「秦奶奶等等我，我也去，我要吃豆腐腦呢！」

「我特意多帶了幾個銅板，便是給你買豆腐腦的。」秦氏笑著拉起團子的手，祖孫倆都樂悠悠的。

田慧探出頭。「嬸子您就慣他，一個男娃子跟個女娃子一樣貪嘴，阿花不是來尋你們玩兒，怎麼還會想著吃豆腐？」民以食為天啊！

團子不高興了。「阿花姊只跟圓子和知故哥哥說話，嫌我小，沒話說。喏，給了我糖果。」說完，他攤開布包，揀了一顆遞給秦氏。「奶奶張嘴，您嘗嘗，可甜了！」

秦氏拗不過團子，張嘴吃了。「唔，真甜啊！」

祖孫倆越走越遠了……

而田慧回頭又揮刀剁著肉，打算做肉丸子，這可是花了血本買的三斤瘦肉，秦氏那個心疼啊。「就是過年也不能這樣揮霍啊！」

秦氏原本打算把家裡養著的公雞給殺了一隻，殺了好過年，待得看到田慧買的肉後，決定這公雞還是留著打鳴吧！

在田慧剁肉剁得正起勁的時候，阿土娘急匆匆地衝進門，身後跟著阿土。

「你去找圓子團子玩會兒吧，我跟你嬸子說會兒話。」阿土娘急急地打發了阿土，也顧不得搬把凳子慢慢說。

田慧手裡剁個不停，不敢分神。「啥事兒呢，火燒屁股啦？」

阿土娘揮揮手。「別鬧！跟妳說正事兒呢！」

原來，不知道從哪兒開始傳的，說是明年怕是要收成不好，整個楊家村都傳遍了，看來附近村子裡都沒有不知道的。

「我道是啥事兒呢，這事兒不是正常嗎？便是妳得了消息，妳肯定也會回家說說，那妳娘家人肯定也要告訴親戚朋友，這不一傳十、十傳百的，哪有不透風的牆……」田慧還以為發生了什麼要不得的事兒，才讓阿土娘緊張兮兮的。

阿土娘摸著心口。「我說不上來，就是覺得心裡頭不踏實。唉，我嘴巴笨不會說話，只覺得這事兒怕是得壞。」阿土娘反反覆覆的就那麼幾句話。

田慧雖然想繼續剁肉，倒是認為阿土娘最後一句話說得不錯，這事兒怕是得壞。

「寬心些，左右妳也做不了妳婆婆和妳公爹的主兒。光說我們，我們家留的是四人兩年的口糧，要是明年又是個收成好的，我家到時捨不得虧本賣陳糧，自己吃了就是，並不差什麼，反正還沒去穀皮，要吃的時候再弄就好。」

這些都是她跟秦氏商量好的說辭。

阿土娘有些無力。「是啊，我緊張啥，這不是還有公爹他們呢……」話落，她又有些落寞。

田慧去給阿土娘倒了碗熱水。「妳啊，太過緊張了，天塌下來，有高個子頂著，怕啥呢！」田慧是聽明白了，阿土娘有分家的意思，只是他們家子嗣單薄，怕是不可能分家。就說阿土娘當時可是上山下山地弄山貨，阿水娘卻弄回來一些東西而已，第二日便不再去了。

阿土娘心寬，只裝作沒瞧見，況且小叔子是個好的，地裡的活兒、家裡的活兒都搶著做。能者多勞，阿土娘常這樣安慰自己。

喝了一碗熱水下去，阿土娘這才定了定神。「慧娘，讓妳看笑話了，我這心裡『突突』跳得厲害，又沒個能說話的人。」

田慧理解，也幸虧自己能做自己的主。

若是依著阿土娘的性子，她定是存糧存得多多，說啥也不會賣。因為在她心裡頭，兒子、閨女和相公是最重要的，就是再多的銀子，她都不會動搖。

可惜，她做不得主，心裡才覺得慌亂。

有時候身不由己，只能裝得若無其事。

「妳別想那麼多，這快要過年了，今年可是個好年頭。咱莊稼人靠天吃飯，就算老天爺不給力，咱還不是胳膊拗不過大腿……」田慧繼續剁著肉，不忘抽空問了阿土娘要不要再來碗熱水。

田慧一直用爐子溫著熱水，畢竟家裡頭又是老人、又是小孩的，要是常常直接喝冷水，腸胃可是受不了。

幾碗熱水下肚，阿土娘的臉色才好看了些。

「我這是天生的勞碌命，半點閒不得，我去喚阿土一道兒回去，回頭阿水見阿土偷偷跑出來，怕是又得鬧騰了。」

這天兒冷了，於是阿水再沒有跟著阿土來田慧這兒。聽阿土說，如今都是他教著阿水認字，不過阿水還沒定性，興致來了，多認幾個，若是興致缺缺，便不提認字這回事兒。阿水他娘，則全由著兒子意思，半句話也不會責怪。

等田慧將肉給剁好了，左等右等就是等不到去買豆腐的祖孫倆，她心裡放心不下，跟圓子說了聲，便出門去尋那「相親相愛」的祖孫倆了。

一直尋到了段娘子家的院子前，她都沒碰上人。

「可有人在？」田慧揚聲問道。

「娘，您怎麼來了？快進來、快進來，還要等上一等才輪到我們，我跟秦奶奶一直等著呢，不過也快了。」團子拉著田慧的衣角就往屋裡拖。「娘，外面冷！」

秦氏正坐在屋子裡。「妳這是等急了吧？我直說回頭再來，團子卻非得等著，說是妳那肉還沒剁好呢！」

秦氏坐的屋子是專門用來賣豆腐的，並不是段娘子他們住的院子。應該說他們在前頭又建了兩間屋子，大間的是豆腐坊，另一間則算是賣豆腐的小店面，秦氏就在這一間屋子裡等著。

田慧喝了碗熱水，覺得身子暖了過來時，屋子裡出來一個包著頭髮的婦人。「這是慧娘吧，我是段娘子。這豆腐快成了，再等等啊，這就好了！」段娘子招呼了一聲，又鑽到裡間去了。

不多會兒，一個男的跟著端了一板豆腐出來，還帶著熱氣。

這是段娘子的小叔子吧。田慧見他衝著秦氏笑了笑，再看了眼段娘子，一句話都沒說，撩了簾子便進裡屋了。

秦氏看得歡喜，就多買了兩塊豆腐，又拿了罐子出來，說是買點兒豆腐腦。

接過銅板，段娘子笑著道：「若是好吃，下回還來啊。」

段娘子一直揚著笑，將人送到了院門口，田慧不經意看見段娘子的手腫得厲害，這是凍瘡潰爛了，都是不容易的人啊。

「咱村子邊上的康河應該有河蚌吧？把河蚌殼研磨成粉，敷在手上，一日一次，這手就能好全了。」田慧張嘴便道，出於職業本能。她相信段娘子聽懂了，不過是不明白她為何開口說這些。「好暖和。」不等段娘子反應過來，田慧就抱著罈子，說笑著走遠了。

段娘子的小叔子待得人走遠，才道：「嫂子，我等會去弄點來，那東西岸邊也有不少人扔著。」

# 第二十二章　過年

有肉吃的日子也會讓人煩惱。

秦氏原本已經瞅準要殺的那隻公雞，最後還是被宰了。因為這隻公雞打鳴的時間過早了些，太不合群了，而異類都是要遭人排斥的。

「娘，這神仙過的日子也是讓人煩惱的！」團子小大人似地說道。

在團子的眼裡，每日有肉吃，能吃到飽，睡到自然醒，又不用幹活兒，這就是神仙過的日子。

當然，團子以前一直嚮往這種日子。可現在問題來了。

「娘，您說咱晚上吃啥好呢？」

年已經過出，今早是大年初一，團子收了幾個紅包後，便開始糾結晚上吃什麼了。

秦氏並沒有啥客人，都是關起門來過日子的。「晚上可以弄個糖醋小丸子、紅燒兔肉、砂鍋紅燒肉，再弄個醋溜菘菜，要不索性將三嬸子一家人也請來吃，回頭就不再請了。」田慧這話是問秦氏的。

若是真有往來的人家，便是錢氏一家，還有阿土娘和阿花奶奶他們了。

「這大年初一的，怕是不大好吧。」秦氏也拿不準這些，她可是好些年沒有宴客過了。

田慧卻沒那麼多的講究，她想著這幾家都熟悉，若是實在不行，那再換個日子就成了。

「現在菜還多著呢，隨便整幾個菜便能擺上一桌，嬸子只當尋常一起吃個飯，並不算是啥請客的正經事。」

他們現在兩家合在一家過，若是老去別人家蹭飯，不請人也不大好。

「那行，妳去妳三嬸子那兒問問看，這大年初一的，可妥當？」鮮少有人大年初一請人吃飯的。

田慧解下圍裙，就往錢氏家去。

錢氏那兒正一圈人圍著說話，聽說了田慧的來意。「行啊，咱自家人有啥好講究的，不過是換地吃飯的事兒。」

楊知故早就聽圓子和團子一直在那兒炫耀，他們娘做的菜怎麼怎麼好吃。楊知故雖然也吃過，便是上回收稻子的時候，田慧幫忙燒飯，但那跟肉菜怎麼比！

「這麼多年來，可是慧姊頭回請客呢，娘，咱趕緊過去，給慧姊搭把手！」楊知故催促著錢氏動身。

到阿土家，田慧尋阿土娘說了來意後，阿土他奶奶笑著允了。「阿土一家子去吧，我們就不去了，昨兒個年夜飯的肉還全著呢，再不吃該壞了。」

阿土奶奶知道自家大兒媳婦跟田慧私交不錯，田慧會請自己家人吃飯多半便是看在大兒媳婦的面兒上。

田慧來之前，秦氏特意囑咐了，讓她將人家一大家子都請來。哪有沒分家，兒媳婦一家子單獨出去吃酒的，這不合規矩。

「阿土，跟你爺爺奶奶說說，你田嬸子菜做得怎麼樣！」田慧早聽阿土娘誇張地說過，這一家子都喜歡吃「美食」。

阿土很配合啊，他走到堂屋中間，咳了咳嗓子才慢慢悠悠地道：「嬸子做的菜，肉菜，可不是娘燒的那種乾癟癟的，光是看著，你就捨不得吃下去，圓潤潤、軟糯糯的，像爺爺奶奶牙口不好的話，吃著一點兒也不費勁兒。嬸子上回做的那啥又酸又甜的肉，我這筷子都停不下來。」

「行了，少吹牛了，我哪有那麼大的本事兒，被你牛皮吹破了。」田慧看到阿土爺爺悄悄咽了口水後，適時地阻止了阿土，她沒想到阿土說起吃的，口才這般好！

「那就這樣說定了啊，人都要來啊，我再去阿花家把人叫上。其實也沒多少人，咱幾家而已，只是吃個便飯，熱鬧熱鬧。」

阿土娘爽快地應了。「我等下給妳幫忙去！」

阿土爺爺小聲地問阿土。「阿土，真有那麼好吃嗎？」

阿土不屑地瞥了他爺爺。「聽爺爺說的這話，我像是會說謊的嗎？就是咱家的丸子跟嬸子家的丸子比起來都差太多了！」田慧那天炸丸子的時候，阿土也在，還吃了不少。

阿水娘不服了，自家的丸子可是她炸的。「這炸丸子能有啥不一樣的不成？」顯然不大相信。

阿土娘倒是知道田慧對於做吃的有一種執著，所以，秦氏是沒少抱怨過田慧費油。

「這小子總覺得別人家的東西好吃，這不就是那麼一回事兒嗎？」阿土娘打岔道。

阿土奶奶也知道自己這個二兒媳婦有些小心眼，聽不得說她不好的話。「行了，只是那麼點事兒。阿土他娘，妳先去給慧娘打打下手，看看有啥能幫忙的，我們回頭準備準備點東西，晚些再去。」說完又轉而吩咐阿水娘。「去揀兩打雞蛋，還有咱自家做的燻肉，都揀點。」

「娘，用得了那麼多嗎？」阿水娘愣在那兒，沒想到婆婆開口又是肉、又是蛋的。

「慧娘的日子可不像咱家寬裕，難得她那麼有心還特意請咱一大家子去，貼點兒東西這是應該的，趕緊去！」阿土奶奶仔細地解釋道。

等人都散了開去，阿土奶才對自家老頭子輕輕地搖了搖頭。「這家，還是不能分啊，老二媳婦不是能挑起事兒的，得靠著老大媳婦過，才能不得罪人啊。」

老頭子搖搖頭。「別好好的兩妯娌弄成了冤家，這事兒……」

「她敢！咱都在著，哪有分家的道理，再領著過幾年。」

原本她想著給老二娶個岳家好點的，能幫襯上一把。老大媳婦當家是把好手，就是和村裡頭的相處起來那也是不用說。沒承想老二媳婦卻仗著自己娘家好，不把老大媳婦放在眼裡，啥事兒都不服。這要是自己有本事也就算了，偏偏她只會使些小家子氣，拿不出手！

田慧到了阿花奶奶的院子，看到的是一團和氣。自從阿花她娘走了後，他們家便是一家子過了，阿花她大伯娘也是好的，接了阿花她弟弟親自照看著，凡事兒只跟自家兒子照例來。

「晚飯不用燒了啊，都到我家吃去。」田慧跟阿花奶是能說上話的，所以她直接說了來意，並不客套。

阿花奶問清她請了哪些人。「行啊，我們一會兒就過去，到妳家屋子裡去說話，也熱鬧熱鬧！」

田慧因為還得回去操持晚飯，等把人叫全，她便回去了。

「年前老二打來的野雞收拾一隻出來，回頭給慧娘送去！難得慧娘有這份心思，咱總不好空手去吧。」阿花奶這話是對著大兒媳婦說的。

阿花大伯娘點頭稱是。「早就聽阿花回來吹噓，她的田嬸子飯做得多麼好吃，咱這回可要去嘗嘗鮮！光是說著，我這饞蟲就上來了，都是這些日子被阿花給引的。不過咱這麼一大家子去，一隻野雞夠嗎？要不再拿點兒旁的？」

阿花奶擺擺手。「夠了，要是被旁人看到，到別家去總不好都拎個野味兒吧，免得別人說咱厚此薄彼，回頭妳早些送去，咱再一道兒空手去，就成了！」

「行，全聽娘的。慧娘也不容易，一個人帶著兩兒子，難得她有心了。」大伯娘說完便去裡頭尋掛著的野雞，挑了隻大大的。

她知道自家婆婆對田慧另眼相看，自然樂意討個好。

田慧前腳才邁進院子，後腳錢氏領著一大家子的人都過來了。錢氏是空手來的，因為年前錢氏的兩閨女送來年禮時，也給田慧捎帶了些東西，田慧真覺得受寵若驚啊。

「咱今兒個可是享福了，老姊姊，妳還忙啥呢？我這不帶幫手來了，咱只管坐屋子裡說話去，熱鬧熱鬧。忙了一年，這會兒得好好歇著。」錢氏拉著秦氏就往外走。

等阿土娘到的時候，正好碰上了阿花的大伯娘，兩人是一道兒過來的。

掌勺的仍是田慧自己來，其他幾人只幫著洗菜、剁肉。

「咱這點心就做肉湯圓，好些年沒吃過了，怪想的！」因為這肉湯圓需要把麵粉先揉好了，再包肉。

「慧姊，那讓我來吧，我雖幫不了啥忙，這揉麵粉我還是行的。」知事媳婦倒是難得燒飯，在他們家大多是孔氏做飯的。

糖醋小丸子、紅燒兔肉、砂鍋紅燒肉、醋溜菘菜、澆汁豆腐、三杯雞、臘腸、水煮肉片，還有大骨頭蘑菇湯，點心就是肉湯圓，再煮上一大鍋白米飯。

「妳這菜會不會太好了啊，幾乎全是肉，這把家裡頭的肉都拿出來待客，過幾天你們吃啥呢？大過年的總不能白粥就著酸菜酸筍吧？」

阿土娘聽著田慧扳著手指頭算著幾個菜，越聽越心慌。

真的，阿土娘心慌了。

「這不是還有嗎？何況吃完了，我也能上你們那兒吃去。」田慧不會說，她其實偷偷留了一手。

在臘月裡，不僅陳府遣人送了年禮，麗娘也領著閨女送來年禮，他們吃喝可是不愁的。連段娘子都在臘月二十九那日送了一板的豆腐過來。

這大冬天的，如果要等一個個菜全燒好，早就凍住了。因此田慧還是決定先將菜切出來，砂鍋也先煮上，又往各家借了小爐子，將大肉熱著。

田慧菜都是大鍋煮的，分了三桌，他們一直吃到了太陽下山，賓主盡歡。

「娘，我最喜歡吃那個四四方方的肉。娘，您明天給我做吧！」阿水只吃了一塊，畢竟這四四方方的一塊可不算小了，所以那肉是掐著人數來的。

阿水說的是東坡肉，香糯解饞，顫巍巍的大塊肉，入口即化、肥而不膩，特別適合牙口不好的老人，這會兒老爺子也咂吧著嘴巴，還在回味那種感覺。

阿水爹難得開口說道：「那水煮的肉片味道才好，放了辣子，全身吃得是暖起來，而且那肉一點兒都不柴！」總之，香辣鮮。

阿水娘心裡也不得不服。「阿土沒說錯，那丸子確實好吃，這一桌子肉菜，全被我們吃空了……」

連肉湯汁，都被小孩子拌飯給吃了。

阿土娘仍留在田慧那兒幫著收拾，阿土也是硬賴在那兒不肯回來。

「慧娘這一頓飯真是下了血本，咱送去的都被燒了。就是那雞蛋，她還拿去燒了啥茶葉蛋給小孩子吃，那茶葉可是不便宜的……」

阿土奶深深覺得自己拿的東西少了，她沒想到田慧會弄了那麼大的一桌。原以為只是家常便飯，有一、兩個肉菜便算不錯的那種。

「不知道慧娘做的這些肉菜有啥秘訣不？」阿水娘想著自己的相公和兒子都喜歡吃，若是問了方法來，自家也能做了。

阿土奶奶看了眼這個兒媳婦，只能嘆氣。「妳去問問段娘子，這個做豆腐可有啥方子！」

阿水爹知道他娘這是不高興了，給自家媳婦使了個眼色。「阿水他娘就是想著咱家喜歡吃，這不是想去學點兒來？這心是好的……」

聽到婆婆那不善的語氣，阿水娘原本有些心虛，不過一聽到自家相公出面維護自己，她頓時又覺得自己是有道理的。

「這做人做事，將心比心！」阿土奶說完就不願意再說了。

大年初二，錢氏兩個閨女回來拜年了。

田慧被請去燒幾個拿手的肉菜，由於田慧家並沒有多少糖，所以田慧做的肉菜，只放了一點點的糖，調個味兒而已，否則秦氏怕是要滅了她！

但錢氏可是大手筆。錢氏兩個閨女都嫁到鎮上，日子是過得越來越好，就是她們婆婆也覺得這兒媳婦跟她娘一樣，是個旺家的，因此很看重兒媳婦。每年大年初二那是大包小包地送來禮物，以示對親家的重視。

「娘，你們太幸福了！這在村子裡，既有現成的名醫，又能吃到這麼好吃的菜，我這不回去了，便賴在這兒，住得多安心！」楊知趣打趣地說道。

這菜一看就是高規格的，剛剛她兒子更破天荒地要了兩碗飯，還是她怕孩子吃撐了，才不讓添的！

錢氏與有榮焉。

「年前娘不是送來了酸筍酸菜啥的，我家婆婆那個歡喜啊，那幾罈子全被她收著，我家相公想吃都只能去蹭點兒，得說上幾句好話呢！」楊知情說起來也歡喜。

誇得田慧有些不好意思了。

圓子和團子跟一一是一樣的，都拿到了兩個紅包，包著半兩銀子。

這一來一回就賺了二兩銀子。

錢氏的兩個閨女一早商量好了，這是有意地想幫襯田慧一把。

這事兒錢氏也知道，平常時候田慧不會要，但過年時拿紅包給兩孩子，田慧拒絕不得。

等到第二日，田慧才知道自家居然賺了二兩銀子。

「嬸子，這會不會太多了些？要不您若是去鎮上順帶還給大姊他們吧？」田慧小心翼翼地把紅包遞回去。

「這也不是給妳的，是給圓子哥兒倆的。聽說他們哥兒倆都在練字，他們這不來的時候沒準備，所以給他們買紙的錢兒？妳可不能花在別處啊！」錢氏似真非假地說著，田慧低頭應了。

年過出後，田慧便盤算著新的一年，自己得想個法子賺點兒小錢，不然再這樣下去，真的要等人救濟了。

只是，難不成去做遊醫？

田慧想像自己一手拿著幡子，一手搖著鈴，走街串巷……算了，她還是餓著吧！

田慧思索了一天，卻在吃晚飯的時候，就忘記了自己一整天都在苦苦思索的事情，然後吃飽喝足、洗腳睡覺……

一夜好夢！

——未完，待續，請看文創風391《二嫁得好》2

2016年3月出版

# 二嫁得好

文創風 390～393

穿過來後，
她從寡婦到棄婦到貴婦，活得像倒吃甘蔗，
不只銀兩賺得飽飽，再嫁後夫妻生活也和和美美，甜得快膩人……

有情有義．笑裡感動　活得率性．妙語如珠／小餅乾

人家穿越是穿得榮華富貴，要不就身懷絕技、運道絕佳，
而她田慧穿來竟就是個寡婦，還附帶兩個拖油瓶，
這就算了，還窮得聞不到肉香、吃不到米飯，連哭的力氣都得省下來。
才剛為丈夫守完靈就被趕出婆家門，帶著兩個小兒子窩山洞裡吃地瓜過活，
唉！穿過來之前沒當過娘，穿過來之後，不得不學著當個娘，
好幾回她氣得三人抱在一起哭，感動也抱在一起哭。
她想，既然回不去了，可得想法子讓這一窩三口吃飽、長進、活好，
看來能使得上力的就是她半吊子醫術、以及時不時來的靈光預感，
這風水可是輪流轉的，還真讓她等到──欺負她的，她能報報小仇，
從一窮二白到賺賺小錢，從被說棄婦到有人探聽……
日子開始過得有滋有味了……

# 為流浪貓狗加油 和貓寶貝 狗寶貝 廝守終生(一定要終生喔！)的幸福機會

對人來說，貓寶貝狗寶貝只是生活的一部分，但妳(你)對牠們來說，卻是生活的全部，領養前請一定要考慮清楚——

## ▲ 擁有燦爛笑容的可愛女孩Ruby

性　　別：女孩
品　　種：米克斯
年　　紀：3歲
個　　性：親人、親狗；不會護食，會坐下指令；不會亂叫，會自己進籠內
健康狀況：已結紮；已施打狂犬疫苗及七合一疫苗；四合一、血檢都過關
目前住所：新北市淡水區
本期資料來源：台灣認養地圖

## 『Ruby』的故事：

Ruby在幼犬時期就被送進五股收容所，當時Ruby和她的兄弟姊妹都不慎染上犬瘟，唯有Ruby撐了過去，存活下來。沒想到這麼一待就是三年的光陰。

Ruby個性很好，許多假日會去收容所幫忙的志工都很喜歡她，大家都認為她的笑容十分燦爛，於是將她取名為Ruby，在法文中是「紅寶石」的意思。

去年的十二月初，我接到五股收容所長期志工的通知，Ruby因為在收容所待的時間太久，所以要被轉介至更偏遠的瑞芳收容所。

當下得知這個消息，毅然決然把她接出來，在朋友的幫忙下將Ruby安排到寄養家庭生活。

Ruby的寄養家庭是由一位單親媽媽跟三個就讀小學的小朋友組成，他們也都很喜歡她，卻因為家庭、經濟因素不能長久照顧。

寄養媽媽說，Ruby是一個活潑調皮的女孩，經常在大家出門上班、上課時跑去偷翻垃圾桶。回家後唸她，Ruby又會一臉無辜地撒嬌，一副壞人不是她的樣子，把責任都推給寄養家庭本來養的老瑪爾濟斯身上，真是讓人又好氣又好笑。

希望這樣活潑又可愛的Ruby能夠找到適合她的主人，一同分享她的活力，體驗未來充滿朝氣的生活，我相信，這一天一定會到來！如果你/妳願意給Ruby一個溫暖有愛的家，歡迎來信carolliao3@hotmail.com(Carol 咪寶麻)，主旨註明「我想認養Ruby」，謝謝大家。

**認養資格：**

1. 認養者須年滿25歲，有獨立經濟能力，並獲得家人、同住室友或房東的同意。
2. 認養前須填寫問卷，評估是否適合認養。
3. 須同意簽認養寵物切結書。
4. 同意送養人日後之追蹤探訪，對待Ruby不離不棄。

**來信請說明：**

a. 個人基本資料：姓名、性別、年齡、家庭狀況、職業與經濟來源等。
b. 想認養Ruby的理由。
c. 過去養寵物的經驗，及簡介一下您的飼養環境。
d. 若未來有當兵、結婚、懷孕、畢業、出國或搬家等計劃，將如何安置Ruby？

文創風
390

# 二嫁得好 1


國家圖書館出版品預行編目資料

二嫁得好 / 小餅乾著. --
初版. -- 臺北市 ： 狗屋, 2016.03
冊 ； 公分. --（文創風）
ISBN 978-986-328-567-0（第1冊：平裝）. --

857.7　　105000275

| | |
|---|---|
| 著作者 | 小餅乾 |
| 編輯 | 王佳薇 |
| 校對 | 蔡侑岑　許雯婷 |
| 發行所 | 狗屋出版社有限公司 |
| 地址 | 台北市104中山區龍江路71巷15號1樓 |
| 電話 | 02-2776-5889～0 |
| 發行字號 | 局版台業字845號 |
| 法律顧問 | 蕭雄淋律師 |
| 總經銷 | 知遠文化事業有限公司 |
| 電話 | 02-2664-8800 |
| 初版 | 2016年3月 |
| 國際書碼 | ISBN-13　978-986-328-567-0 |
| 原著書名 | 《寡妇难贤》 |

定價250元
狗屋劃撥帳號：19001626
網址：love.doghouse.com.tw　E-mail：love@doghouse.com.tw